दिल्ली में एक मौत

"उसकी कहानियां मध्यवर्गीय जीवन की सादगी से शुरू होकर महानगर की आधुनिकतम संचेतनाओं और संश्लिष्टताओं का प्रतिनिधित्व करती हैं।"

– दुष्यंत कुमार

कमलेश्वर को सदी का महाकथाकार कहा जाए, तो कोई आश्चर्य नहीं कि वह सर्वथा इस उपाधि के योग्य हैं, बल्कि यह कहना भी सही होगा कि वह अपने काल-खण्ड के कथा-गुरु थे। उनकी अनेक कहानियां कालजयी बन गईं, जो हमें हमेशा याद रहेंगी। वह 'नई कहानी' आन्दोलन के पैरोकार की हैसियत से एक समूची पीढ़ी के मार्ग-दर्शक बने और फिर 'समांतर कहानी' आन्दोलन की बागडोर संभाल कर नया ट्रेंड सेट किया, जो एक परिघटना बन गई।

उन्हीं की 17 चुनी हुई कहानियों का पेपरबैक में एक और पड़ाव है यह संकलन। आगे भी गुज़रती रहेगी यह यात्रा निरंतर कई पड़ावों से।

हिन्द पॉकेट बुक्स द्वारा कमलेश्वर
की अन्य कृतियां

- अंतिम सफ़र
- कमलेश्वर की यादगारी कहानियां
- एक अश्लील कहानी
- इतने अच्छे दिन

दिल्ली में एक मौत

कमलेश्वर की कथा-यात्रा के पड़ाव

कमलेश्वर

हिन्द पॉकेट बुक्स

हिन्द पॉकेट बुक्स
भारत की सर्वप्रथम पॉकेट बुक्स

उत्कृष्ट साहित्य का प्रतीक
सुन्दर • सुरुचिपूर्ण • सरल

दिल्ली में एक मौत (कहानी-संग्रह)

प्रथम संस्करण : 2013
प्रकाशक : हिन्द पॉकेट बुक्स प्राइवेट लिमिटेड
जे-40, जोरबाग लेन, नई दिल्ली-110003
टाइपसेटिंग : कम्प्यूटेक सिस्टम, दिल्ली - 110032
मुद्रक : निखिल ऑफसेट, ओखला इंडस्ट्रियल एरिया, नई दिल्ली-20

DILLI MEIN EK MAUT (Short Stories)
By Kamleshwar

ISBN 978-81-216-1851-9
13/13/02/01/20/CS/SRK/NO/NO/NP150/NP150

कहानी का चरम

चिता में आग लगा दी गई है और चार आदमी पेड़ के नीचे पड़ी बेंच पर बैठे हुए हैं। मेरी तरह वे भी यूं ही चले आए हैं। उन्होंने ज़रूर छुट्टी लेकर रखी होगी, नहीं तो वे भी तैयार होकर आते।

मेरी समझ में नहीं आ रहा है कि घर जाकर तैयार होकर दफ़्तर जाऊं या अब एक मौत का बहाना बनाकर आज की छुट्टी ले लूं – आख़िर मौत तो हुई है और मैं शव-यात्रा में शामिल भी हुआ हूं।

– 'दिल्ली में एक मौत' से

कमलेश्वर की कहानियां

कमलेश्वर विश्वविद्यालय में बी. ए. में पढ़ रहे थे। उन्हीं दिनों वह लिखने लगे थे। दुष्यंत कुमार के अनुसार 'ख़ासतौर से एक डायरी।' एक पत्रिका में काम करने के बाद रात को अपने घर लौटते और लिखते। कुछ भी बनने से अधिक आख़िर उन्होंने लेखक बनना पसंद किया और अपने उस मक़सद में वह निरंतर आगे बढ़ते गए। वे जुनून के दिन थे, जो ठान लिया, उसे करना ही है। उनके भीतर कुछ पक रहा था। अपने ही भीतर सिमटे रहने के बजाए बाहर निकलना चाहा और निकले, तो ऐसे कि अभिव्यक्ति की इबारतें काग़ज़ों पर उतरने लगीं, कहानियों के रूप में। यही था कहानीकार कमलेश्वर का जन्म। अपने भीतर के दरवाज़े खोलकर बाहर आने का समय। अब वह कहानियां जी रहे थे और उन्हें काग़ज़ों के रास्ते पाठकों के मन-मस्तिष्क की खिड़कियों में भेज रहे थे। अपनी उस कसरत में निरंतर सीढ़ियां चढ़ते गए और शिखर पर पहुंच गए। नई कहानी आंदोलन की तिकड़ी का एक ऐसा नाम, जिसके बिना कहानी का इतिहास अधूरा कहा जाएगा।

वह इलाहाबाद में पढ़ते थे, काम करते थे और कहानियां लिखते थे।

वह मैनपुरी के थे। कहीं भी रहे, पर मैनपुरी को कभी नहीं भूले। वहां के लोगों और उनकी ज़िंदगियों को अपनी अंतर-संवेदना से देखा और ऐसे द्वंदों से गुज़रे, जिसने अनेक संवेदनशील कहानियों को जन्म दिया। गांव-क़स्बे से लेकर शहर और महानगरों की यात्रा करते हुए उन्होंने दुनिया का जायज़ा लिया। लोगों और उनकी ज़िंदगियों को भीतर तक झांक कर देखा। इस तरह वह समग्र चेतना के कुशल चितेरे बने। वह कथा को ऊपर रखकर चले। मेरा तो यह माननी है, कहानी में 'कहानीपन' का होना ही उनकी शक्ति है। वह विचार को भी कथा-रस में डुबो देते हैं। इसीलिए आत्म-सजग कथाकार हैं।

कमलेश्वर की कहानियां जीवन और जगत से जुड़ी हैं। उनके लोग, रिश्ते, व्यवहार, ज़रूरतें और परेशानियां, प्यार और नफ़रतें, खदबदाते विचार, छोटे-छोटे प्रसंग और बड़ी-बड़ी घटनाएं। कमलेश्वर की हर कहानी में ज़िंदगियां अपने अच्छे-बुरे हाल में जीती और जागती हैं। बड़े-बड़े सवाल हल करती ये कहानियां कुछ कहते-कहते करुण कथा बन जाती हैं। हमारे भीतर एक विस्फोट करती हैं और सब कुछ हिला कर रख देती हैं। हर कहानी के चरम से लेकर अंत तक का हिस्सा इसका गवाह है।

कमलेश्वर ने 'मांस का दरिया', 'जार्ज पंचम की नाक', 'क़स्बे का आदमी', 'देवा की मां', 'दिल्ली में एक मौत' जैसी शीर्ष कहानियों को अपनी सांस-सांस में जीकर वर्तमान समय की सच्चाइयों और विसंगतियों से रू-ब-रू कराया है। वह 'भूखे और नंगे लोगों' की जब वकालत करते हैं, 'दो सीने के दर्द' को उंडेलते हुए 'आत्मा की आवाज़' पर विराम नहीं करते, बल्कि आगे और आगे ही दौड़ते रहते हैं। पटरी-दर-पटरी, किसी रेल की तरह। उनकी कथा-ज़मीन के ऊपर एक आसमान भी होना चाहिए, जिसके लिए वह हमेशा प्रयत्न करते रहे। इसीलिए उन्होंने निर्माण व सृजन के कथाकार की तरह दुनिया और

जहान को उनकी ज़िंदगी के मोहताज कर देने वाले थपेड़ों से उभार कर जीवंत बनने का पाठ पढ़ाया।

मानना पड़ेगा कि कमलेश्वर की क़लम का जादू सिर चढ़कर बोलता है। उनकी हर कहानी यादगार बन जाती है। पता नहीं कैसे होता है यह सब! उनकी अन्तर्दृष्टि दुनिया में दर्द के सैलाबों को बारीकी से खोजती है और उनका आंखों देखा हाल बयान कर देती है। ज़िंदगी की ये हक़ीक़तें रोज़मर्रा सामने आती रहती हैं, पर इन सच्चाइयों को कहानी का स्मारक बनाने की क्षमता किसी कमलेश्वर में ही होती है। दुष्यंत कुमार ही कहते हैं, 'अनुपलब्ध ओर अप्रस्तुत पीड़ाओं के बारे में सोचता और पीड़ित होता है...ऊपर से सरल दिखाई देने वाली उस स्थिति को, उसकी सारी उलझनों, कुंठाओं और तकलीफ़ों से भागकर भोगता और लिखता है।' वह इस दुखिया संसार से पलायन नहीं करते, उनका मोह-भंग नहीं होता, बल्कि दर्द और तकलीफ़ों के जंगल को छांटने में जुट जाते हैं। 'इन अंधेरों, आभावों और यंत्रणाओं में मनुष्य का वर्तमान रूप खोजने और पहचानने तथा उसे सही संदर्भों में प्रतिष्ठित कर पाने की तड़प ही उसकी थाती है।' (दुष्यंत)।

'कथ्य के दंश से जो शिराएं अंदर-ही-अंदर फटती हैं और जो रक्तपात होता है, वह फिर अपनी तरह से होता है। कहानी एक तरह से अंदर होते उस रक्तपात का ही रचनात्मक विवरण है और ऐसा हर वैचारिक और भावनात्मक रक्तपात एक कहानी है।' कमलेश्वर की कहानियां उनके इस कथन को सिद्ध करती हैं और उन्हें करुणा का सृजक साबित करती हैं।

आइए, हिस्सा लेते हैं, पेपरबैक में प्रस्तुत कमलेश्वर की कथा-यात्रा में क़दम-दर-क़दम।

–डॉ. नफ़ीस आफ़रीदी

कथा-क्रम

मांस का दरिया

जाँच करने वाली डॉक्टरनी ने इतना ही कहा था कि उसे कोई पोशीदा मर्ज नहीं है, पर तपेदिक के आसार जरूर हैं। उसने एक पर्चा भी लिख दिया था। खाने को गिजा बताई थी।

कमेटी पहले ही पेशे पर रोक लगा चुकी थी। सब परेशान थीं। समझ में नहीं आ रहा था कि क्या होगा ? डॉक्टरी जाँच में बहुतों का पेशा और पहले ही ठप्प हो चुका था। इब्राहीम ठेकेदार ने जो चुनी थीं, वे सब 'पास' हो गई थीं। उनके नखरे बहुत बढ़ गए थे। वे बड़े गरूर से अपने खानदानों की चर्चा करती थीं।

इब्राहीम ने चुस्त-दुरुस्त लड़कियों को छाँट लिया था। धीरे-धीरे वे शहर के अच्छे हिस्सों में जा बसी थीं। इब्राहीम उनकी देखभाल करता था और जिस ठेके से जितनी ले गया था, उनका पैसा महीने-के-महीने चुकता कर जाता था।

एक बार जब जुगनू ज्यादा परेशान थी, तो उसने भी इब्राहीम से कहा था कि किसी ठौर-ठिकाने पर बैठा दे, पर इब्राहीम ने दो-टूक जवाब दे दिया था, "शादी तो है नहीं कि किसी की आँख में धूल झोंककर गले मढ़ दूँ ! जो आएगा, वह तो बोटी-बोटी देखेगा!" और वह कतराकर चला गया था।

उस दिन उसके दिल पर पहली चोट लगी थी—अगर वह इस

लायक भी नहीं रही ? दूसरी चोट तब लगी थी, जब साथ के बारजे से शहनाज ने हाथ मटकाते हुए गाली दी थी, "अरे, अल्ला तुझे वह दिन भी दिखाएगा जब ग्राहक तेरी सीढ़ियों पर कदम तक नहीं रखेगा।"

शहनाज की इस बात पर मुहल्ले में बड़ा बावेला मचा था। यह गाली तो बुरी-से-बुरी को नहीं दी जाती...उसके ग्राहक जीते-जागते रहें। खुदा मर्दों की रोजी दे...जाँघ में जोर दे !

और उसी दिन पहली बार झिझकता हुआ वह आया था। फत्ते उसे लाया था। उसके हाथ में बड़ा-सा थैला था। खाकी पैंट और नीली कमीज पहने था। दाढ़ी बढ़ी हुई थी। कानों के रोओं और भौंहों पर धूल की हलकी परत थी। कमरे में जाकर जुगनू खाट पर खुद बैठ गई थी, तो वह अचकचाया-सा खड़ा रह गया था। उसकी समझ में नहीं आ रहा था कि थैला कहाँ रख दे। तभी जुगनू ने बड़ी आसानी से थैला लेकर सिरहाने रख दिया था। वह चुपचाप खाट पर बैठ गया था। कुछ क्षणों की खामोशी के बाद जुगनू ने कहा था, "जूते उतार लो।..." उसने किरमिच के जूते उतारे थे तो बदबू का एक भभका उठा था...कुछ-कुछ वैसा ही जैसा कि बहुतों के कपड़े उतारने पर उठा करता था...खासतौर से उस मनसू किरानी के पास से फूटता था, जो रात के ग्यारह बजे के बाद ही आया करता था और निबट चुकने के बाद कमर में दर्द की वजह से शिला की तरह बैठा रह जाता था। तब जुगनू ही उसे उठाती थी और वह जाँघें खुजलाता हुआ चला जाता था। या फिर कँवरजीत होटलवाले की तरह, जो बदबू तो देता ही था और उठने से पहले खाट पर बैठा हुआ 'ओं...ओं' करके डकारें लेता था।

वह भभक उससे बर्दाश्त नहीं हुई तो बोली, "जूते पहन लो!"

वह जूते पहन कर फिर बैठ गया था। तब उसे बड़ी कोफ्त हुई थी। एक मिनट वह उसे घूरती रही थी, फिर चिढ़कर बोली थी, "यह घर की बैठक नहीं है...फारिग होके अपना रास्ता नापो!" उसने अपमानित

महसूस किया था और अपने को संभालने के बाद अचकचाकर बोला था, "तुम्हारा नाम क्या है ?"

"जुगनू!" वह बोली थी।

"कहाँ की हो ?"

"तुम अपना काम करो..." वह फिर चिढ़ गई थी।

और तब उसने उसकी तरह ही पूछा था, "तुम्हें यह पेशा पसन्द है ?"

"हाँ।...तुम्हें नहीं है ?" कहते हुए वह लेट गई थी। उसने साड़ी जाँघों तक खिसका ली थी। वह भी लेट गया था और उसने ब्लाउज के भीतर हाथ डालने की झिझकभरी कोशिश की थी।

"परेशान न करो तो अच्छा है..." वह बोली थी, "क्यो खोलते हो...?"

उसके लिए कुछ भी कर सकना मुमकिन नहीं रह गया था। जुगनू के चेहरे पर सस्ते पाउडर की परत थी...गर्दन में पाउडर की डोरियाँ-सी बन गई थीं। होंठों पर खून सूखकर चिपक गया था। कानों के टॉप्स मेंढक की आँखों की तरह उभरे हुए थे। बाल तेल से भीगे थे। तकिया निहायत गन्दा था और चादर कुचले हुए चमेली के फूल की तरह मैली थी।

सँकरी कोठरी में अजीब-सी बदबू भरी हुई थी। एक कोने में पानी का घड़ा रखा था और तामचीनी का एक डिब्बा। कोने में ही कुछ चिथड़े भी पड़े थे।

वह पड़ा-पड़ा इधर-उधर देखता रहा। जुगनू के सिरहाने ही छोटी-सी अलमारी थी। उसका पत्थर तेल के चिकने चकत्तों से भरा हुआ था। एक टूटा हुआ कंघा, सस्ती नेलपॉलिश की शीशी और जूड़े के कुछ पिन उसमें पड़े थे। अलमारी की दीवार पर पेंसिल से कुछ नाम और पते लिखे हुए थे। सिनेमा के गीतों की कुछ किताबें एक कोने में रखी थीं, उन्हीं के पास मरे हुए सांपों की तरह चुटीले पड़े

थे। देखते-देखते उनके मन में गिजगिजाहट भर गई थी। आसरे के लिए उसने जुगनू की जाँघ पर हाथ रख लिया था जाँघ बासी मछली की तरह पुलपुली और खद्दर की तरह खुरदरी थी। जुगनू के खुले हुए आधे तन से मावे की महक आ रही थी। उसने हाथ हटाया तो जाँघों के नीचे चादर पर आ गया था। उसे लगा जैसे चादर भीगी हुई हो...

"यही कमाई का वक्त होता है...इतने में तो चार खुश हो गए होते !" जुगनू ने कहा और दोनों बाँहों में कसकर उसे भींच लिया था।

और जब वह उठकर बैठा तो जुगनू ने मजाक-मजाक में उसका थैला खोल लिया था, "बहुत रुपया भरकर चलते हो !" उसे लगा था कि शायद वह माजक में एकाध रुपया और हथियाना चाहती है। थैले में कागज, अखबार और रोटी देखकर सकुचा गई थी।

"फिर कभी आना तो पूछ लेना...सीधे आओगे न ?" जुगनू ने कोठरी से बाहर निकलते-निकलते कहा था। तब उसने जुगनू को पहली बार गौर से देखा था और चुपचाप चला गया था।

जब भी जुगनू बाजार से निकलती तो सिर पर पल्ला डालकर। वह इतनी छिछोरी भी नहीं थी कि कोई फबती कसता। सब उसे देखते थे जैसे उस पर उनका समान अधिकार हो। वह रास्ता चलते कनखियों से उन लोगों को जरूर देख लेती थी, जिन्हें वह अच्छी तरह पहचानती थी और जो उसके मर्दों की तरह उसके पास आते-जाते थे। तभी एक दिन वह दिखाई पड़ा था—वही थैलेवाला आदमी। एक इमारत की पहली मंजिल के बारजे पर कोहनियाँ टेके वह बीड़ी पी रहा था। वही कमीज पहने था। इमारत पर लाल झण्डा लगा हुआ था, जिसकी छाया उसके कन्धों पर काँप रही थी।

टूटी हुई चप्पल जुड़वाने के लिए वह वहीं रुक गई थी। वह शायद भीतर चला गया था।

रात को वह आया था। उसकी आँखों में पहचान थी। इस बार

वह सकुचा नहीं रहा था। खाट पर बैठे-बैठे जुगनू ने उससे पूछा था, "तुम क्या काम करते हो ?"

"कुछ नहीं !" वह बोला था, "मजदूरों में काम करता हूँ..."

"हमारा भी कुछ काम कर दिया करो...हम भी मजदूर हैं !" जुगनू ने मजाक किया था।

"तुम्हें देर नहीं हो रही है !" उसने कहा था।

"आज तबीयत ठीक नहीं है।" जुगनू अलसाते हुए बोली थी।

"क्या हुआ ?"

"कमर बहुत दुख रही है। सारे बदन में हड़फूटन है..." जुगनू बोली थी, "पता नहीं क्या हो गया है...तारा को बुला दूँ ?...बहुत शराफत से पेश आएगी...समझदार औरत है..."

उसने मना कर दिया था। कुछेक मिनट बैठकर वह चलने लगा था, तो सिर्फ इतना ही बोला था, "मैं ऐसे ही चला आया था !" और वह चुपचाप अँधेरी सीढ़ियों में उतर गया था। जुगनू खामोशी से आकर खिड़की पर खड़ी हो गई थी। उसे लगा कि वह किसी और जीने में चढ़ जाएगा। गली में ज्यादा आमदरफ्त नहीं थी। थोड़ी-थोड़ी दूर पर आदमियों के तीन चार गोल खड़े हुए थे। उनमें से फूटकर कभी-कभी कोई किसी जीने में चढ़ जाता था। नानबाई की चिमनी में से धुआँ निकल रहा था...वह उसे देखती रही थी। वह कहीं रुका नहीं। धीरे-धीरे गली पार कर सड़क की तरफ मुड़ गया था—उसी सड़क पर, जिस पर वह इमारत थी, जिसमें वह रहता था।

जुगनू को उसका यूँ लौट जाना बहुत अच्छा लगा था। हलकी-सी खुशी हुई थी। कोठरी के पलंग पर आकर वह लेट रही थी।

कोठरी में बहुत सीलन थी ओर घुटी-घुटी-सी बदबू। दरवाजा उसने बन्द कर लिया था और सिनेमा के गीतों की किताब उठाकर मन-ही-मन पढ़ती रही थी।

तभी किवाड़ों पर दस्तक हुई थी और अम्मा की आवाज आई थी, "जुगनू बेटे ! मुआ बेहोश तो नहीं हो गया !"

"यहाँ कोई नहीं है, अम्मा !"

"तो बारजे पर निकल आ, बेटे...बड़ी अच्छी हवा चल रही है... गली में रौनक भी है..." कहते हुए अम्मा ने दरवाजा खोल दिया था, "तबीयत तो ठीक है !"

"कुछ गड़बड़ है, अम्मा !"

"तो एक गिलास दूध पी ले, बेटा...अभी तो वक्त है, कोई आ ही गया तो..."

और वह उठ आई थी। उसकी गर्दन पर उलटा हाथ रखते हुए अम्मा ने बुखार देखा था और कमर से ऊपर पीठ के मांस की लौटती हुई सलवटें देखकर बोली थी, "सेहत का ख्याल छोड़ दिया है तूने...कमर पर कितनी मोटी पर्तें गिरने लगी हैं...थोड़ी-सी वर्जिश कर लिया कर..." कहती हुई वह दूसरी कोठरी की ओर चली गई थी। दूसरी कोठरी से कुछ तेज-तेज आवाजें आ रही थीं। और अम्मा बड़बड़ाती हुई भीतर चली गई थी, "यह चुड़ैल बिना लड़े लगाम नहीं डालने देती...किसी दिन इस कोठरी में कतल होगा—!"

यह रोज की बात थी... बिलकीस को अम्मा यों ही कोसती थी। खुद बिलकीस का कहना था कि उसके पास से कोई बिना अपनी कमर पकड़े वापस नहीं जा सकता। बिलकीस को इसमें मजा भी आता था। आदमी को छोड़ते ही वह दरवाजे पर आकर खड़ी हो जाती थी और उसे हारकर जाते हुए देखकर तालियाँ चटकाकर बड़ी ऊँची हँसी में हँसती थी, "अरी, ओ मरी जुबेदा ! जरा देख...रुस्तम जा रिया है ! बड़ा आया था पैलवान का बच्चा ! ये मरदुआ सोएगा औरत के साथ !"

एक दिन एक आदमी बिगड़ गया था, "क्या बक रही है ?"

"अरे, जा-जा भिश्ती की औलाद...ले, ये चवन्नी ले जा, छटाँक-भर मलाई खा लीजो...।"

और वह आदमी बहुत अपमानित-सा सीढ़ियाँ उतर गया था। पूरे कोठे में बिलकीस को लेकर दहशत छाई रहती थी। पता नहीं, कब

झगड़ा हो जाए ! और वह हाथ नचा-नचाकर बड़े फख्र से हमेशा कहा करती थी, "अपने तो बरम्मचारी की औरत समझती है... ।"

जुगनू को देखकर बिलकीस हमेशा ताना देती थी, "तू तो किसी के घर बैठ जा..." पर जुगनू किसी से लड़ी नहीं। वह जानती थी कि बिलकीस बहुत मुँहफट है। अम्मा तक को नहीं धर गाँठती। और अम्मा थी कि सबके तन-बदन का ख्याल रखती थी। बदन चुस्त-दुरुस्त रखने के लिए वह हमेशा चीखती ही रहती थी। "भैंस की तरह फैलती ही जा रही है, साटन का पेटीकोट पहना कर। आलू खाना बन्द कर, कलमुँही !"

पेट पर ढलान आते ही वह जुबेदा के लिए भीतर बक्से में से पेटी निकाल लाई थी, "दिन में इसे बाँधा कर ! चाय पीना कम कर"... और उसने जीन की हर नाप की अँगियाँ लाकर रख दी थीं। उसे बस एक ही फिक्र रहती थी—"मेरा बस चले तो उमरा रोक दूँ तुम लोगों के लिए... ।"

दोपहर में अम्मा बड़े प्यार से कभी किसी के बाल साफ करने बैठ जाती, कभी शाम के लिए साड़ियों पर इस्त्री करती और वसन्त के लिए तो वह सबके लिए वसन्ती जोड़ा रँगती थी। फत्ते के लिए रूमाल रँगना भी न भूलती। ईद-बकरीद, होली-दीवाली बड़े हौसले से मनाती और कभी-कभी कमला की याद करके डबडबाई आँखों से कहती, "उस जैसी लड़की तो हजार कोखें नहीं जन पाएँगी...खुदा ने क्या खूबसूरती बख्शी थी, हाथ लगाते मैली होती थी...उसे तो पैसेवालों का डाह खा गया। जहर दे दिया कुत्तों ने...बहुत छटपटाई थी बेचारी। हाय, मैं अस्पताल तक न ले जा पाई... ।"

...जुगनू बारजे में आकर बैठ गई थी। आते-जातों को देख रही थी। भीड़ धीरे-धीरे हलकी हो रही थी। फूल-गजरेवाले उठकर जा रहे थे और उसने देखा था—रोज की तरह मन्नन माली ने जाते हुए एक गजरा कलावती की खिड़की में फेंका था और कलावती ने रोज की

तरह मुस्कराकर गालियाँ दी थीं। बन्ने कलईवाला धुला हुआ तहमद और जालीदार बनियान पहने आया था और सीधे शहनाज के कोठे पर चढ़ गया था।

शंकर पनवाड़ी के सामने चबूतरे पर नीम-पागल चुन्नीलाल ने अपना बोरा बिछा दिया था और तामचीनी के मग्गे में चाय पीते हुए बड़बड़ा रहा था, "अरे जालिम, उसी दिन हाथ कलम करवा ले जिस दिन गलत सुर निकल जाए ! अरे जालिम...यहीं उतरकर आएगी...इसी बोरे पर सुहाग रात होगी...जालिम !"

और तभी एक क्षण के लिए गली के मोड़ पर जुगनू को उसी नीली कमीज वाले का शक हुआ था। शायद वह फिर लौटकर आया है और चुपके से कहीं चढ़ जाएगा। पर वह उसका भ्रम था। वह नहीं था, कोई और आदमी था।

फिर बहुत दिन बाद वह लौटा था। और जुगनू की कोठरी में आते ही घर की तरह खाट पर पसर गया था। लेकिन जूते उतारने की फिर भी उसकी हिम्मत नहीं हुई थी।

"तुम अपना नाम तो बता दो ?" जुगनू ने बगल में लेटते हुए पूछा था।

"मदनलाल...क्यों ?"

"ऐसे ही...यहाँ नहीं थे ?"

"जेल में था...गिरफ्तारियाँ हो रही थीं, उसी में चला गया था..."

"क्यों...?"

"हड़ताल चल रही थी न...मालिकों ने बन्द करवा दिया था। बड़ी मुश्किल से रिहाई हुई..."

"इस हड़ताल-वड़ताल से कुछ होता भी है ? काहे को की थी ?"

"बगैर नोटिस छँटनी हुई थी...तुम्हारी समझ में नहीं आएगा। और भी बहुत-से मसले थे...जूते उतार लूँ ?" मदनलाल ने बहुत सकुचाते हुए कहा था।

"उतार लो।"

और किरचिम के जूतों और पसीने से सने हुए पैरों से जो भभक निकली थी, उससे जुगनू को कोई खास परेशानी नहीं हुई थी...धीरे-धीरे जैसे बू ही उसके चारों ओर समा गई थी...और फिर उसके बदन में भर गई थी।

मदनलाल तो चला गया था, पर उसकी एक गन्ध रह गई थी। और उन्हीं दिनों सब पेशेवालियों को डॉक्टरी जाँच के लिए हाजिर होना पड़ा था और डॉक्टरनी ने इतना ही कहा था कि कोई पेशीदा मर्ज नहीं है, पर तपेदिक के आसार जरूर हैं...

देखते-देखते उसकी खाँसी बढ़ गई थी। बुखार रहने लगा था। अम्मा अस्पताल ले जाकर दिखा आई थी पर रोग थमने में नहीं आ रहा था। धीरे-धीरे वह काम लायक नहीं रह गई थी। एक दिन खून थूका था तो बिलकीस ने आसमान सिर पर उठा लिया था, "अरे, इसे डलवाओ कहीं बाहर ! हमें मरना है ?" तो अम्मा ने उसे डाँटा था, पर भीतर से वह भी बदल गई थी। तरह-तरह से उसने जुगनू को समझाया था कि वह अपनी सेहत की खातिर कहीं और चली जाए। जरूरत के लिए सौ-पचास रुपए भी ले जाए, इस तरह लापरवाही न करे...

पर जुगनू की समझ में नहीं आता था कि वह कहाँ चली जाए। पैसा भी पास नहीं था और सौ-दो-सौ से कितने दिन कट सकते थे। आखिर हार कर वह तपेदिक-अस्पताल में भरती हो गई थी। धीरे-धीरे अम्मा का दिया और अपने पास का सारा रुपया खत्म हो गया था। चार महीने लगातार उसे सेनेटोरियम में रहना पड़ा था। उसके बाद भी छुट्टी नहीं मिली थी। हाँ, कहीं थोड़ी-बहुत देर के लिए आने-जाने पर रोक नहीं थी। वहाँ से निकलकर वह दो-चार बार अम्मा के पास आई थी तो अम्मा ने कहा था, "किसी को बताना मत बेटे कि कहाँ थी...मैंने तो यही कहा है कि रामपुर चली गई है अपनी बहन के पास,

कुछ दिनों में वापस आ जाएगी...पर मुआ दारोगा बहुत परेशान करता था...उसे शक है कि यहीं-कहीं बैठने लगी है...''

अम्मा की आँखों में अपनापन पाकर उसे बड़ा सहारा-सा मिला था। अम्मा उसकी हालत देख-देखकर दुखी होती रही थी। सचमुच जुगनू का बदन झुलस-सा गया था...बाल बहुत झीने हो गए थे और चेहरे पर सुर्खी गायब हो गई थी।

जुगनू जब भी शीशे में अपने को देखती, तो घबरा उठती थी। अब क्या होगा ? कैसे बीतेगी यह पहाड़-सी बीमार जिन्दगी ! सहारा... कोई और सहारा भी तो नहीं, कोई हुनर भी नहीं...

पेशे पर रोक लग जाने के बावजूद कई नई लड़कियाँ लखनऊ-बनारस से आ गई थीं और उन्होंने बाजार बिगाड़ रखा था। सुना था, शहनाज की हालत भी खराब हो गई थी और कलावती भूखों मरने की हालत में पहुँच गई थी।

यह सब सुन-जानकर जुगनू का दिल घबराने लगा था।

चलने से पहले उसने अम्मा से कुछ रुपए माँगे थे, तो वह अपना रोना रोने लगी और तंगहाली का बयान करने लगी थी। उसकी हालत भी खस्ता थी।

और वहाँ से सेनेटोरियम लौटते हुए उसने उन सबकी ओर आसरे से भरी नजरें डाली थीं, जिन्हें वह जानती थी, जो उफनती जवानी के दिनों में उसके पास आते-जाते रहे थे।

मनसू किरानी को दुकान पर बैठा देखकर जुगनू के मन में नफरत-सी भर आई थी।...उसका कमर पकड़ बैठ जाना और फिर जाँघें खुजलाते हुए कोठरी से जैसे-तैसे जाना...

कँवरजीत होटलवाला मैला पाजामा पहने नोट गिन रहा था—उठने से पहले हमेशा 'ओं...ओं...' की डकारें लेता था, तो जुगनू का मन मिचलाने लगता था...

जुगनू ने औरों को भी देखा था...जिनसे थोड़ी-बहुत सी मेल-मुलाकात रही थी।

सेनेटोरियम में और बहुत दिन रुकना नहीं हुआ। आखिर आना तो था ही। पर वह सभी की शुक्रगुजार थी कि उन्होंने मुसीबत और तकलीफ के दिनों में आँखें नहीं पलटी थीं।

और जो कुछ उसने जिससे लिया था, उसे नुस्खे के पीछे ही नोट कर लिया था। इतने दिनों में काफी कर्जा चढ़ गया था। कँवरजीत होटलवाले ने बड़ा एहसान जताकर सैंतालिस रुपए दिए थे। मनसू ने उतना एहसान तो नहीं जताया था, पर रुपए जल्दी-से-जल्दी लौटा देने की बात ले ली थी—पचीस रुपए से जैसे उसका कारोबार ठप्प हुआ जा रहा था।

संतराम फिटर ने बीस रुपए दिए थे और चलते-चलते बड़ा गन्दा मजाक किया था, "सूद में एक रात...ठीक है न..." पर उस गन्दे मजाक से उसे लगा था कि आदमी की आँख अभी उस पर टिकती है। बदन गया-बीता नहीं हुआ है, जितना शायद वह समझ रही थी।

तंगी के उन दिनों में उसने एक रोज मदनलाल से मिलकर भी तीस रुपए ले लिए थे। उसने बस यही कहा था, "ये चन्दे के रुपए हैं, जल्दी दे दोगी तो ठीक रहेगा, मेरे पास भी इतना नहीं होता कि भर सकूँ !" पर उस बात में निहायत बेचारगी थी। बहुत मजबूरी में उसने कहा था और साथ ही यह भी कहा था कि उसे जुगनू गलत न समझे...उसकी उतनी औकात नहीं। और वह बिना कुछ और बोले पार्टी के दफ्तर में चला गया।

जरूरत की वजह से दिल पर पत्थर रखकर जुगनू ने रुपए ले लिए थे, पर तकलीफ भी हुई थी।

और अब, जब से वह सेनेटोरियम से लौटी थी, पुलिसवाले अलग परेशान कर रहे थे। सात महीने का पैसा उन्हें नहीं मिला था। इस कोठे पर उन्होंने सबसे अलग-अलग रकम बाँध रखी थी।

लौटकर आने के बाद वह भीतर-ही-भीतर बड़ी कमजोर-सी महसूस करती थी। बदन अब उतना झेल नहीं पाता था। कोई ज्यादा छेड़ता-छाड़ता

तो हलकी खाँसी आने लगती थी...और पाँच-पाँच, सात-सात मिनट के भीतर ही दम फूलने लगता...और लोग थे कि सीने पर ही सारा वजन रख देते थे...

रह-रहकर अब वैसी ही उलझन होती थी जैसी कि शुरू-शुरू में हुआ करती थी। और उसे लगता था कि उसने यह सब जैसे अब पहली बार ही शुरू किया हो।

बालों की एक पुरानी चोटी वह सात रुपए में कलावती से खरीद लाई थी और छातियों पर भी कप्स लगाने लगी थी। हर बार उन्हें निकालने और लगाने में बड़ी उलझन भी होती थी। कलफ लगी धोतियाँ पहनने से उसे हमेशा चिढ़ रही थी, पर अब कलफ-लगी ही पहनती थी। बदन गुदाज लगता था।

इतना सब करने के बावजूद आमदनी काफी नहीं थी, कोई-कोई रात तो खाली ही चली जाती थी। और अपनी कोठरी में अकेले लेटे हुए वह बहुत घबराती थी...यह पहाड़-सी जिन्दगी...दिन-दिन टूटता हुआ शरीर...!

नपुंसक लोगों से उसे बेहद परेशानी होती थी। वे हद से ज्यादा परेशान करते थे...बोटी-बोटी टटोलते रहते थे और जोश आने के इंतजार में बहुत सताते थे। चट-औचट हाथ डालते थे और तरह-तरह की गन्दी फरमाइशें करते थे।

इससे अच्छे तो वे थे, भरी बन्दूक की तरह आते थे...और अपना काम करके चलते बनते थे। न बकवास करते, न ज्यादा सताते थे। पर आमदनी इतनी भी नहीं थी कि गुजारा हो जाए। कर्जा उतरने में नहीं आता था।

नुस्खे के पीछे सबके रुपए नोट थे...पर उन्हें चुकाने लायक पैसा कभी हाथ में नहीं आता था।

आखिर और कोई तरीका नहीं रह गया था। जाँघ के जोड़ पर निकला फोड़ा दिखाने के लिए जुगनू जब जर्राह के पास जा रही थी,

तो रास्ते में मनसू ने टोक दिया था, ''बहुत दिन हो गए...अब तो धन्धा भी चल रहा है !''

चलते-चलते वे एक तरफ को आ गए थे। तब बहुत मजबूरी में उसने मनसू से कहा था, ''एक पैसा नहीं बचता, क्या करूँ....तुमने तो आना-जाना भी छोड़ दिया है...''

''हमने तो गंगाजली उठा ली है...रंडीबाजी नहीं करेंगे। तुलसी की कण्ठी पहन ली है, यह देखो !'' मनसू बोला तो जुगनू को हलकी-सी हँसी आ गई थी और वह आँखें फाड़े देखता रह गया था।

जाँघ के जोड़ पर निकले फोड़े के कारण चलने में जुगनू को काफी तकलीफ हो रही थी। वह टाँगें फैला-फैलाकर चल रही थी...मनसू का मन डोल रहा था। गली के मोड़ पर आकर मनसू ने धीरे-से कहा था, ''तो फिर...बताया नहीं तुमने...कब तक इंतजाम करोगी ?''

''कुब्बत हो तो वसूल कर ले जाओ !'' जुगनू ने अपनी मजबूरी को पीते हुए बनावटी शोखी से कहा था और गली में मुड़ गई थी। अपनी बात पर उसे बड़ी शरम आई थी...फिर लगा था कि ठीक ही तो कहा उसने...खामख्वाह की इज्जत का क्या मतलब ? और फिर किसी का कर्जा लेकर क्यों मरे ? जो उतर जाए सो अच्छा ही है।

जर्राह ने बताया था कि अभी फोड़ा पकने में दिन लगेंगे। बाँधने के लिए पुल्टिस दे दी थी। जब वह लौटी तो दोपहर हो रही थी। सब अपने-अपने चबूतरों पर बैठी मिसकौट कर रही थीं। यही वक्त होता है, जब सब जागकर उठ जाती हैं और शाम की तैयारी से पहले मिल-बैठ लेती हैं। गली में से कच्ची उमर के लौंडों का गोल गुजर रहा था। वे गन्दे इशारे कर-करके औरतों को चिढ़ा रहे थे और बापों को दी जाने वाली गालियों का मजा ले रहे थे। आवारा लौंडे रोज गुजरते थे...और उनका रोज का यही शगल था। ढलती उमर की औरतें गन्दे इशारे देख-देखकर उनके बापों को गालियाँ देती थीं और जवान औरतें मुस्कराती रहती थीं। कभी-कभी हसन, बनवारी या लँगड़ा मातादीन

उन लौंडों को दौड़ा भी देता था, तब वे गली के मुहाने पर पहुँचकर गालियाँ देते थे और नेकर या घुटना उठा-उठाकर अश्लील हरकतें करते थे। लौंडों का यह गोल मस्जिद के पीछे-वाली बस्ती से आया करता था...

दोपहर में ही दुख-सुख की बातें हुआ करती थीं। और चुगली-चवाव भी। ज्यादातर चुगली उनकी हुआ करती थी, जो इस मुहल्ले से उठकर शरीफों की बस्तियों में चली गई थीं...जिन्हें छाँट-छाँटकर इब्राहीम ले गया था।

शाम होते ही गली गरमाने लगती थी। फूल-हारवाले आ जाते थे। पनवाड़ियों की दूकानें सज जातीं और गफूर की दूकान पर आकर एक पुलिसवाला बैठ जाता था...उसके बैठते ही गफूर खुलेआम बोतलें बेचना शुरू कर देता था।

जुगनू शाम को पुल्टिस हटा देती थी और बड़े बेमन से सिंगार करके बैठ जाती थी। फोड़ा गाँठ बनकर रह गया था, दर्द बहुत करता था। फिर भी वह जैसे-तैसे एकाध को खुश कर ही देती थी।

बारजे पर बैठे-बैठे जब वह सोच में डूब जाती और बेसहारा पहाड़-सी जिन्दगी सामने फैल जाती, तब बहुत घबराती थी। आखिर क्या होगा ? वह तो दाने-दाने को मोहताज हो जाएगी। लँगड़ी घोड़ी की जिन्दगी वह कैसे जी पाएगी ?...क्या उसे भी मस्जिद की सीढ़ियों पर बुर्का पहनकर बैठना होगा और अल्लाह के नाम पर हाथ फैलाना होगा ? अख्तरी की तरह...बिहब्बों और चम्पा की तरह...जी जब बहुत घबराता तो वह जहर खाने की बात सोचती...या डूब मरने की।

सैकड़ों मरद आए और गए...पर कोई एक ऐसा नहीं, जिसकी परछाईं तले उम्र कट जाए !

ज़रा ज्यादा जान-पहचान तो उन्हीं से थी, जिनसे रुपए लिए थे। पर आसरा वहाँ भी नहीं था। किसका क्या भरोसा...कौन कहाँ चला जाए ! उम्र के साथ सब लौट जाते हैं। जहाँ बाल-बच्चे बड़े हुए कि

उनका आना-जाना बन्द। जहाँ उम्र ढली कि आदमी ने दूसरा शौक और शगल खोजा...तब कौन आएगा ? पुरानी पहचानी शक्लें भी नहीं दिखाई देंगी। तब कितना अजीब और अकेला लगेगा !...बीते हुए वक्त में बैठकर जीना कितना तकलीफदेह होगा... !

पिछले दिनों में उसे बस यही एक तस्कीन मिली है कि सभी कर्जेदार अपना पैसा वसूलने के लिए उसके पास आते रहे हैं...उसे उम्मीद थी कि मनसू जरूर आएगा, वह अपना पैसा जरूर वसूल करेगा...और बस आया था।

मनसू के बदन से वैसा ही भभका उठा था और वह आया भी ग्यारह के बाद ही था और निबट जाने के बाद कमर पकड़कर बैठ गया था। जुगनू भी मस्त पड़ी हुई थी। फोड़े पर दबाव पड़ने की वजह से वह बिलबिला उठी थी। और उसकी हिम्मत नहीं हो रही थी कि मनसू को उठाकर दरवाजे तक पहुँचा आए ताकि वह हमेशा की तरह जाँघें खुजलाता हुआ चला जाए।

मनसू की अकड़ी कमर जब कुछ ढीली पड़ी, तो बोला था, ''याद रखना...''

जुगनू ने 'अच्छा' कहा था और मनसू को सहारा देकर उठा दिया था।

रात काफी हो गई थी। वह वहीं पड़ी-पड़ी कोठरी की दीवारों को देखती रही थी। पर उनमें देखने को कुछ भी नहीं था। मटमैली भद्दी दीवारें जिन पर कभी उसने रद्दी रिसालों से काट-काटकर फिल्मी सितारों की तसवीरें चिपकाई थीं। कोने में कील पर एक डोरी में पुरानी चूड़ियों का लच्छा लटक रहा था और दीवार की किनारी के सहारे नेलपॉलिश की खाली शीशी पड़ी थी...

खाट के नीचे गूदड़ था और टीन का बक्सा—बक्से में बारह बरस पहले का एक पर्चा पड़ा हुआ है, जिसके हरुफ भी उड़ गए हैं...अब उस पर्चे का कोई मतलब नहीं रह गया है। मसविदा मुर्दा हो चुका

है। और अब कौन जाता है वापस...और कौन बुलाता है वापस... जिन्दगियों के बीच से वक्त का दरिया किनारे काटता हुआ निकल गया है...कहीं कोई नहीं है...कोई कहीं नहीं है।

सुबह उठी तो बदन टूट रहा था। फोड़े में बहुत दर्द था। जाँघ का जोड़ फटा जा रहा था। उसने फिर पुल्टिस बाँध ली थी। और शाम को जैसे-तैसे तैयार हो गई थी। कोठरी में जाकर सबका हिसाब जोड़ने लगी थी। अलमारी की दीवार पर उसने निशान लगा रखे थे कि कौन कितनी मर्तबा आया था और कितने रुपए पट गए थे। संतराम फिटर सचमुच बहुत बदतमीजी से पेश आया था। बीस रुपए के बदले में वह चार बार हो गया था और पाँचवीं बार जब जाने लगा था, तो जुगनू ने बहुत आहिस्ता से कहा था, "यूँ ही जा रहे हो ?"

"क्यों?" संतराम की निगाहों में शैतानी थी।

"रुपया तो पिछली बार ही पट गया था !" उसने बहुत झिझकते हुए पर साफ-साफ कहा था।

"एक बारी सूद की ?" संतराम ने बड़े गन्दे लहजे में कहा था, "फोकट का पैसा नहीं आता, समझी ?" और कोठरी से निकलकर सीढ़ियाँ उतर गया था।

जुगनू हताश-सी देखती रह गई थी। और हमजोलियों की तरह वह झगड़ा भी नहीं कर पाती थी। चीख-चिल्ला भी नहीं पाती थी और आदमी को बेइज्जत करके भेजते नहीं बनता था।

कँवरजीत होटलवाले के सबसे ज्यादा पैसे चढ़े हुए थे। वह सिर्फ तीन बार आया था। कुल पन्द्रह रुपए पटे थे। मनसू के भी बीस उतर गए थे...हलकी राहत मिली थी उसे कि तभी फोड़ा टीस उठा था। वह टाँगें फैला कर वहीं बिस्तर पर लेट गई थी।

दरवाजे पर आहट हुई तो देखा मदनलाल था। उसे देखते ही एक क्षण को वह भीतर-ही-भीतर झल्ला उठी थी। जैसे एक और सूदखोर पठान सामने आकर खड़ा हो गया हो...अपनी वसूलयाबी के लिए।

मदनलाल इस बीच नहीं आया था। इस वक्त उसका आना जुगनू को खल गया था। फिर भी बेचारगी में उसने उसे भीतर बुला लिया था...मदनलाल खाट पर बैठ गया था। अपना थैला उसने सिरहाने सरका दिया था। जुगनू खामोशी से थैले को टटोलने लगी थी। उसमें कुछ पोस्टर थे और तह किया हुआ एक झण्डा। एकाध पुराने-से रजिस्टर भी थे। उसका दिल धड़क उठा था कि कहीं वह नकद पैसे की माँग न कर दे। फोड़ा अलग टीस रहा था।

मदनलाल वही पुराने कपड़े पहने हुए था और वही जूते। पसीने की गन्ध पूरी कोठरी में भर गई थी।

"बहुत दिनों बाद आना हुआ !" जैसे-तैसे जुगनू ने कहा।

"जूते उतार लूँ !" मदनलाल ने हलकेपन से कहा था।

"उतार लो..."

"दरवाजा बन्द कर दूँ ?"

"आज बहुत तकलीफ है...जाँघ के जोड़ पर फोड़ा निकला हुआ है। सीधी तो लेट भी जाऊँ पर जाँघ मोड़ते जान निकलती है..." जुगनू ने कहा था तो मदनलाल तस्मे खोलते-खोलते ठिठक गया था। मन-ही-मन वह शरमा भी गया था। जुगनू भी बहुत अटपटा महसूस कर रही थी। पर मदनलाल ने उसे उबार लिया था। वह इधर-उधर की बातें करता रहा था, पर हर क्षण जुगनू को डर लगा रहा था कि घूम-फिरकर बात रुपयों पर न आ जाए...

"अच्छा तो चलता हूँ..." मदनलाल थैला लेकर खड़ा हो गया था। उसने बहुत भरी-भरी नजरों से जुगनू को देखा था...जैसे आज लौटते हुए उसे तकलीफ हो रही थी।

और सारी बातों के बावजूद जुगनू अब दुबारा उससे रुकने को कह भी नहीं सकती थी। बहुत संकोच से उसने कहा था, "वह तुम्हारे रुपए..."

"उनके लिए नहीं..." मदनलाल ने कहा, "तुम्हारे लिए आया था!"

उसकी बगलों के नीचे भरा हुआ पसीना स्याही के धब्बे की तरह चमक रहा था। बाँहों की उभरी हुई नसें पसीजी हुई थीं। उसने पसीजे हाथ से जुगनू का हाथ पकड़ा था, तो लगा था जैसे हथेली में गुदारी रोटी की हलकी-सी तपिश आ गई थी।

"मैं फिर आऊँगा..." कहकर मदनलाल चला गया था। जुगनू सीधी बारजे पर आ गई थी। मन में कहीं अफसोस भी था कि उसे ऐसे ही लौट जाना पड़ा। मदनलाल को वह देखती रही थी...वह गली में तीन-चार घर पार करके खड़ा हो गया था। उसका गली में रुकना जैसे उससे सहा नहीं जा रहा था। फिर वह ऊपर बारजे पर एक नजर डालकर पाँचवें कोठे की सीढ़ियाँ चढ़ गया था। पता नहीं, कैसी तिलमिलाहट उसे हुई थी। फोड़ा और जोर से टीस उठा था !...फिर धीरे-धीरे जलन शांत हो गई थी। अगर उसने रोका होता तो वह शायद नहीं जाता...आखिर उसे भी तो...जलन बर्दाश्त होने लगी थी। वह तो सिर्फ उसकी तकलीफ का ख्याल करके लौट गया था–उसके पसीजे हाथ की गरमाहट में किसी तरह का धोखा नहीं था...

तभी कँवरजीत आ गया था। एकाएक लगा था जैसे कोई पराया घर में घुस आया हो। पर अपने को संभालते हुए उसने मुस्कराकर उसे देखा था।

बिलकीस उधर कोने में खड़ी किसी पहलवान से बात कर रही थी। जुगनू चुपचाप कँवरजीत को लेकर कोठरी में चली गई थी। दरवाजे भेड़ लिए थे। कँवरजीत ने कुण्डी चढ़ा दी थी।

"आज बहुत तकलीफ है...फोड़ा पक गया है।" जुगनू ने जैसे आजिजी से उसे समझाया था।

"अभी तक ठीक नहीं हुआ ?" कँवरजीत ने पूछा था।

"हूँ, शायद दो-तीन दिन में फूट जाए !" जुगनू ने जैसे माफी माँगी थी।

"बिलकुल तकलीफ नहीं होने दूँगा...बहुत आसानी से..." कहते हुए कँवरजीत खाट पर लेट गया था।

‘‘आज...’’ जुगनू ने कहा, तो उसने बहुत नरमी से उसे अपनी बगल में लिटा लिया था और बोला, ‘‘ज़रा-सी भी तकलीफ नहीं होने दूँगा...’’

जुगनू बहुत बेबस हो गई थी। समझ में नहीं आ रहा था कि उसे कैसे समझाए, तभी उसने उसकी छातियों पर हाथ रख लिया था। धीरे-से करवट लेकर जुगनू ने लाइट बुझा दी थी और ब्लाउज में हाथ डालकर कप्स निकाले और खाट के नीचे सरका दिए थे।

बहुत बार उसने कराह दबाई और कँवरजीत को रोका। आँखों के सामने अँधेरा छा-छा जाता था और जोर पड़ते ही जाँघ फटने लगती थी। कँवरजीत तीन-चार बार रुका, फिर जैसे उस पर शैतान सवार हो गया था...

‘‘अरे, रुक तो...’’ वह चीखा था और जुगनू की टाँगें दबाकर वह हावी हो गया था।

‘‘अरी, अम्मा रे...मार डाला...!’’ वह पूरी आवाज से चीखी थी जैसे किसी ने कत्ल कर दिया हो और छटपटाकर बेहोश-सी हो गई थी।

‘‘साली !’’ हाँफते हुए कँवरजीत बोला और उसे छोड़कर निढाल-सा बैठ गया था।

कुछेक मिनट बाद जुगनू को होश आया था। दर्द कुछ थमा था तो उसके हाथ-पैर हिले थे। तकिए के नीचे से कपड़ा निकालकर उसने लाइट जलाई थी, तो पूरी जाँघ फटे हुए फोड़े के मवाद से भरी हुई थी और कँवरजीत उससे बिलकुल अलग बैठा ‘ओं...ओं...’ करके डकारें ले रहा था।

‘‘फूट गया न...’’ वह खड़ा होता हुआ बोला था, तो उसने जाँघ पर साड़ी खिसका ली थी।

‘‘ध्यान रखना, चौथी बारी हुई !’’ कँवरजीत ने कहा और कुण्डी खोलकर कोठरी से बाहर निकल गया था।

साड़ी खिसकाकर वह मवाद पोंछने लगी थी। एकाएक मन बहुत घबरा उठा था। उसने धीरे-से फत्ते को आवाज दी थी। फत्ते आया था, तो उसने घड़े से पानी निकलवाया था और कपड़ा भिगोकर मवाद पोंछते हुए बोली, "देख, फत्ते...इधर विमला के घर एक आदमी गया है...वह न गया हो तो जरा बुला ला। नीली कमीज पहने है, थैला है उसके पास।"

"गाहक आदमी है ?" फत्ते बोला था।

"नहीं, आपसी का आदमी है !" जुगनू ने कहा, "ज़रा-सा पानी और दे दे..."

फत्ते घड़े से पानी निकाल कर लाया, तो फिर सोचते हुए बोली, "रहने दे...तू अपना काम कर। वह कह गया है, आ जाएगा कभी..." कहते-कहते उसने फोड़े को हलके-से दाबा, तो कुछ और मवाद निकल पड़ा था और दर्द से फिर चेहरे पर पसीना छलछला आया था।

जार्ज पंचम की नाक

यह बात उस समय की है जब इंग्लैंड की रानी ऐलिज़ाबेथ द्वितीय अपने पति के साथ हिन्दुस्तान पधारने वाली थीं। अखबारों में उनके चर्चे हो रहे थे। रोज लन्दन के अखबारों से खबरें आ रही थीं कि शाही दौरे के लिए कैसी-कैसी तैयारियाँ हो रही हैं...रानी ऐलिज़ाबेथ का दर्जी परेशान था कि हिन्दुस्तान, पाकिस्तान और नेपाल के दौरे पर रानी कब, क्या पहनेंगी ? उनका सेक्रेटरी और शायद जासूस भी उनके पहले ही इस महाद्वीप का तूफानी दौरा करनेवाला था...आखिर कोई मजाक तो था नहीं।...जमाना चूँकि नया था, फौज-फाटे के साथ निकलने के दिन बीत चुके थे इसलिए फोटोग्राफरों की फौज तैयार हो रही थी...

इंग्लैंड के अखबारों की कतरनें हिन्दुस्तानी अखबारों में दूसरे दिन चिपकी नजर आती थीं...कि रानी ने एक ऐसा हल्के नीले रंग का सूट बनवाया है, जिसका रेशमी कपड़ा हिन्दुस्तान से मँगवाया गया है...कि करीब 400 पौंड खर्चा उस सूट पर आया है।

रानी ऐलिज़ाबेथ की जन्मपत्री भी छपी। प्रिन्स फिलिप के कारनामे छपे, और तो और उनके नौकरों, बावर्चियों, खानसामों, अंगरक्षकों की पूरी की पूरी जीवनियाँ देखने में आईं ! शाही महल में रहने और पलनेवाले कुत्तों तक की तस्वीरें अखबारों में छप गईं....

बड़ी धूम थी। बड़ा शोर-शराबा था। शंख इंग्लैंड में बज रहा था, गूँज हिन्दुस्तान में आ रही थी।

इन अखबारों से हिन्दुस्तान में सनसनी फैल रही थी...राजधानी में तहलका मचा हुआ था। जो रानी 5000 रुपए का रेश्मी सूट पहनकर पालम के हवाई अड्डे पर उतरेगी उसके लिए कुछ तो होना ही चाहिए। कुछ क्या, बहुत कुछ होना चाहिए। जिसके बावर्ची पहले महायुद्ध में जान हथेली पर लेकर लड़ चुके हैं...उसकी शान-शौकत के क्या कहने... और वही रानी दिल्ली आ रही है...

नई दिल्ली ने अपनी तरफ देखा और बेसाख्ता मुँह से निकल गया—वह आएँ हमारे घर, खुदा की रहमत...कभी हम उनको कभी अपने घर को देखते हैं। और देखते-देखते नई दिल्ली का कायापलट होने लगा।

और करिश्मा तो यह था कि किसी ने किसी से नहीं कहा, किसी ने किसी को नहीं देखा—पर सड़कें जवान हो गईं, बुढ़ापे की धूल साफ हो गई। इमारतों ने नाजनीनों की तरह शृंगार किया...

लेकिन एक बड़ी मुश्किल पेश थी...वह थी जार्ज पंचम की नाक!...नई दिल्ली में सब कुछ था, सब कुछ होता जा रहा था, कुछ हो जाने की उम्मीद थी, पर जार्ज पंचम की नाक की बड़ी मुसीबत थी ! नई दिल्ली में सब कुछ था...सिर्फ नाक नहीं थी !

इस नाक की भी एक लम्बी दास्तान है। इस नाक के लिए बड़े तहलके मचे थे किसी वक्त ! आंदोलन हुए थे। राजनीतिक पार्टियों ने प्रस्ताव पास किए थे। चंदा जमा किया था। कुछ नेताओं ने भाषण भी दिए थे। गर्मागर्म बहसें भी हुई थीं। अखबारों के पन्ने रंग गए थे। बहस इस बात पर थी कि जार्ज पंचम की नाक रहने दी जाए या हटा दी जाए ! और जैसा कि हर राजनीतिक आंदोलन में होता है, कुछ पक्ष में थे कुछ विपक्ष में और ज्यादातर लोग खामोश थे। खामोश रहनेवालों की ताकत दोनों तरफ थी...

यह आंदोलन चल रहा था। जार्ज पंचम की नाक के लिए

हथियारबंद पहरेदार तैनात कर दिए गए थे...क्या मजाल कि कोई उनकी नाक तक पहुँच जाए ! हिन्दुस्तान में जगह- जगह ऐसी नाकें खड़ी थीं और जिन तक लोगों के हाथ पहुँच गए उन्हें शानो-शौकत के साथ उतारकर अजायबघरों में पहुँचा दिया गया। शाही लाटों की नाकों के लिए गुरिल्ला युद्ध होता रहा...

उसी जमाने में यह हादसा हुआ—इंडिया गेट के सामने वाली जार्ज पंजम की लाट की नाक एकाएक गायब हो गई ! हथियारबंद पहरेदार अपनी जगह तैनात रहे। गश्त लगाते रहे ...और लाट की नाक चली गई।

रानी आए और नाक न हो !...एकाएक यह परेशानी बढ़ी। बड़ी सरगर्मी शुरू हुई। देश के खैरख्वाहों की एक मीटिंग बुलाई गई और मसला पेश किया गया कि क्या किया जाए ? ...वहाँ सभी एकमत से इस बात पर सहमत थे कि अगर यह नाक नहीं है, तो हमारी भी नाक नहीं रह जाएगी...

उच्च स्तर पर मशवरे हुए। दिमाग खरोंचे गए और यह तय किया गया कि हर हालत में इस नाक का होना बहुत जरूरी है। यह तय होते ही एक मूर्तिकार को हुक्म दिया गया कि वह फौरन दिल्ली में हाज़िर हो।

मूर्तिकार यों तो कलाकार था, पर ज़रा पैसे से लाचार था। आते ही उसने हुक्मरानों के चेहरे देखे...अजीब परेशानी थी उन चेहरों पर, कुछ लटके हुए थे, कुछ उदास थे और कुछ बदहवास थे। उनकी हालत देखकर लाचार कलाकार की आँखों में आँसू आ गए...तभी एक आवाज सुनाई दी—"मूर्तिकार ! जार्ज पंचम की नाक लगनी है !"

मूर्तिकार ने सुना और जवाब दिया, "नाक लग जाएगी। पर मुझे यह मालूम होना चाहिए कि यह लाट कब और कहाँ बनी थी ? इस लाट के लिए पत्थर कहाँ से लाया गया था ?"

सब हुक्मरानों ने एक-दूसरे की तरफ ताका...एक की नजर ने

दूसरे से कहा कि यह बताना जिम्मेदारी तुम्हारी है ! खैर मसला हल हुआ। एक क्लर्क को फोन किया गया और इस बात की पूरी छानबीन करने का काम सुपुर्द कर दिया गया...पुरातत्व विभाग की फाइलों के पेट चीरे गए, पर कुछ भी पता नहीं चला। क्लर्क ने लौटकर कमेटी के सामने काँपते हुए बयान किया, ''सर ! मेरी खता माफ हो, फाइलें सब कुछ हजम कर चुकी हैं !''

हुक्मरानों के चेहरों पर उदासी के बादल छा गए। एक खास कमेटी बनाई गई और उसके जिम्मे यह काम दे दिया गया कि जैसे भी हो यह काम होना है और इस नाक का दारोमदार आप पर है। आखिर मूर्तिकार को फिर बुलाया गया...उसने मसला हल कर दिया। वह बोला, ''पत्थर की किस्म का ठीक पता नहीं चलता, तो परेशान मत होइए... मैं हिन्दुस्तान के हर पहाड़ पर जाऊँगा और ऐसा ही पत्थर खोजकर लाऊँगा !'' कमेटी के सदस्यों की जान में जान आई। सभापति ने चलते-चलते गर्व से कहा, ''ऐसी क्या चीज़ है जो अपने हिन्दुस्तान में मिलती नहीं। हर चीज इस देश के गर्भ में छिपी है...जरूरत खोज करने की है...खोज करने के लिए मेहनत करनी होगी, इस मेहनत का फल हमें मिलेगा...आने वाला जमाना खुशहाल होगा।''

वह छोटा-सा भाषण फौरन अखबारों में छप गया।

मूर्तिकार हिन्दुस्तान के पहाड़ी प्रदेशों और पत्थरों की खानों के दौरे पर निकल पड़े। ...कुछ दिन बाद वह हताश लौटे, उनके चेहरे पर लानत बरस रही थी, उन्होंने सिर लटकाकर खबर दी, ''हिन्दुस्तान का चप्पा-चप्पा खोज डाला, पर इस किस्म का पत्थर कहीं नहीं मिला। यह पत्थर विदेशी है !''

सभापति ने तैश में आकर कहा, ''लानत है आपकी अक्ल पर ! विदेशों की सारी चीज हम अपना चुके हैं...दिल-दिमाग, तौर-तरीके और रहन-सहन...जब हिन्दुस्तान में बाल डांस तक मिल जाता है तो पत्थर क्यों नहीं मिल सकता !''

मूर्तिकार चुप खड़ा था। सहसा उसकी आँखों में चमक आ गई। उसने कहा, "एक बात मैं कहना चाहूँगा, लेकिन इस शर्त पर कि यह बात अखबारवालों तक न पहुँचे..."

सभापति की आँखों में भी चमक आई। चपरासी को हुक्म हुआ और कमरे के सब दरवाजे बन्द कर दिए गए। तब मूर्तिकार ने कहा, "देश में अपने नेताओं की मूर्तियाँ भी हैं...अगर इजाजत हो...अगर आप लोग ठीक समझें, तो मेरा मतलब है, तो...जिसकी नाक इस लाट पर ठीक बैठे, उसे उतार लाया जाए..."

सबने सबकी तरफ देखा। सबकी आँखों में एक क्षण की बदहवासी के बाद खुशी तैरने लगी। सभापति ने धीमे से कहा, "लेकिन बड़ी होशियारी से !"

और मूर्तिकार फ़िर देश-दौरे पर निकल पड़ा। जार्ज पंचम की खोई हुई नाक का नाप उसके पास था। दिल्ली से वह बम्बई पहुँचा... दादाभाई नौरेजी, गोखले, तिलक, शिवाजी, कावस जी जहाँगीर–सबकी नाकें उसने टटोलीं, नापीं और गुजरात की ओर भागा–गाँधीजी, सरदार पटेल, विट्ठलभाई पटेल, महादेव देसाई की मूर्तियों को परखा और बंगाल की ओर चला–गुरुदेव रवीन्द्रनाथ, सुभाषचन्द्र बोस, राजा रामामोहन राय आदि को भी देखा, नाप-जोख की और बिहार की तरफ चला। बिहार होता हुआ उत्तर प्रदेश की ओर आया...चन्द्रशेखर आजाद, बिस्मिल, मोतीलाल नेहरू, मदमोहन मालवीय की लाटों के पास गया... घबराहट में मद्रास भी पहुँचा, सत्यमूर्ति को भी देखा, और मैसूर, केरल आदि सभी प्रदेशों का दौरा करता हुआ पंजाब पहुँचा–लाला लाजपतराय और भगतसिंह की लाटों से भी सामना हुआ। आखिर दिल्ली पहुँचा और अपनी मुश्किल बयान की, "पूरे हिन्दुस्तान की मूर्तियों की परिक्रमा कर आया। सबकी नाकों का नाप लिया–पर जार्ज पंचम की इस नाक से सब बड़ी निकलीं !.."

सुनकर सब हताश हो गए और झुंझलाने लगे। मूर्तिकार ने ढाढ़स

बँधाते हुए आगे कहा, "सुना था कि बिहार सेक्रेटेरियट के सामने सन् ब्यालीस में शहीद होनेवाले तीन बच्चों की मूर्तियाँ स्थापित हैं...शायद बच्चों की नाक ही फिट बैठ जाए, यह सोचकर वहाँ भी पहुँचा...पर... इन तीनों की नाकें भी इससे कहीं बड़ी बैठती हैं। अब बताइए, मैं क्या करूँ"

...राजधानी में सब तैयारियाँ थीं। जार्ज पंचम की लाट को मल-मलकर नहलाया गया था। रोगन लगाया गया था। सब कुछ था, सिर्फ नाक नहीं थी !

बात फिर बड़े हुक्मरानों तक पहुँची। बड़ी खलबली मची—अगर जार्ज पंचम के नाक न लग पाई, तो फिर रानी का स्वागत करने का मतलब ? यह तो अपनी नाक कटानेवाली बात हुई।

लेकिन मूर्तिकार पैसे से लाचार था...यानी हार माननेवाला कलाकार नहीं था। एक हैरतअंगेज ख्याल उसके दिमाग में कौंधा और उसने पहली शर्त दुहराई। जिस कमरे में कमेटी बैठी हुई थी, उसके दरवाजे फिर बन्द हुए और मूर्तिकार ने अपनी नई योजना पेश की, "चूँकि नाक लगना एकदम जरूरी है, इसलिए मेरी राय है कि चालीस करोड़ में से कोई एक जिंदा नाक काटकर लगा दी जाए..."

बात के साथ ही सन्नाटा छा गया। कुछ मिनटों की खामोशी के बाद सभापति ने सबकी ओर देखा। सबको परेशान देखकर मूर्तिकार कुछ अचकचाया और धीरे-से बोला, "आप लोग क्यों घबराते हैं। यह काम मेरे ऊपर छोड़ दीजिए...नाक चुनना मेरा काम है...आपकी सिर्फ इजाजत चाहिए !"

कानाफूसी हुई और मूर्तिकार को इजाजत दे दी गई।

अखबारों में सिर्फ इतना छपा कि नाक का मसला हल हो गया है और राजपथ पर इण्डिया गेट के पास वाली जार्ज पंचम की लाट के नाक लग रही है।

नाक लगने से पहले फिर हथियारबंद पहरेदारों की तैनाती हुई।

मूर्ति के आस-पास का तालाब सुखाकर साफ किया गया। उसकी खाद निकाली गई। और ताजा पानी डाला गया, ताकि जो जिन्दा नाक लगाई जाने वाली थी वह सूखने न पाए। इस बात की खबर औरों को नहीं थी। यह सब तैयारियाँ भीतर-भीतर चल रही थीं। रानी के आने का दिन नजदीक आता जा रहा था। मूर्तिकार खुद अपने बताए हल से परेशान था। जिन्दा नाक लाने के लिए उसने कमेटीवालों से कुछ और मदद माँगी। वह उसे दी गई। लेकिन इस हिदायत के साथ कि एक खास दिन हर हालत में नाक लग जाएगी।

और वह दिन आया।

जार्ज पंचम के नाक लग गई।

सब अखबारों ने खबरें छापीं कि जार्ज पंचम के जिंदा नाक लगाई गई है...यानी ऐसी नाक जो कतई पत्थर की नहीं लगती।

लेकिन उस दिन के अखबारों में एक बात गौर करने की थी। उस दिन देश में कहीं भी किसी उद्घाटन की खबर नहीं थी। किसी ने कोई फीता नहीं काटा था। कोई सार्वजनिक सभा नहीं हुई थी। कहीं भी किसी का अभिनंदन नहीं हुआ था, कोई मानपत्र भेंट करने की नौबत नहीं आई थी। किसी हवाई अड्डे या स्टेशन पर स्वागत-समारोह नहीं हुआ था। किसी का ताजा चित्र नहीं छपा था।

सब अखबार खाली थे।

पता नहीं ऐसा क्यों हुआ था ?

नाक तो सिर्फ एक चाहिए थी और वह भी बुत के लिए।

कस्बे का आदमी

सुबह पाँच बजे गाड़ी मिली। उसने एक कम्पार्टमेण्ट में अपना बिस्तर लगा दिया। समय पर गाड़ी ने झाँसी छोड़ा और छः बजते-बजते डिब्बे में सुबह की रोशनी और ठण्डक भरने लगी। हवा ने उसे कुछ गुदगुदाया। बाहर के दृश्य साफ हो रहे थे, जैसे कोई चित्रित कलाकृति पर से धीरे-धीरे ट्रेसिंग पेपर हटाता जा रहा हो। उसे यह सब बहुत भला-सा लगा। उसने अपनी चादर टाँगों पर डाल ली। पैर सिकोड़कर बैठा ही था कि आवाज सुनाई दी, "पढ़ो पटे सित्तारम...सित्ताऽऽरऽम्..."

उसने मुड़कर देखा, तो प्रवचनकर्ता की पीठ दिखाई दी। कोई खास जाड़ा तो नहीं था, पर तोते के मालिक, रुई का कोट, जिस पर बर्फीनुमा सिलाई पड़ी थी और एक पतली मोहरी का पाजामा पहने नजर आए। सिर पर टोपा भी था और सीट के सहारे एक मोटा-सा सोंटा भी टिका था। पर न तो उसकी शक्ल ही दिखाई दे रही थी और न तोता। फिर वही आवाज गूँज उठी, "पढ़ो पटे सित्तारम् सित्तारम्..."

सभी लोगों की आँखें उधर ही ताकने लग गईं। आखिर उससे न रहा गया। वह उठकर उन्हें देखने के लिए खिड़की की ओर बढ़ा। वहाँ तोता भी था और उसका पिंजरा भी, और उसके हाथ में आटे की लोई भी, जिससे वे फुरती से गोलियाँ बनाते जा रहे थे और पक्षी

को पुचकार-पुचकारकर खिलाते जा रहे थे। पर तोता पूरा तोता-चश्म ही था। उनकी बार-बार की मिन्नत के बावजूद कण्ठ नहीं फूटा। गोलियाँ तो वह निगलता जा रहा था, पर ईश्वर का नाम उसकी जबान से नहीं फूट रहा था। लौटते में एक नजर उसने उन पर और डाली, तो लगा, जैसे चेहरा पहचाना हुआ है।

वह अपनी सीट पर आकर बैठ गया। दिमाग पर बहुत जोर डाला पर याद नहीं आया। तभी उन्होंने तोते की ओर से दृष्टि हटाकर शिवराज की ओर देखा, अँगूठा और तर्जनी निरन्तर एक रफ्तार से अब भी गोली को शक्ल प्रदान कर रहे थे। माथे पर लहरें डालते हुए और आँखों को गोल कर कुछ अजीब निरीह-सा मुँह बनाकर वे शिवराज को सम्बोधित करते हुए बोले, "शिब्बू...शिवराज है न तू ?"

और अपना नाम उनके मुँह से सुनते ही उसे सब याद आ गया। ये तो छोटे महाराज हैं !

ये जाति के वैश्य थे, पर कर्म के कारण महराज पुकारे जाने लगे थे। म्युनिस्पैलिटी की दूकानों के पासवाली इमली के नीचे बैठकर वे पानी पिलाया करते थे। कस्बे की सबसे रौनकदार जगह वही थी। वहीं कुएँ पर छोटे अपनी टाँगें तोड़े, जाँघ तक धोती सरकाए, जनेऊ डाले, चुटिया फहराए, नंगे बदन टीन की टूटी कुरसी पर जमे रहते। गाँववाले पानी पीकर एक-आध पैसा उनके पैरों के बीच उसी कुरसी पर रखकर चल देते। पैसा पाकर वह सामर्थ्य-भर आशीर्वाद देते। जब एक कूल्हा दर्द करने लगता, तो दूसरी तरफ जोर डालने के लिए थोड़ा-सा कसमसाते और इसमें अगर कहीं कुरसी ने खाल दाब ली, तो तीन-चार मिनिट लगातार कुरसी को गालियाँ देते रहते। लगे हाथों ननकू हलवाई को भी कोसते, जिसने प्याऊ के लिए यह टूटी कुरसी दी थी।

तब छोटे महराज की उमर कोई खास नहीं थी, यही 35-36 के करीब रही होगी। छोटे महराज के बाप-दादा सोने-चाँदी का काम करते

थे। काफी पुराना घर था, दूकान थी। पर जब बाप मरे, तो छोटे की उमर बहुत कम थी। माँ पहले ही स्वर्ग सिधार चुकी थीं। बाप के मरने के बाद दूर के रिश्ते की एक चाची आकर सब देखभाल करने लगीं। फिर बहुत बड़ी-सी चोरी हुई और छोटे का घर तबाह हो गया। चाची को तीरथ की सूझी, तो छोटे को साथ लेकर चल दीं। खर्चे की जरूरत पड़ने पर एक मुख्तार से जब-तब रुपए मँगवाती रहीं। छोटे साथ थे, सो रसीद भेजते रहे। आखिर जब तीरथ से वापस आए, तब पाँच-छः बरस उसी मकान में और रहना हुआ। फिर मुख्तार ने मूल और ब्याज के बदले एक दिन मकान कुर्क करा लिया, गवाही में छोटे के हाथ की रसीदें पेश कर दीं और औने-पौने में मकान झाड़ लिया। तब से उनकी चाची ने जनाने अस्पताल में नौकरी कर ली और छोटे बिस्किटों का ठेला लगाने लगे और घूम-घूमकर बाजार की सड़कों पर चीखने लगे, "एक पैसे में पचास...पचास बिस्किट इनाम...जितना लगाओगे, उतना पाओगे !"

ठेले में मैदा के छोटे-छोटे बिस्किटों का ढेर लगा रहता। एक कोने में एक बड़ी-सी फिरकनी रखी रहती, जिस पर नम्बर के खाने बने रहते और उस पर एक सुई नाचती रहती। जब कोई पैसा लगाकर घुमानेवाला न मिलता, तो खड़े-खड़े स्वयं घुमाते रहते, जितना नम्बर आता, उतने बिस्किट गिनते और फिर ढेर में डालकर अनाज की तरह रोरते रहते। कभी करारे-करारे बीस-पचीस छाँट लेते, सुई घुमाते, अण्टी से एक पैसा निकालकर पैसा रखनेवाले फूल के कटोरे में झन्न से मारते और जितना नम्बर आता, उतने गिनकर, बाकी ढेर के सुपुर्द कर जलपान कर लेते।

लेकिन इस तरह कैसे पेट पलता। फिर एक होम्योपैथिक डॉक्टर की दूकान को रोज सुबह खोलने तथा झाड़ने-पोंछने का काम ले लिया। दो-चार घरों का पानी बाँध लिया। तड़के उठकर चार-चार डोल खींचकर डाल आते और डॉक्टर की दूकान की सफाई आदि करके कोने में पड़े

मोढ़े पर इज्जत से दोपहर तक बैठे रहते। डॉक्टर साहब की अनुपस्थिति में मरीजों के हालचाल पूछ लेते। कुछ देसी दवाइयों के नुस्खे बताते और जर्मन दवाइयों की अहमियत समझाते।

तभी से छोटे अपने को बहुत-कुछ, एक छोटा-मोटा वैद्य समझने लगे थे। मरीज की दशा देखते ही रोग का ऐलान कर देते। तमाम रोगों के इलाज पर उन्होंने दखल जमा लिया था। जब मोतियाबिन्द हो जाने के कारण डॉक्टर साहब को दूकान बन्द कर देनी पड़ी, तो छोटे अपनी कोठरी में ही एक छोटा-सा औषधालय खोलने का मन्सूबा बाँधने लगे। रतनलाल अत्तार के यहाँ से आठ-दस आने की जड़ी-बूटियाँ भी बँधवा लाए, जिन्हें घोंट-पीस और कपड़छन करके सफेद शीशियों में भरा और ताक में सजा दिया। फसली बुखार, हरे-पीले दस्त, नाक-कान-सिर-दर्द की हुक्मी दवाइयाँ बाँटने का ऐलान भी कर दिया। पर गली के परिवारों का सहयोग न मिलने के कारण उन्होंने इस नेक इरादे को छोड़ दिया। सारी हकीमी दवाइयों को थोड़ा-थोड़ा करके चूरन की पुड़ियों में मिलाकर उन्होंने आखिर अपने पैसे सीधे कर लिए।

इस तरह के न जाने कितने घरेलू धन्धे उन्होंने चलाए। जन्म से वैश्य होते हुए भी प्रकृति से परोपकारी होने के कारण उन्हें ब्राह्मणत्व भी प्राप्त करना ही था। इसीलिए जब गली-टोले के लड़कों ने उन्हें प्याऊ पर बैठते देखा और चमकदार काली पीठ पर जनेऊ दिखाई पड़ा, तो वंशगत भावनाओं से अनजान, कर्मगत संस्कारों के आधार पर उन्हें महराज पुकारने लगे। तभी से छोटे लाल छोटे महराज हो गए।

जिस इमली के नीचे वह बैठते थे, उस पर दैव की कृपा से महूक ने छत्ता धर लिया, तो एक दिन अँधियारे पाख में जाकर स्टेशन के पास से एक कंजर पकड़ लाए। छत्ता बटाई पर तै हो गया। पर छोटे महराज शहद का क्या करते। चलते वक्त उसे कस दिया कि आधे दाम कल आ जाएँ। पर महीना-भर टल गया। झोंपड़ी पर तगादा करने पहुँचे। नगद पैसे तो मिले नहीं, अच्छी-खासी डाँट लगाकर पैसों के

बदले में तोता छाँट लिया। कंजर ने मिन्नत की कि तीनों तोते पेशगी दामों के हैं, इस बार जाएगा तो उनके लिए भी पकड़ लाएगा। पर छोटे न माने, दो-चार गालियाँ सुना दीं, तैश में बोले, "मेरे पैसे क्या हराम के थे, वह भी तो पेशगी में से ही हैं, ला निकाल जल्दी इस टुइयाँ को।"

और तभी से यह तोता उनके पास है, जिसे जान की तरह चिपकाए रहते हैं।

शिवराज ने प्रसन्नता से उन्हें देखा। 'पालाँगे, महराज' कहकर बोला, "इधर निकल आएँ महाराज, बहुत जगह है।"

जब वह पास आकर बैठ गए तो उसने पूछा, "झाँसी किसके यहाँ गए थे ?"

"यहीं एक ब्याह था, उसमें आए थे, आना पड़ा...अपनी कहो... लेकिन देखो, पहचाना कैसा। नजर कमजोर है लला, पर अपने गली-कूचे के पले लोगों की तो महक काफी होती है...." और वे धीरे-धीरे गरदन हिलाने लगे। उँगलियों के बीच गोली अब भी नाच रही थी और पिंजरे में बैठा सन्तू गोली के लालच से मुँह खोलता, आँखें बन्द करता, पर बोलता नहीं था।

"बदन तो तुम्हारा एकदम लटक गया है, पहले से चौथाई भी नहीं रहा..." शिवराज बोला। उसे कुछ दुख-सा हो रहा था, जब उसने पिछली मरतबा देखा था, तब कितने हट्टे-कट्टे थे। यों उमर का उतार तो था, पर इतना फर्क तो बहुत है। भला उमर बने-बनाए आदमी को इतनी जल्दी भी तोड़ सकती है !

गाड़ी की चाल धीमी पड़ गई। छोटे महराज ने सन्तू के पिंजरे को तनिक ऊपर उठाया। उसकी ओर प्यार-भरी दृष्टि से निहारते रहे। तोता कुछ बोला। छोटे महाराज के मुख पर मुसकान दौड़ गई। बड़े स्नेह से पुचकारते हुए शिवराज को बताने लगे, "इसका नाम सन्तू है ! यानी

सन्त...जब बोले तो बानी बोले, हाँ, सन्त बानी सित्ताराम !'' इतना कहते-कहते वे अपनी ही बात में डूब गए।

गाड़ी रुकी, कोई मामूली-सा स्टेशन था। छोटे महाराज ने पेट पर हाथ फेरा और सिर हिलाते हुए बोले, ''देखो शिब्बू, कुछ खाने-पीने का डौल है यहाँ ?''

मिठाईवाला पास से गुजरा, शिवराज ने रोक लिया। छोटे महराज बोले, ''कुछ ठीक-ठाक हो तो पाव-आध पाव...''

मिठाई लेकर पैसे शिवराज ने दे दिए। दोनों हाथों में दोना पकड़कर शिवराज के सामने करते हुए वह बोले, ''लो शिब्बू, चखो तो ज़रा, अच्छी हो तो पाव-भर और ले लो।''

और इससे पहले कि शिवराज चखे, उन्होंने खुद पोपले मुँह में एक टुकड़ा डालते हुए अपनी राय प्रकट कर दी, ''है तो अच्छी...बुलाओ उसे।''

शिवराज को बात कसक गई। वह चुप ही बैठा रहा। झाँककर मिठाईवाले को बुलाने की कोई दिखावटी चेष्टा भी उसने नहीं की। पर जैसे ही मिठाईवाला फिर गुजरा, उनकी दृष्टि पड़ गई। उसे रोकते हुए बोले, ''हाँ भाई, ज़रा पाव-भर और देना तो।'' फिर शिवराज की ओर मुखातिब होकर बोले, ''ले लो, शिब्बू...असल में बात यह है कि मुझसे अब कोई ऐसी-वैसी चीज तो खाई नहीं जाती, दाँत ही नहीं रहे। खोया-वोया थोड़ा आसान रहता है न।'' कहकर उन्होंने निष्काम भाव से खाना शुरू कर दिया।

पैसे उसने फिर दे दिए। खाते समय छोटे महराज का निरीह-सा मुँह और एकदम सट जाने वाले जबड़े देखकर उसे रहम आ गया। उनकी झुकी गरदन, बार-बार पलकों का झपकना और ज़रा-ज़रा करके खाना, जैसे सारे कार्य और तन की सारी भाव-भंगिमाओं में लाचारी थी। उन्होंने एक टुकड़ा पिंजरे में डाल दिया। तोते ने खा लिया। पुचकारते हुए उन्होंने फिर एक टुकड़ा डाल दिया। वे स्वयं खाते रहे

और सन्तू को खिलाते रहे। फिर बात चल निकली और उसी बीच उनका स्टेशन भी आ गया।

स्टेशन से बाहर आने पर शिवराज और छोटे महराज एक ही इक्के में बैठ गए। दो सवारियाँ और हो गईं। इक्का चला तो हचकोला लगा। छोटे महराज अपने तोते के पिंजरे को पटरे से बाहर लटकाए किसी तरह बैठे रहे। अस्पताल के पास वह इक्के से उतर पड़े। सन्तू का पिंजरा पटरी पर रख दिया और झोले में से कुछ निकालते हुए कहने लगे, "मैं यहीं उतरा जाता हूँ। चाची को ब्याह का हालचाल बताकर कोठरी पर आऊँगा ! हाँ, तुमसे एक काम है।...ये एक कपड़ा है सिलक का, वहीं शादी में मिला था। मेरे तो भला क्या काम आएगा, तुम अपने काम में ले आना !" बात खतम करते-करते उन्होंने वह कपड़ा झोले से निकालकर शिवराज की गोद में रख दिया।

शिवराज ने लेने से इनकार किया, पर वे नहीं माने। शिवराज भी नहीं माना, तो बड़े झुँझलाकर कपड़ा इक्के में फेंककर सन्तू का पिंजरा, झोला और सोंटा लेकर बड़बड़ाते चल दिए, "अरे पूछो...मेरे किसी काम का हो तो एक बात भी है। जिन्दगी-भर में एक चीज दी, उससे भी इनकार...सब वक्त की बातें हैं, रहम दिखाते हैं मुझ पर, तेरे बाप होते तो अभी इसी बात पर चटख जाती।" फिर मुड़कर ऊँचे स्वर में बोले, "पैसे नहीं हैं मेरे पास, इक्केवाले को दे देना।" और वे जनाने अस्पताल के फाटक में गुम हो गए।

दूसरे दिन सवेरे छोटे महाराज अपनी कोठरी में दिखाई दिए। देहरी पर बैठे-बैठे कराह रहे थे। कभी-कभी बुरी तरह से खाँस उठते। साँस का दौरा पड़ गया था। गली से शिवराज निकला तो पिछले दिनवाली बात के कारण उसकी हिम्मत कुछ कहने की नहीं पड़ी। सोचा कतराकर निकल जाए, पर पैर ठिठक रहे थे। तभी हाँफते-हाँफते छोटे महराज

बोले, "अरे शिब्बू !" फिर कराहकर टुकड़े-टुकड़े करके कहने लगे, "दौरा पड़ गया है, कल रात से...हाँ...अब कौन देखे सन्तू को। बड़ी खराब आदत है इसकी, गरदन सलाख से बाहर कर लेता है। रात-भर बिल्ली चक्कर काटती रही...बेटा, छिन-भर को पलक नहीं लगी। अपने होश-हवास ठीक नहीं तो कौन रखवाली करे इसकी। अपने घर रख लो, बेफिकर हो जाऊँ।"

और इतना कहकर बुरी तरह हाँफने लगे। गले में कफ घड़घड़ा आया, तो औंधे होकर लेट रहे। पीठ बुरी तरह उठ-बैठ रही थी। शिवराज 'अच्छा' कहकर पिंजरा उठाकर चलने लगा, तोते को एक बार पूरी आँख खोलकर उन्होंने ताका। उनकी गँदली-गँदली आँखों में एक अजीब विरह-मिश्रित तृप्ति थी। जैसे किसी बूढ़े बाप ने अपनी लड़की विदा कर दी हो। सिर नीचा करके उन्होंने एक गहरी साँस खींची, जैसे बहुत भारी ऋण से उऋण हो गए हों।

तीन-चार दिन हो गए थे। छोटे महराज की हालत खराब होती जा रही थी। अकेले कोठरी में पड़े रहते। कोई पास बैठने वाला भी नहीं था। चौथे दिन हालत कुछ ठीक नजर आई। सरककर देहरी तक आए। घुटनों पर कोहनियाँ रखे और हथेलियों से सिर को साधे कुछ ठीक से बैठे थे। कभी कराह उठते, धाँस लगती तो खाँस उठते। पर उनके चेहरे पर अथाह शोक की छाया व्याप रही थी, जैसे किसी भारी गम में डूबे हों। उनकी आँखों में कुछ ऐसा भाव था, जैसे किसी ने उन्हें गहरा धोखा दिया हो, उनके कानों में बार-बार सन्तू की वह आवाज गूँज रही थी, जो उन्होंने दोपहर सुनी थी।

दोपहर सन्तू की कातर आवाज जब शिवराज के बरोठे से सुनाई दी तो वे घबरा गए थे कि कहीं बिल्ली की घात तो नहीं लग गई। बड़े परेशान रहे, पर उठना तो बस में नहीं था। शिवराज के घर की ओर बहुत देर आस लगाए रहे कि कोई निकले, तो पता चले। काफी देर बाद मुनुआ तोते के दो-तीन हरे-हरे पंखों का मुकुट बनाए माथे

से बाँधे, दो-तीन बच्चों के साथ खेलता दिखाई पड़ा, देखते ही सनाका हो गया। सन्तू की पूँछ के लम्बे-लम्बे पंख ! किसी तरह बुलाकर पूछा तो पता चला कि मुनुआ को राजा बनना था, सो उसने सन्तू की पूँछ पकड़ ली। बात की बात में दो-तीन पंख नुच आए।

छोटे महराज का जैसे सारा विश्वास उठ गया। ये लड़का तो उसे मार डालेगा ! इस वक्त तबीयत कुछ ठीक मालूम हुई, बड़ी मुश्किल से उन्होंने अपना डण्डा पकड़ा, हिलते-काँपते शिवराज के बरोठे में पहुँचे और अपना तोता वापस ले आए। कोठरी में आकर उसकी बूची पूँछ देखते रहे, पर मुँह से कुछ बोले नहीं। सन्तू को पुचकारा तक नहीं।

शाम हो आई थी। तिराहे पर लालटेन जल गई थी। पूरी गली में उदास अँधियारा भरता जा रहा था। उन्होंने सन्तू के पिंजरे को भीतर रखकर कोठरी के दरवाजे उढ़का लिए और फिर नहीं निकले। भीतर कुछ देर तक खुट-पुट करते रहे, फिर रात भर कोई आवाज नहीं आई।

सवेरे शिवराज उधर से निकला तो कोठरी की ओर निगाह डाली। दरवाजे उसी तरह भिड़े थे। उसने धीरे से खोलकर झाँका, देखा महराज सो रहे थे। चुपचाप धीरे से दरवाजा बन्द करने लगा, तो गली के रामनरायन बोल पड़े, “क्यों, आज नहीं उठे महराज अभी तक ?”

और इतना कहते-कहते उन्होंने पूरे दरवाजे खोल दिए। दोनों ने गौर से देखा, तोते का पिंजरा सिरहाने रखा था, जिस पर कपड़ा था कि कहीं बिल्ली की घात न लग जाए, परन्तु छोटे महराज का पिंजरा खाली पड़ा था, पंछी उड़ गया था।

छोटे महराज ने स्वयं तो नहीं पढ़ा था, पर रामलीला आदि में सुनने के कारण यह उनका पक्का विश्वास था कि अन्तिम काल में यदि राम का नाम कानों में पड़ जाए तो मुक्ति मिल जाती है। पता नहीं, उनके अन्तिम क्षणों में भी सन्तू तोते की वाणी फूटी थी या नहीं।

देवा की माँ

उसकी माँ दरियाँ बुनती थी और वह बेकार था। दरियाँ बुनने का भी कोई ऐसा बँधा हुआ सिलसिला नहीं था, जिसे काम कहा जा सके। कभी कोई अपनी जरूरत से बुनवा लेता और कभी बेजरूरत भी—उसे काम देने की नीयत से दे देता, या बरसों का कोई गद्दा-लिहाफ जब जवाब दे जाता, उपल्ला और अस्तर फट जाता और बदरंग नामा भीतर से झाँकने लगता, तो उसे काम में ले आने का एक यही तरीका था कि उसे देवा की माँ को दे दिया जाए और वह महीने-दो-महीने में दरी बुनकर दे जाए। मेहनत-मजूरी का दाम धीरे-धीरे पटता रहता, क्योंकि कोई धन्धा तो था नहीं कि इस हाथ ले, उस हाथ दे। यही क्या कम था कि जरूरत पड़ने पर उसे कहीं-न-कहीं से पैसे मिल ही जाते।

यहाँ के ये सारे परिवार एक-दूसरे से बेतहर जलते थे, कुढ़ते थे, पर वक्त की मार ने उनकी जबानों को कुन्द कर रखा था, हर एक की बेबसी ने एक अनदेखे धागे में बड़े ही आश्चर्यजनक रूप में उन्हें बाँध रखा था, जिसका कोई सिरा नजर नहीं आता था। यही वजह थी कि जवान होते हुए भी, देवा के बेकार रहने को, लोगों ने बड़ी निस्संग स्वाभाविकता से स्वीकार कर लिया था।

देवा जब अपने चारों ओर नजर घुमाता तो उसे यह सब खलता।

खुद अपनी माँ की बेईमानी चुभती, जो दरियों के लिए रूहड़ लेते वक्त पन्सेरी पर आधा सेर ज्यादा लेने की नीयत से, मैल के एवज में साढ़े पाँच सेर के लिए झगड़ती, और इस तरह आधा सेर रुई बचा-बचाकर आठ-दस दरियों के बाद, एक अपनी निजी दरी बनाकर बेच लेती। वह अपने चारों तरफ जब लोगों को देखता तो उसे लगता कि उनके चेहरे एकदम एक-से हैं, जिन पर नफ़रत, प्यार, प्रशंसा या निन्दा—कुछ भी तो नहीं उभरती। अजीब-सी एकरसता थी, जैसे एक शंकर-से योगी हैं, जो विष पी-पीकर स्थिर-से बैठे हैं, आँखें मूँदे !

इसीलिए वह घर से भागा-भागा रहता। मौलवी साहब के अस्तबल में लगे शास्त्री के छापाखाने में बैठा रहता, वहाँ की एकरस आवाज से जब मन ऊबता तो ठाकुर की इमली के नीचे वाले चबूतरे की महफ़िल में पहुँच जाता। कस्बे-भर की सनसनीपूर्ण ख़बरें उसे शास्त्री के छापाख़ाने में मिलती रहतीं और सरकार के कारनामों की सूचनाएँ ठाकुर की महफ़िल में जमा होने वाले बेसिक और नॉर्मल स्कूल के अध्यापकों और पण्डितों से मिलतीं। इन दोनों ही जगह उसे ऐसे आदमी दिखाई पड़ते थे जो अपनी बातों और अपने स्वार्थों से अलग-से होकर आस-पास और दूर-दूर के सुख-दुख और संघर्ष के प्रति जिन्दा दिखाई पड़ते थे... यहाँ आकर जैसे वह अपने को भुला बैठता और बहुतों की पाँत में शामिल हो जाता। इसीलिए कभी-कभी अनचाहे—बिना सोचे, उसे देर हो जाती। सुबह से आ-जमता तो बातों में वक्त का अन्दाज न रहता। दोपहर चढ़े जब घर पहुँचता तो दिल छोटा होने लगता, खयाल आता, इतना वक्त बेकार बरबाद कर दिया, इससे अच्छा होता कि अम्मा के काम में हाथ बँटाता, और कुछ न सही तो रूहड़ ही नोचता, जिससे धुनकने के लिए डाली जा सकती या सूत की लच्छियाँ ही बनाता, जिससे रँगने में आसानी होती। घर में घुसता, बरामदे में ही अड्डा सजा होता, सूत का जाल पुरा होता और रंगीन सूत की पण्डियाँ इधर-उधर लुढ़कती होतीं, कसने वाला हत्था एक ओर पड़ा होता और अम्मा बैठी सूत

कातती होती या रूहड़ नोचती होती। आहट सुनकर बिना उसकी ओर देखे उठती और कोठरी में घुस जाती। डिबिया में से लम्बी जंजीर वाली घड़ी निकालती, घड़ी हथेली पर रखती तो जंजीर हथेली के उस पार झूल जाती, उसे कुछ क्षण देखती...एकटक...जैसे सुइयों की गिनती पढ़ने में उसे कुछ याद आता हो...

और तभी देवा का मन भर आता, अपनी बेपरवाही और उदासीनता पर पश्चात्ताप होता। सोचता, आखिर माँ भी तो घर में अकेली पड़ी रहती है, कहीं आती-जाती नहीं। क्या उसका दिल नहीं भटकता होगा ? फिर माँ पर कुछ झुँझलाहट भी होती कि ये कुछ बोलती क्यों नहीं, देर से आने पर डाँटती क्यों नहीं, कुछ पूछती क्यों नहीं ? पर वह नहीं पूछती। जैसे सब स्वीकार कर लिया हो। लेकिन तभी उसे लगता कि वह कितने पीड़ित मौन से सब-कुछ पूछ लेती है। जब कोठरी में घड़ी देखने जाती है, तो शायद वह अपने से ही उत्तर माँगती है कि देवा अब तक कहाँ रहा ? और फिर उसके बाद सुइयों पर नजर गड़ाकर कुछ कहती है कि देखो, तुम्हारा देवा कैसा हो गया...मेरा कुछ भी ख्याल नहीं रखता, क्या इसकी उम्मीद भी छोड़ दूँ ?

और तब देवा की आँखें नम हो जातीं, वह अपने को सारी बातों का जिम्मेदार पाता। उसे पिता की याद आती, जिसे उसने देखा तो था पर कभी महसूस नहीं किया।

माँ कोठरी से निकलती, आसन बिछाती और खाना परोसकर देवा को आवाज देती, "आ देबू, ज़रा पानी रख ले दो गिलास..."

तब देवा को पता चलता कि माँ भी बिना खाए बैठी रही है, कहता, "अम्मा तुम खा लेती न, मैं ज़रा मास्टरजी के पास गया था। उनके हाथ में पचास-साठ की नौकरी तो रहती ही है। शायद अब से स्कूल खुलने पर कुछ ख्याल कर लें..." पर झूठ बोलते उसे कुछ न लगता, कह चुकने के बाद माँ के चेहरे की स्थिरता जैसे उसे धिक्कारती और वह अपने में सिमट जाता...माँ धीरे से मुसकरा देती और कहती,

"रामलाल की एक दरी बनानी है, सूत तो तैयार है, तू कल रँगरेज से रँगवा दे, झटपट निबटा लूँ..."

"अम्मा, घर पर ही रंग लें, बाजार में बहुत दाम पड़ते हैं।"

"पक्का रंग तो घर पर मैं तैयार कर लूँ, पर कुटाई नहीं होती, और बिना कूटे रंग नहीं चढ़ता, मेरा तो कन्धा बेकार है, नहीं तो..."

"अरे कुटाई मैं करूँगा...कल तुम औटाकर रंग बना देना, फिर सब मेरा काम..."

और दूसरे दिन देवा जब उठता तो खुद जाकर चूल्हा सुलगाता और कहता, "अम्मा, पहले रंग औटा लो, फिर बैठा मैं कूटता रहूँगा तब तक तुम खाना बना लेना..."

माँ पतीला चढ़ा देती, रंग की पुड़िया चूल्हे के पास लाकर रख देती और पटा डालकर बैठ जाती तो देवा देखता—कुछ देर तो लगेगी ही, ज़रा बाहर निकलता, फिर आकर झाँक जाता कि अब माँ ने पानी में रंग डाला या नहीं। फिर निकल जाता और निकलता तो निकल ही जाता। जब वापस आता तो धूप चढ़ आई होती, दोपहरी तपती होती और माँ पटिया पर सूत रखे, हाँफते-हाँफते कूटती होती। बालों की लटें रूखी-सी झूलती होतीं, बाँहों की नसें सूत-सी उभर आतीं और उसके हाथ रंग से बदरंग होते। माँ आहट सुनती तो लच्छियों को तार पर फैलाकर कोठरी में घुस जाती।

इसी तरह दिन बीतते जाते और देवा को कभी यह महसूस भी न हो पाता कि आखिर यह सब कैसे चलता जाता है। माँ किन ख्यालों में डूबी रहती है। और क्या सोचती रहती है। और न वह पूछ ही पाता, क्योंकि जब भी पूछने का अवसर आता तो वह घड़ी और उसकी सोने की जंजीर बीच में आ जाती। माँ उदास दिखाई पड़ती और वह स्वयं अपने प्रति असन्तोष से पछताता होता। यदि वह कोशिश भी करता

तो साहस न पड़ता...क्योंकि उस घड़ी और उसकी सोने की जंजीर से उसके पिता का इतिहास जुड़ा था, जो कहीं स्टेशन-मास्टर थे और वर्षों से दूसरी शादी करके अपने बाल-बच्चों के साथ रह रहे थे। उसने सिर्फ इतना सुना था कि पाँच वर्ष पहले वे कुछ घण्टों के लिए माँ से मिलने आए थे। तब दूसरी शादी कर चुके थे। माँ ने कहीं से उधार लाकर उनके लिए खाना बनाया था, पर उन्होंने खाया नहीं था। उस वक्त पड़ोस की औरतों ने माँ से कहा था कि अपनी और देवा की परवरिश के लिए कुछ माहवार तै कर लेना चाहिए, पर माँ ने वह बात ही नहीं उठाई। चलते वक्त पिता ने माँ से कहा था कि घड़ी की जरूरत पड़ जाती है कभी-कभी, उसे दे दो तो लेता जाऊँ। तो माँ ने जवाब दिया था कि यही एक चीज पास रह गई है जो देवा को भी उसके वक्त का ज्ञान कराती रहती है। हाँ, यदि सोने की जंजीर की जरूरत हो तो वह ले लें। पर पिता ने बात खुल जाने के कारण और घड़ी माँगने के पीछे जंजीर की असली ख्वाहिश जाहिर होने के कारण, आगे बात नहीं बढ़ाई थी और चले गए थे।

उनके जाने के बाद बग़ल के मकान की बूढ़ी बातों का पता लगाने आई थी, क्योंकि उस दिन सभी घरों में यही चर्चा थी...पीछे-पीछे देवा की माँ की बुराइयाँ भी बड़ी ईमानदारी से बयान क़ी जा रही थीं और उससे भी ज्यादा ईमानदारी और चिन्ता से उसकी सहनशक्ति, सन्तोष और मुसीबतों को दोहराया जा रहा था। वृद्धा आकर वहाँ बैठी और उसने पूछा था, "क्यों देबू की माँ, बातचीत का कैसा रवैया था उनका ?"

"वैसा ही था चाची, सचमुच कोई फरक नहीं था...मैं तो समझी थी कि पता नहीं कैसे पेश आएँ, पर सुभाव नहीं बदला। तन से तो एकदम बदल गए हैं। मैं तो पहली नजर में पहचान नहीं पाई, अभी से सामने के दो दाँत बदलवाने पड़ गए हैं..."

"अच्छा, बात क्या-क्या हुई ? तुम्हारी बातों का क्या जवाब दिया ?"

"मैं तो उन्हीं की सुनती रही चाची, बीच-बीच में खामोश हो जाते थे, लगता था कि अपने किए पर उन्हें दुख हो रहा है, ऐसे में क्या कुरेदती ? कह रहे थे, मन नहीं जमता कहीं। बड़ी देर तक समझाते रहे थे कि क्या-क्या सोच रहे हैं। फिक्रों से परेशान थे...चलते वक्त घड़ी मुझसे जरूर माँगी थी, सो मुझसे देते न बनी...पता नहीं कैसा मोह हो गया है उससे..."

"तो उनकी ये सब फिक्रें और दुख सिर्फ घड़ी के लिए ही था, उसकी जंजीर तो सोने की है न !" बूढ़ी ने निष्कर्ष निकालते हुए कहा था।

"सो नहीं चाची, उन्हें लेना ही होता तो क्या मैं इनकार कर पाती ! मैंने कहा था कि चाहे तो जंजीर लेते जाएँ, पर उन्होंने फिर उसकी बात ही नहीं की।"

"हिम्मत नहीं पड़ी होगी, नहीं तो अब वे तुम्हें क्या समझते होंगे..."

"ऐसी बात नहीं चाची, उनमें ये सब बातें थीं ही नहीं...आदमी में वैसे भी खोट नहीं होती, उसे कुरस्ता तो औरत ही डालती है। मैं तो घर रहती थी, ये ड्यूटियों पर दौड़ते रहते थे, महीनों बाद आना होता था। वहीं वह मिल गई और उसने बहका लिया। औरत चाहे तो अच्छे-भले आदमी को उलझाते कितनी देर लगती है ! अगर उन्होंने यह सब समझ-बूझकर ही किया होता तो भला यहाँ आते ? और असल बात यह थी चाची कि मैं उनसे घुल-मिल ही नहीं पाई थी। ससुराल में रहते घर की भीड़-भाड़ और हया-शरम में कभी अपनेपन की बात ही नहीं कर पाई। उन्होंने मुझे जाना ही नहीं और अनजान में जो कर बैठे वह तो हो ही गया..."

"अरे ऐसे सोचने से काम नहीं चलता, सब ऊँच-नीच देखा करो देबू की अम्मा ! आदमी इतने सीधे नहीं होते। हर बात के पीछे मतलब

होता है इनका...तुम्हें अपनी परवरिश की बात चलानी थी..." बूढ़ी ने बात का तार फिर पकड़ते हुए कहा।

"कहा तो, क्या चलाती... मैं तो सन्तोष किए बैठी हूँ। दो-तीन साल की और देर है, तब तक देबू करने-धरने लायक हुआ जाता है। काहे को कहीं मुँह डालूँ ? देवा की फ़िक्र थी उन्हें भी, कह रहे थे, 'वैसे वो अपने पास बुला लेते, पर मेरा भी लगकर रहना नहीं हो पाता, इसीलिए सोचता हूँ, जैसा वहाँ तैसा यहाँ। अगर रहे तो मेरी निगाह के सामने रहे, नहीं तो तुमसे अच्छा और कौन होगा उसके लिए।' उसके लिए बड़ी हिदायतें देते रहे थे। कहते थे, 'तुम्हीं से सब कुछ सीखेगा। आजकल लड़कों को हवा लग जाती है। तुम्हारा डर-खौफ अगर उसके ऊपर से उठ गया तो बिगड़ जाएगा। अपने को सँभाले रहना, जिस घर में जनमी हो उसका ध्यान रखना। बड़ी ऊँची शान रही है तुम्हारे बाबूजी की...' "

बूढ़ी थोड़ी देर बाद उठकर चली गई थी।

तब से देवा पर उसकी नजरें और भी सतर्कता और प्यार से जम गई थीं। वह देवा को पेट काट-काटकर पढ़ाती रही, और जब वह पढ़-लिखकर बेकार बैठ गया, तब भी वह उसे उसी तरह देखती रही। उसके इधर-उधर बैठने को सतर्क नजरों से निहारती रही और जब-जब देर से लौटने पर वह झूठ बोलकर अपने को भुलावा देता तो उसके उस भ्रम को तोड़ने की उसने कभी कोशिश नहीं की। आखिर उसके भ्रम को तोड़कर वह कौन-सी सच्चाई उसे दिखा सकती थी ? इस बात को वह खूब जानती थी।

एक रोज जब वह घर लौटा था तो हमेशा की तरह देर हो गई थी। उस रोज उसके साथ एक आदमी और था, जिसकी साइकिल के पीछे किताबों का ढेर बँधा था और सामने हैण्डिल पर लटके झोले में अखबार भरे थे। उस आदमी की आँखों में एक अजीब-सा विश्वास

था, और उसके चेहरे पर मेहनत की कठोरता थी। देवा दरवाजे पर खड़ा-खड़ा कुछ देर उससे बातें करता रहा और जब भीतर आया था तो उसकी बातों में द्विविधा या झिझक नहीं थी। जैसे मन का गुबार एकदम बाहर छोड़ आया हो और अपनी सार्थकता का अनुभव करने लगा हो, आकर बोला था, "अम्मा, तुम खा लिया करो। मेरे इन्तजार में बैठे रहना ठीक नहीं। मेरा तो पैर निकल गया है..."

सुनकर माँ को ऐसा लगा था कि मन में आज तक जो टूटन थी वह शायद भर रही है, पर उसे कुछ दुख भी हुआ था कि कहीं देवा उसकी तरफ से एकदम बेपरवाह न हो जाए। वह दिन-दिन-भर वहशियों की तरह घूमता और रात गए देर तक कुप्पी के प्रकाश में न जाने क्या-क्या पढ़ता। अब देर से आने पर उसे संकोच न होता तो माँ के दिल पर घूँसा-सा लगता। उसे चिढ़ भी होती, दुख भी होता, और एक अजीब अव्यक्त-सा सुख भी मिलता। उसे लगता कि देवा कुछ अच्छा कर रहा है, पर यह अपनी तरफ से बेपरवाही भी बुरी है।

एक दिन उसे पता लगा कि देवा राजनीतिक आदमियों के साथ उठने-बैठने लगा है, उनके साथ झोला डाले इधर-उधर घूमता रहता है। अब वह अपने बारे में या घर के बारे में उतना चिन्तित नहीं है, जितना कहीं दूर बैठे लोगों या शहर के दूसरे लोगों के लिए है। कभी-कभी रात को भी बाहर रह जाता। घरों में देवा की चर्चा होती कि वह अखबार बेचने लगा है। बेकार आदमियों की तरह घर-घर दौड़ता फिरता है और चार पैसे का अखबार पहुँचाता है। चर्चा अगर बुराइयों पर चल पड़ी तो देवा और उसकी माँ को एकदम काला करार दे दिया जाता और कभी अच्छाइयों पर मुड़ गई तो उसकी जीवनी-शक्ति के सामने सब सिर झुका देते।

और वह सोचती...देवा भी सपनों में उलझा जा रहा है। उसमें जो आग सुलगी है, जो स्थिरता आई है, वह उसे शक्ति देगी, पर वह

दीन-दुनिया की नंगी बातें करता है, उसकी बातों में कच्चापन है, पर बचपना नहीं। और माँ को लगता है कि देवा अब निपट अकेला नहीं है, वह बहुतों से अनदेखे रूप में जुड़ गया है...

पर यह बात भी उसके दिल में बहुत नहीं जमती, आखिर इससे होना क्या है ? इसलिए सोचते-सोचते बात मुँह से निकल ही पड़ी। देवा अखबार बाँटकर आया था। माँ ने खाते वक्त उससे कहा था, "देबू, तुम्हारा यह अखबार बेचना हमें अच्छा नहीं लगता..."

देवा चुप ही रहा था। जब खाना खाकर चलने लगा तो माँ ने रोककर कहा, "यह पाँच सेर सूत लेते जाओ, सामने तुलवाकर देना, जब आना तब रँगवाकर लेते आना..."

देवा ने सुना और एक झोले में सूत भर लिया। पूछा, "कौन-से रंग में रँगेगा ?"

"चार सेर नीला और एक सेर पीला, 'बाडर' के लिए।"

चलते-चलते उसे याद आया तो बोला, "अम्मा, मुझे समय नहीं मिलेगा, तुम मेरा कुरता ज़रा धोकर डाल देना, इस्तरी मैं कर लूँगा, कल के लिए कोई कुरता नहीं है।" अम्मा ने हूँ की और वह चला गया।

माँ ने कुरते को साबुन से धोकर, कलफ़ और नील लगाया, तार पर फैलाया और इन्तजार किया, पर देवा नहीं आया। खाना बनाकर बैठी रही, पर वह नहीं लौटा। रात आई और चली गई लेकिन देवा के वापस आते पैरों की आहट नहीं सुनाई पड़ी। तुलसी के बिरवे के ऊपर बँधी अलगनी पर उसका कुरता सूखकर सिकुड़ गया, पर वह नहीं लौटा। माँ की आँखों से नींद उड़कर उसे खोजती रही लेकिन किसी सूने पहर में भी वह वापस नहीं आया। और माँ ने यह भी स्वीकार कर लिया। अलगनी से कुरता उतारकर, तह कर बक्से में रख दिया। पता नहीं किस वक्त आकर माँग बैठे।

तीसरे रोज पण्डित अपनी दरी माँगने जरूर आए। तब उसने यही कहा था, "छै-सात दिन में पहुँचा दूँगी। देवा को सूत रंगने के लिए दे दिया था, पता नहीं किस रँगरेज के यहाँ डाल आया है। देवा कल-परसों बाहर से वापस आ जाएगा तो दो-चार दिन में बिन के मैं खुद दे आऊँगी, परेशान न हों।"

"हुँ...कल-परसों देवा वापस आ जाएगा ! कहाँ की कह के गया है ? वह साल-भर से पहले नहीं आता, गिरफ्तारी हुई है कि मजाक है..."

"गिरफ्तारी..." माँ ने चौंककर कहा था।

"आन्दोलन किया है तो सजा भुगतनी ही पड़ेगी..."

सुनकर माँ ने खामोशी साध ली थी। बस इतना-भर कहा कि दरी पहुँच जाएगी, जैसे भी होगी।

गली में यह बात फैल गई थी कि देवा जेल चला गया है। यहाँ से कुछ लोगों के साथ वह करहल तहसील गया था, वहीं गिरफ्तार हो गया है। सजा एक साल की हुई है, लेकिन दो सौ रुपया जुर्माना भर दे तो आधी सजा कट सकती है। पर उसके साथियों में कोई जुर्माना भरने की बात को ठीक नहीं समझता। देवा ने जुर्म क्या किया है, इसके बारे में किसी को ठीक-ठीक नहीं पता। जब माँ की समझ में कुछ नहीं आया, तो वह हताश-सी हो गई थी। गली के लोग इसलिए भी कोई बात नहीं सुझाते थे कि उन्हें कहीं रुपए का इन्तजाम न करना पड़ जाए। तब वह और किससे कहती ! अकेली बैठती तो देवा के पिताजी का ध्यान बार-बार आता। वे देवा के लिए कितने चिन्तित थे। सोचा, अगर उन्हें पता चलेगा तो यही कहेंगे कि मुझे खबर तक नहीं दी। आखिर बेटा तो मेरा भी है, और कौन करेगा उसके लिए। जो हुआ सो हो चुका, पर क्या खून और प्यार के फर्ज छूट जाते हैं।

तब एक दिन उसने 'उन्हें' चिट्ठी लिखी थी—'देवा करहल तहसील में गिरफ्तार हो गया है। कुछ कह के नहीं गया। थोड़े दिन पहले पण्डितजी

से यह खबर मिली है। वह यह भी कहते हैं कि दो सौ रुपया जुर्माना दे दिया जाए तो देवा की आधी सजा कट जाएगी। इतवार की रात को गया था। यहाँ बिलकुल अकेली हूँ, जी नहीं लगता, देवा की वजह से बड़ा सूना लगता है। कुछ काम भी नहीं कर पाती। आप जो पैरवी ठीक समझें, करके उसे छुड़ा लाएँ। हो सके तो यहाँ होते हुए आप करहल निकल जाएँ।'

जो आदमी अपने काम से गया था और देवा की माँ का खत ले गया था वह वापस आया तो लिखावट के दो शब्द तक साथ न लाया। जबानी उसने यही बताया था कि स्टेशन-मास्टरजी का कहना है कि मुझसे पूछकर और मेरी मर्जी से देवा चलता होता तो मैं अपना सिर भी रोपता, उसका क्या ठिकाना, आज छुड़ाया कल फिर चला जाएगा...नौकरी-पेशा आदमी हूँ, और ये सब काम करने के लिए वक्त चाहिए, वह कहाँ से लाऊँ...कल ही मुझे दूसरी जगह रिलीव करना है।

देवा की माँ ने सुना तो पहले विश्वास नहीं आया। सोचा, शायद बेमौके चिट्ठी हाथ में पड़ी हो, पता नहीं दिमाग़ किन परेशानियों में फँसा हो कि यह खबर पाकर तिलमिला गए हों। जब ठण्डे दिल से सोचेंगे तो शायद डाक से चिट्ठी डाल दें। या शायद अपने घर की बात बाहरवाले के सामने न करना चाहते हों, तो भी चिट्ठी डाक से ही आएगी। लेकिन महीनों इन्तजार के बाद भी डाक से कोई चिट्ठी नहीं आई। वह भीतर कोठरी में जाती, घड़ी हथेली पर रखती तो वही जंजीर हथेली के उस पार झूल जाती, वह घड़ी को पल-दो पल देखती। घड़ी की सुइयाँ वक्त बदलती जातीं, पर वे सूनेपन की घड़ियाँ स्थिर-अडिग खड़ी थीं, अकेलेपन के पल अमिट हो गए थे, जिन्हें घड़ी की सुइयाँ नहीं हटा पाईं।

इधर पण्डितजी का दरी का तकाजा नाराजी का रूप धारण करता जा रहा था, उधर वह सारा कारबार रोके, हताश, उन परछाइयों का इन्तजार कर रही थी जो चलती हैं, बनती हैं, मिटती हैं, पर बोलती

नहीं। आखिर एक दिन जब पण्डितजी खरी-खोटी सुना गए और सूत रंगने देने वाली बात को महज बेईमानी और झूठी बात करार देकर बड़बड़ाते चले गए तो वह आँखों में आँसू भरे चरखा कातती रही। टूटते सूत से सूत जोड़ने की कोशिश करती रही और सिसकती रही...सोचती रही और रोती रही, उसके सूत तो ऐसे बिखर गए थे, जो पकड़ाई में ही नहीं आते थे।

जब अँधेरा झुक आया और घर की बँधी-बँधी फिजा में ऊब भरने लगी तो वह एक गहरी साँस लेकर उठी थी, चरखे की चरमराहट रुकी तो और भी निस्तब्धता छा गई थी। वह कोठरी में पहुँची, तब न जाने कौन-सा घाव उघड़ गया कि आँखें अनायास भरभराकर बह उठीं।

और तब अँधेरे में बैठे-बैठे उसके सामने जैसे सत्य उजागर होता गया था...वह अब तक किन परछाइयों पर विश्वास करती आई...देवा के पिताजी पर...पर वह कितनी बड़ी प्रवंचना थी...कितना बड़ा धोखा वह देते आ रहे हैं। कितनी सफ़ाई से सारी जिम्मेदारी टाल गए थे और कितनी खूबसूरती से उसके नारीत्व और पत्नीत्व को बातों से तृप्त कर गए थे...इसलिए कि वह कुछ और न सोच सके...वह सिर्फ यही तो चाहते थे कि वह इसी तरह लँगड़ाती, घिसटती और अधूरी रहकर भी पति के आकाशी आदर्श की गरिमा में अपने को धन्य मानती रहे...वह नीचे उतरकर धरती का स्पर्श न करने पाए...कहते थे—देवा पर तुम्हारा ही असर पड़ेगा...और इस बात में वे उसकी लज्जा को कितनी बड़ी चुनौती दे गए थे...पर...तब उसकी आँख पर कौन-सा परदा पड़ा था !

और तब वह उस अँधेरी कोठरी से निकली थी। सिन्दूर की डिबिया उसके हाथों में थी और तुलसी के बिरवे पर चाँदनी मुसकरा रही थी। चारों तरफ़ दूध-सा फैला था और एक अजीब-सी शीतलता थी। वह सिन्दूर की डिबिया हाथ में लिए तुलसी को निहारती रही थी। भीतर

बवण्डर-सा था। काँपती उँगलियों से उसने डिबिया खोली थी और सारा सिन्दूर तुलसी की नीली-नीली पत्तियों पर बिखेरकर अपना सुहाग उसे सौंप, सजल नयनों से उस बिरवे को ताकती रही थी। तुलसी की पँखुरियाँ सिन्दूर मिली दूधिया चमक से जैसे और भी नीली पड़ गई थीं। और वह तुलसी के बिखेरुए पर माथा टेके, उस निपट अकेली रात में, अपने एकाकीपन को सोच-सोचकर खिसिया-खिसियाकर रोई थी, शंका से भर-भर उठी थी, डर से घबराई थी, पर कहीं कुछ था जो उसे रुलाता था और ढाढ़स बँधाता था, उसकी आँखों में पानी का सैलाब लाता था और सोख लेता था।

उस दिन से उसने माँग नहीं भरी...और कोई चारा न देखकर घड़ी-की जंजीर बेचकर रुई खरीद लाई थी। पण्डित की दरी भी बुनकर दे आई थी।

तब से वह लगातार खरीदी हुई रुई की दरियाँ बुनती रहती, सूत कातती रहती और एक-एक बुनकर सहेज-सहेजकर रखती जाती। किसी का काम मिल जाता तो कर देती, नहीं तो अपने काम में लगी रहती। देवा को बिछुड़े तो इतने दिन हो गए थे कि अब लगता था—वह दूर ही चला गया। जब उसकी बहुत याद आती तो सन्दूक से उसका कुरता निकालती, तह खोलती, उसे देखती और फिर सँभालकर रख देती।

और जब आज साल-भर बाद देवा सामने आकर खड़ा हो गया तो माँ का वही चरखा चल रहा था, जिसका हत्था शीशे की तरह चमकने लगा था। वही स्थिरता माँ के चेहरे पर छाई थी जो सहज भक्ति से मिल पाती है, और सूत कातते क्षणों की खामोशी—जैसे आराधना का मौन ! देवा ललचाया-सा खड़ा देखता रह गया। माँ ने उसका संकोच परखा था। उसे लगा कि अभी वह कुछ वैसी बातें कहेगा जिसमें वही पुराना भ्रम होगा, उसे नौकरी मिल जाने वाली बात जैसी कोई हलकी बचत होगी। पर देवा ने वैसी कोई बात नहीं कही तो चरखे की माल

पर हाथ फेरती हुई वह उठी और तब उसने नजदीक से देवा को देखा। वह जैसे पक गया था, उसके मुख पर तपस्या की आभा थी, कच्चा बचपना कहीं दुबक गया था। सारे प्रश्न और उत्तर अपने-आप सहज हो गए। सब सरल था। उसकी आँखों में ममता भर गई, बोली, ''देबू, आ गया तू।''

''अम्मा...'' और रुककर वह बोला था, ''बड़ी भूख लगी है।''

''भूख...'' उसने कहा।

''साल-भर से भूखा हूँ...अम्मा पूरे एक साल से...''

तब सारा समय सिमट आया, सब स्वाभाविक हो गया। माँ ने खाना परोसा, देवा ने पानी रखा और माँ-बेटे बेवक्त खाने बैठ गए। खाते-खाते देवा ने कहा, ''बाबूजी अस्पताल में हैं।''

''क्या हुआ ?'' माँ के चेहरे पर सब प्रकृत था।

''मोटर में जान-पहचान का खलासी मिला था। मुझे पहचाना तो उसने बताया था कि बाबूजी को प्लूरिसी हो गई है। एक बार हालत इतनी खराब हो गई कि चौबीस घण्टे बेहोश रहे, फिर कुछ हालत ठीक हुई, पर तीन-चार रोज बाद फिर बिगड़ गई...छोटे अस्पताल से बड़े में चले गए हैं...''

''कब से खराब है ?''

''एक महीने से, कल जाके देख आऊँ ?'' देवा बोला।

माँ चुप रही। तीन-चार कौर उसने और खाए, गट-गट पानी पिया और उठ गई।

शाम गहरी-गहरी उदास थी। देवा का मन हुआ कि इतने दिनों बाद जाकर लोगों से मिल ले। लौटकर आया तो माँ चरखे के तकुए की नोक पटिया पर घिस रही थी। आज माँ की स्वाभाविक उदासीनता में कुछ कलक थी। उदासीनता की दृढ़ता की जगह खोया-खोया मोह था।

रात को माँ दिए के प्रकाश में बैठी चरखे की रुई साफ़ करती रही। यह चरखा ही शायद उसका सबसे बड़ा सहारा था। सूत कातते

हुए टूटे तार जोड़ते-जोड़ते अथाह धैर्य और अटूट दृढ़ता उसकी प्रकृति में आ गई थी। प्रत्येक बार टूटनेवाले तार ने उसकी खीझ, झुंझलाहट और असन्तोष को जीत लिया था। इसी में उसका निस्तार था, यह चरखा ही उसका गूँगा गुरु था।

रुई साफ़ करने के बाद शायद वह लेटती, पर चरखे को खाट के सिरहाने रखकर वह अन्धी अलमारी के पास खड़ी रही। अरसे से रखी हुई चीजों को उठा-उठाकर निहारती रही। कील में लटकते कृष्णजी के कलैण्डर को देखती रही और फिर मोम लेकर चरखे की माल सूँतने लगी।

एक झपकी के बाद जब देवा की आँख खुली तो देखा, माँ सूत की पूनियों के ढेर के सामने सिर झुकाए बैठी है...मोह का आवरण उसके चारों ओर अदृश्य-सा फैला है और उस अँधियारे में उसकी काया असमंजस में पड़ी है। वह कुछ चाह रही थी—पाना या खोना !...पर जैसे न वह पा सकती थी और न खो सकती थी...वहाँ से उठकर उसने दिए को बुझाया तो देवा ने आँखें मूँद लीं, और इस इन्तजार में कि अब माँ लेटेगी, वह खुद सो गया।

सुबह की नरम सरदी से वह कुछ जल्दी ही जागा। दीवार के मोखे से प्रकाश की रेखा आ रही थी और कोठरी का अँधियारा भूरा-भूरा हो गया था। उसे कुछ शुभ-सा लगा। माँ की खाट खाली थी। कुछ खटका मन में हुआ। उठकर कोठरी की चौखट तक आया।

बाहर आँगन में जैसे पवित्रता छाई थी...हलकी सरदी और मन के उजियारे की तरह पावन प्रकाश! और उस प्रातः के सुरमई आकाश से झरती हुई वह आभामय रोशनी, जिसमें आँगन का तुलसी का बिरवा किसी विश्वास के अंकुर-सा स्थिर खड़ा था ! उसके घिरुए पर माटी का दीपक जल रहा था, जिसकी अकम्पित लौ में तुलसी की छाया तले सिर टेके, माँ की सिन्दूर-भरी माँग चमक रही थी।

अकस्मात इतने विशाल शुभ को ग्रहण कर सकने में अपने को असमर्थ पाकर, वह आँखें मूँदकर उस पूर्णता को पा सकने के लिए यन्त्रचालित-सा खाट पर मुँह गड़ाकर लेटा रहा। थोड़ी देर बाद आहट हुई तो एकाएक वह आँखें न खोल पाया...कहीं अर्थ खो न जाए, पूर्णता लुप्त न हो जाए।

"देबू...देबू..." माँ ने पुकारा था, "सबेरा हो गया देबू, उठो..."

उठकर वह बाहर आँगन में आ गया और माँ कोठरी में घुसी रही। जब वह बाहर आई तो देवा बोला, "अम्मा, हम लोग चलकर बाबूजी को आज ही देख आएँ।"

माँ ने ऐसे देखा कि क्या वह सचमुच ही यह बात कह रहा था और क्या उसके लिए भी कह रहा था ? माँ को खामोश देखकर वह बोला, "तुम तैयारी कर लो, अभी सवेरे दस बजे चलकर रात की गाड़ी से वापस आ जाएँगे।"

"मैं नहीं जाऊँगी..." कहते-कहते माँ कमरे की तरफ मुड़ गई।

"तुम नहीं जाओगी ?" देवा ने जैसे बात समझने के लिए दोहराई।

"नहीं !" माँ के स्वर में दृढ़ता थी।

"तो मैं चला जाऊँ...?" देवा सहसा कह गया।

"नहीं।" माँ ने उसी दृढ़ता से कहा और अपने काम में लग गई।

दिल्ली में एक मौत

चारों तरफ कुहरा छाया हुआ है। सुबह के नौ बज चुके हैं, लेकिन पूरी दिल्ली धुंध में लिपटी हुई है। सड़कें नम हैं। पेड़ भीगे हुए हैं। कुछ भी साफ नहीं दिखाई देता। जिन्दगी की हलचल का पता आवाजों से लग रहा है। ये आवाजें कानों में बस गई हैं। घर के हर हिस्से से आवाजें आ रही हैं। वासवानी के नौकर ने रोज की तरह स्टोव जला लिया है, उसकी सनसनाहट दीवार के पार से आ रही है। बगल वाले कमरे में अतुल मवानी जूते पर पॉलिश कर रहा है...ऊपर सरदारजी मूँछों पर फिक्सो लगा रहे हैं...उनकी खिड़की के परदे के पार जलता हुआ बल्ब बड़े मोती की तरह चमक रहा है। सब दरवाजे बन्द हैं, सब खिड़कियों पर परदे हैं, लेकिन हर हिस्से में जिन्दगी की खनक है। तिमंजिले पर वासवानी ने बाथरूम का दरवाजा बन्द किया है और पाइप खोल दिया है...

कुहरे में बसें दौड़ रही हैं। जूँ-जूँ करते भारी टायरों की आवाजें दूर से नजदीक आती हैं और फिर दूर होती जाती हैं। मोटर-रिक्शे बेतहाशा भागे चले जा रहे हैं। टैक्सी का मीटर अभी किसी ने डाउन किया है। पड़ोस के डॉक्टर के यहाँ फोन की घण्टी बज रही है और पिछवाड़े गली से गुजरती हुई कुछ लड़कियाँ सुबह की शिफ्ट पर जा रही हैं।

सख्त सर्दी है। सड़कें ठिठुरी हुई हैं और कोहरे के बादलों को चीरती हुई कारें और बसें हॉर्न बजाती हुई भाग रही हैं। सड़कों और पटरियों पर भीड़ है, पर कुहरे में लिपटा हुआ हर आदमी भटकती हुई रूह की तरह लग रहा है।

वे रूहें चुपचाप धुंध के समुद्र में बढ़ती जा रही हैं...बसों में भीड़ है। लोग ठण्डी सीटों पर सिकुड़े हुए बैठे हैं और कुछ लोग बीच में ही ईसा की तरह सलीब पर लटके हुए हैं—बाँहें पसारे, उनकी हथेलियों में कीलें नहीं, बस की बर्फीली चमकदार छड़ें हैं।

और ऐसे में दूर से एक अरथी सड़क पर चली आ रही है।

इस अरथी की खबर अखबार में है। मैंने अभी-अभी पढ़ी है। इसी मौत की खबर होगी। अखबार में छपा है—आज रात करोलबाग के मशहूर और लोकप्रिय बिजनेस मैन सेठ दीवानचन्द की मौत इरविन अस्पताल में हो गई। उनका शव कोठी पर ले आया गया है। कल सुबह नौ बजे उनकी अरथी आर्यसमाज रोड से होती हुई पंचकुइयाँ श्मशान-भूमि में दाह-संस्कार के लिए जाएगी।...

और इस वक्त सड़क पर आती हुई यह अरथी उन्हीं की होगी। कुछ लोग टोपियाँ लगाए और मफलर बाँधे हुए खामोशी से पीछे-पीछे आ रहे हैं। उनकी चाल बहुत धीमी है। कुछ दिखाई पड़ रहा है, कुछ नहीं दिखाई पड़ रहा है, पर मुझे ऐसा लगता है अरथी के पीछे कुछ आदमी हैं।

मेरे दरवाजे पर दस्तक होती है। मैं अखबार एक तरफ रखकर दरवाजा खोलता हूँ। अतुल मवानी सामने खड़ा है।

"यार, क्या मुसीबत है, आज कोई आयरन करने वाला भी नहीं आया, ज़रा अपना आयरन देना।" अतुल कहता है तो मुझे तसल्ली होती है। नहीं तो उसका चेहरा देखते ही मुझे खटका हुआ था कि कहीं शव-यात्रा में जाने का बवाल न खड़ा कर दे। मैं उसे फौरन आयरन

दे देता हूँ और निश्चिन्त हो जाता हूँ कि अतुल अब अपनी पैण्ट पर लोहा करेगा और दूतावासों के चक्कर काटने के लिए निकल जाएगा।

जब से मैंने अखबार में सेठ दीवानचन्द की मौत की खबर पढ़ी थी, मुझे हर क्षण यही खटका लगा था कि कहीं कोई आकर इस सर्दी में शव के साथ जाने की बात न कह दे। बिल्डिंग के सभी लोग उनसे परिचित थे और सभी शरीफ, दुनियादार आदमी थे।

तभी सरदार जी का नौकर जीने से भड़भड़ाता हुआ आया और दरवाजा खोलकर बाहर जाने लगा। अपने मन को और सहारा देने के लिए मैंने उसे पुकारा, "धर्मा ! कहाँ जा रहा है ?"

"सरदार जी के लिए मक्खन लेने," उसने वहीं से जवाब दिया तो लगे हाथों लपककर मैंने भी अपनी सिगरेट मँगवाने के लिए उसे पैसे थमा दिए।

सरदार जी नाश्ते के लिए मक्शन मँगवा रहे हैं, इसका मतलब है वे भी शव-यात्रा में शामिल नहीं हो रहे हैं। मुझे कुछ और राहत मिली। जब अतुल मवानी और सरदार जी का इरादा शव-यात्रा में जाने का नहीं है तो मेरा कोई सवाल ही नहीं उठता। इन दोनों का या वासवानी-परिवार का ही सेठ दीवानचन्द के यहाँ ज्यादा आना-जाना था। मेरी तो चार-पाँच बार की मुलाकात-भर थी। अगर ये लोग ही शामिल नहीं हो रहे हैं तो मेरा सवाल ही नहीं उठता।

सामने बारजे पर मुझे मिसेज वासवानी दिखाई पड़ती हैं। उनके खूबसूरत चेहरे पर अजीब-सी सफेदी है और होंठों पर पिछली शाम की लिपस्टिक की हलकी लाली अभी भी मौजूद है। गाउन पहने हुए ही वह निकली हैं और अपना जूड़ा बाँध रही हैं। उनकी आवाज सुनाई पड़ती है, 'डार्लिंग, ज़रा मुझे पेस्ट देना, प्लीज...'

मुझे और राहत मिलती है। इसका मतलब है कि मिस्टर वासवानी भी मैयत में शामिल नहीं हो रहे हैं।

दूर आर्यसमाज रोड पर वह अरथी बहुत आहिस्ता-आहिस्ता बढ़ती आ रही है...

अतुल मवानी मुझे आयरन लौटाने आता है। मैं आयरन लेकर दरवाजा बन्द कर लेना चाहता हूँ, पर वह भीतर आकर खड़ा हो जाता है और कहता है, "तुमने सुना, दीवानचन्द जी की कल मौत हो गई ?"

"मैंने अभी अखबार में पढ़ा है," मैं सीधा-सा जवाब देता हूँ, ताकि मौत की बात आगे न बढ़े। अतुल मवानी के चेहरे पर सफेदी झलक रही है, वह शेव कर चुका है। वह आगे कहता है, "बड़े भले आदमी थे दीवानचन्द।"

यह सुनकर मुझे लगता है कि अगर बात आगे बढ़ गई तो अभी शवयात्रा में शामिल होने की नैतिक जिम्मेदारी हो जाएगी, इसलिए मैं कहता हूँ, "तुम्हारे उस काम का क्या हुआ ?"

"बस, मशीन आने भर की देर है। आते ही अपना कमीशन तो खड़ा हो जाएगा। यह कमीशन का काम भी बड़ा बेहूदा है। पर किया क्या जाए ? आठ-दस मशीनें मेरे थ्रू निकल गईं तो अपना बिजनेस शुरू कर दूँगा।" अतुल मवानी कह रहा है, "भई, शुरू-शुरू में जब मैं यहाँ आया था तो दीवानचन्द जी ने बड़ी मदद की थी मेरी। उन्हीं की वजह से कुछ काम-धाम मिल गया था। लोग बहुत मानते थे उन्हें।"

फिर दीवानचन्द का नाम सुनते ही मेरे कान खड़े हो जाते हैं। तभी खिड़की से सरदार जी सिर निकालकर पूछने लगते हैं, "मिस्टर मवानी ! कितने बजे चलना है ?"

"वक्त तो नौ बजे का था, शायद सर्दी और कुहरे की वजह से कुछ देर हो जाए।" वह कह रहा है और मुझे लगता है कि यह बात शवयात्रा के बारे में ही है।

सरदार जी का नौकर धर्मा मुझे सिगरेट देकर जा चुका है और ऊपर मेज पर चाय लगा रहा है। तभी मिसेज वासवानी की आवाज

सुनाई पड़ती है, "मेरे ख्याल से प्रमिला वहाँ जरूर पहुँचेगी, क्यों डार्लिंग ?"

"पहुँचना तो चाहिए।...तुम ज़रा जल्दी से तैयार हो जाओ।" कहते हुए मिस्टर वासवानी बारजे से गुजर गए हैं।

अतुल मुझसे पूछ रहा है, "शाम को कॉफी-हाउस की तरफ आना होगा ?"

"शायद चला आऊँ," कहते हुए मैं कम्बल लपेट लेता हूँ और वह वापस अपने कमरे में चला जाता है। आधी मिनिट बाद ही उसकी आवाज फिर आती है, "भई बिजली आ रही है ?"

"मैं जवाब दे देता हूँ, "हाँ, आ रही है, मैं जानता हूँ कि वह इलक्ट्रिक रॉड से पानी गरम कर रहा है, इसीलिए उसने यह पूछा है।"

"पॉलिश !" बूट-पॉलिशवाला लड़का हर रोज की तरह अदब से आवाज लगाता है और सरदार जी उसे ऊपर पुकार लेते हैं। लड़का बाहर बैठकर पॉलिश करने लगता है और वह अपने नौकर को हिदायतें दे रहे हैं, खाना ठीक एक बजे लेकर आना।...पापड़ भूनकर लाना और सलाद भी बना लेना।..."

मैं जानता हूँ, सरदार जी का नौकर पाजी है। वह कभी वक्त से खाना नहीं पहुँचाता और न उनके मन की चीजें ही पकाता है।

बाहर सड़क पर कुहरा अब भी घना है। सूरज की किरणों का पता नहीं है। कुलचे-छोलेवाले वैष्णव ने अपनी रेढ़ी लाकर खड़ी कर ली है। रोज की तरह वह प्लेटें सजा रहा है, उनकी खनखनाहट की आवाज आ रही है।

सात नम्बर की बस छूट रही है। सूलियों पर लटके ईसा उसमें चले जा रहे हैं और क्यू में खड़े बाकी लोगों को कण्डक्टर पेशगी टिकिट बाँट रहा है। हर बार जब भी वह पैसे वापस करता है तो रेजगारी

की खनक यहाँ तक आती है। धुंध में लिपटी रूहों के बीच काली वरदी वाला कण्डक्टर शैतान की तरह लग रहा है।

और अरथी अब कुछ और पास आ गई है।

''नीली साड़ी पहन लूँ ?'' मिसेज वासवानी पूछ रही हैं।

वासवानी के जवाब देने की घुटी-घुटी आवाज से लग रहा है कि वह टाई की नॉट ठीक कर रहा है।

सरदार जी के नौकर ने उनका सूट ब्रुश से साफ करके हैंगर पर लटका दिया है। और सरदार जी शीशे के सामने खड़े पगड़ी बाँध रहे हैं।

अतुल मवानी फिर मेरे सामने से निकला है। पोर्टफोलियो उसके हाथ में है। पिछले महीने बनवाया हुआ सूट उसने पहन रखा है। उसके चेहरे पर ताजगी है और जूतों पर चमक। आते ही वह मुझसे पूछता है, ''तुम नहीं चल रहे हो ?'' और मैं जब तक पूछूँ कि कहाँ चलने को वह पूछ रहा है कि वह सरदार जी को आवाज लगाता है, ''आइए, सरदारजी ! अब देर हो रही है। दस बज चुका है।''

दो मिनिट बाद ही सरदार जी तैयार होकर नीचे आते हैं कि वासवानी ऊपर से ही मवानी का सूट देखकर पूछता है, ''ये सूट किधर सिलवाया ?''

''उधर खान मार्केट में।''

''बहुत अच्छा सिला है। टेलर का पता हमें भी देना।'' फिर वह अपनी मिसेज को पुकारता है, ''अब आ जाओ, डियर !...अच्छा मैं नीचे खड़ा हूँ तुम आओ।'' कहता हुआ वह भी मवानी और सरदार जी के पास आ जाता है और सूट को हाथ लगाते हुए पूछता है, ''लाइनिंग इण्डियन है।''

''इंग्लिश !''

''बहुत अच्छी फिटिंग है !'' कहते हुए वह टेलर का पता डायरी

में नोट करता है। मिसेज वासवानी बारजे पर दिखाई पड़ती हैं—नम और सर्द सुबह में उनका रूप और भी निखर आया है। सरदार जी धीरे से मवानी को आँख का इशारा करके सीटी बजाने लगते हैं।

अरथी अब सड़क पर ठीक मेरे कमरे के नीचे है। उसके साथ कुछेक आदमी हैं, एक-दो कारें भी हैं, जो धीरे-धीरे रेंग रही हैं। लोग बातों में मशगूल हैं।

मिसेज वासवानी जूड़े से फूल लगाते हुए नीचे उतरती हैं तो सरदारजी अपनी जेब का रूमाल ठीक करने लगते हैं। और इससे पहले कि वे लोग बाहर जाएँ वासवानी मुझसे पूछता है, ''आप नहीं चल रहे ?''

''आप चलिए, मैं आ रहा हूँ,'' मैं कहता हूँ पर दूसरे ही क्षण मुझे लगता है कि उसने मुझसे कहाँ चलने को कहा है ? मैं अभी खड़ा सोच ही रहा हूँ कि वे चारों घर के बाहर हो जाते हैं।

अरथी कुछ और आगे निकल गई है। एक कार पीछे से आती है और अरथी के पास धीमी होती है। चलाने वाले साहब शव-यात्रा में पैदल चलने वाले एक आदमी से कुछ बात करते हैं और कार सर्र से आगे बढ़ जाती है। अरथी के साथ पीछे जाने वाली दोनों कारें भी उसी कार के पीछे सरसराती हुई चली जाती हैं।

मिसेज वासवानी और वे तीनों लोग टैक्सी-स्टैण्ड की ओर जा रहे हैं। मैं उन्हें देखता रहता हूँ। मिसेज वासवानी ने फर-कालर डाल रखा है और शायद सरदार जी अपने चमड़े के दास्ताने उन्हें दे रहे हैं या दिखा रहे हैं। टैक्सी-ड्राइवर आगे बढ़कर दरवाजा खोलता है और वे चारों टैक्सी में बैठ जाते हैं। अब टैक्सी इधर ही आ रही है और उसमें से खिलखिलाने की आवाज मुझे सुनाई पड़ रही है। वासवानी आगे सड़क पर जाती अरथी की ओर इशारा करते हुए ड्राइवर को कुछ बता रहा है।...

मैं चुपचाप खड़ा सब देख रहा हूँ और अब न जाने क्यों मुझे मन में लग रहा है कि दीवानचन्द की शव-यात्रा में कम-से-कम मुझे तो शामिल हो ही जाना चाहिए था। उनके लड़के से मेरी खासी जान-पहचान है और ऐसे मौके पर तो दुश्मन का साथ भी दिया जाता है। सर्दी की वजह से मेरी हिम्मत टूट रही है...पर मन में कहीं शव-यात्रा में शामिल होने की बात भीतर-ही-भीतर कोंच रही है।

उन चारों की टैक्सी अरथी के पास धीमी होती है। मवानी गरदन निकालकर कुछ कहता है और दाहिने से रास्ता काटते हुए टैक्सी आगे बढ़ जाती है।

मुझे धक्का-सा लगता है और मैं ओवरकोट पहनकर, चप्पलें डालकर नीचे उतर आता हूँ। मुझे मेरे कदम अपने-आप अरथी के पास पहुँचा देते हैं और मैं चुपचाप उसके पीछे-पीछे चलने लगता हूँ। चार आदमी कन्धा दिए हुए हैं और सात आदमी साथ चल रहे हैं—सातवाँ मैं ही हूँ। और मैं सोच रहा हूँ कि आदमी के मरते ही कितना फर्क पड़ जाता है ! पिछले साल ही दीवानचन्द ने अपनी लड़की की शादी की थी तो हजारों की भीड़ थी। कोठी के बाहर कारों की लाइन लगी हुई थी...

मैं अरथी के साथ-साथ लिंक रोड पर पहुँच चुका हूँ। अगले मोड़ पर ही पंचकुइयाँ श्मशान-भूमि है।

और जैसे अरथी मोड़ पर घूमती है लोगों की भीड़ और कारों की कतार मुझे दिखाई देने लगती है। कुछ स्कूटर भी खड़े हैं। औरतों की भीड़ एक तरफ खड़ी है। उनकी बातों की ऊँची ध्वनियाँ सुनाई पड़ रही हैं। उनके खड़े होने में वही लचक है जो कनॉट प्लेस में दिखाई पड़ती है। सभी के जूड़ों के स्टाइल अलग-अलग हैं। मरदों की भीड़ से सिगरेट का धुआँ उठ-उठकर कुहरे में घुला जा रहा है और बात करती हुई औरतों के लाल-लाल होंठ और सफेद दाँत चमक रहे हैं और उनकी आँखों में एक गरूर है...

अरथी को बाहर बने चबूतरे पर रख दिया गया है। अब खामोशी छा गई है। इधर-उधर बिखरी हुई भीड़ शव के इर्द-गिर्द जमा हो गई है और कारों के शोफर हाथों में फूलों के गुलदस्ते और मालाएँ लिए अपनी मालकिनों की नजरों का इंतजार कर रहे हैं।

मेरी नजर वासवानी पर पड़ती है। वह अपनी मिसेज को आँख के इशारे से शव के पास जाने को कह रहा है और वह है कि एक औरत के साथ खड़ी बात कर रही है। सरदार जी और अतुल मवानी भी वहीं खड़े हुए हैं।

शव का मुँह खोल दिया गया है और अब औरतें फूल और मालाएँ उसके इर्द-गिर्द रखती जा रही हैं। शोफर खाली होकर अब कारों के पास खड़े सिगरेट पी रहे हैं।

एक महिला माला रखकर कोट की जेब से रूमाल निकालती है और आँखों पर रखकर नाक सुरसुराने लगती है और पीछे हट आती है।

और अब सभी औरतों ने रूमाल निकाल लिए हैं। और उनकी नाकों से आवाजें आ रही हैं।

कुछ आदमियों ने अगरबत्तियाँ जलाकर शव के सिरहाने रख दी हैं। वे निश्चल खड़े हैं।

आवाजों से लग रहा है कि औरतों के दिल को ज्यादा सदमा पहुँचा है।

अतुल मवानी अपने पोर्टफोलियो से कोई कागज निकालकर वासवानी को दिखा रहा है। मेरे ख्याल से वह पासपोर्ट का फॉर्म है।

अब शव को भीतर श्मशान-भूमि में ले जाया जा रहा है। भीड़ फाटक के बाहर खड़ी देख रही है। शोफरों ने सिगरेटें या तो पी ली हैं या बुझा दी हैं और वे अपनी-अपनी कारों के पास तैनात हैं।

शव अब भीतर पहुँच चुका है।

मातमपुरसी के लिए आए हुए आदमी और औरतें अब बाहर की तरफ लौट रहे हैं।

कारों के दरवाजे खुलने और बन्द होने की आवाजें आ रही हैं। स्कूटर स्टार्ट हो रहे हैं और कुछ लोग रिंग रोड, बस-स्टाप की ओर बढ़ रहे हैं।

कुहरा अभी भी घना है। सड़क से बसें गुजर रही हैं और मिसेज वासवानी कह रही हैं, "प्रमिला ने शाम को बुलाया है, चलोगे न, डियर ? कार आ जाएगी। ठीक है न ?"

वासवानी स्वीकृति में सिर हिला रहा है।

कारों में जाती हुई औरतें मुसकराते हुए एक-दूसरे से विदा ले रही हैं। और 'बाई-बाई' की कुछ-एक आवाजें आ रही हैं। कारें स्टार्ट होकर जा रही हैं।

अतुल मवानी और सरदार जी भी रिंग रोड, बस-स्टाप की ओर बढ़ गए हैं और मैं खड़ा सोच रहा हूँ कि अगर मैं भी तैयार होकर आया होता तो यहीं से सीधा काम पर निकल जाता। लेकिन अब तो साढ़े ग्यारह बज चुके हैं।

चिता में आग लगा दी गई है और चार-पाँच आदमी पेड़ के नीचे पड़ी बेंच पर बैठे हुए हैं। मेरी तरह वे भी यूँ ही चले आए हैं। उन्होंने जरूर छुट्टी ले रखी होगी, नहीं तो वे भी तैयार होकर आते।

मेरी समझ में नहीं आ रहा है कि घर जाकर तैयार होकर दफ्तर जाऊँ या अब एक मौत का बहाना बनाकर आज की छुट्टी ले लूँ—आखिर मौत तो हुई ही है और मैं शव-यात्रा में शामिल भी हुआ हूँ।

तलाश

उसने बहुत धीरे-से दरवाजे को धक्का दिया। वह भीतर से बन्द था। जब तक वह सोयी थी, तब तक दरवाजा बन्द नहीं किया गया था। कमरे से आवाजें भी आती रही थीं और भिड़े हुए दरवाजे की साँस से रोशनी का एक आरा-सा गिरता रहा था। रोशनी मोमिया कागज-सी झिलमिलाती रही थी...और उस झीनी लकीर में सिगरेट का धुआँ तरह-तरह के पैटर्न बना रहा था। बहुत देर तक वह उन अक्सों को देखती रही थी...

अपना दरवाजा खोलकर वह बरामदे से बाहर निकल आई। उसने उनके कमरे के बाहर वाले दरवाजे को हल्के-से छुआ। वह खुला हुआ था। खामोशी से वह जीने में उतरी ...गली का दरवाजा भी बन्द नहीं था। उसे कुछ शंका हुई। ममी बिना कुछ कहे, इतने सवेरे कहाँ निकल गईं ! ममी के पास काम भी बहुत था। मिस्टर चन्द्रा कई रजिस्टर लेकर आए थे। दस या साढ़े दस बजे तो उसने दोनों को कॉफी पिलाई थी। ग्यारह-साढ़े ग्यारह बजे वह खुद सोयी थी। वह प्याले ले जाने के इंतजार में कुछ देर वहीं कमरे में रुकी रही थी, ममी ने कहा, "तू सो जा, सुमी...हमें तो अभी दो-तीन घण्टे लग जाएँगे..."

जीने से वह फिर ऊपर बरामदे में आ गई। आहिस्ता-से उसने उनके कमरे का दरवाजा खोला। नीचे कालीन पर रजिस्टर बिखरे हुए

थे। लाल-नीली पेंसिलें पड़ी हुई थीं। कार्बन का डिब्बा पड़ा था। नीली और लाल दवातें और होल्डर रखे थे। कॉफी एक प्याले में जली हुई तीलियाँ, राख और सिगरेटों के बदरंग टुकड़े पड़े थे।

ममी शायद बहुत थक गई थीं। वह पलंग पर बेखबर सो रही थीं। जूड़े के पिन सिरहाने रखे हुए थे। दाहिने तरफ वाले तकिए पर एक हलका-सा गड्ढा था। पलंग के सिरहाने वाली पाटी पर एक सिगरेट दबाकर बुझाई गई थी। टुकड़ा नीचे पड़ा था।

उनके चेहरे पर बेहद मासूमियत थी। उतना ही धुला-धुला-सा चेहरा था, जितना सुबह उठकर मुँह धोने के बाद निखर आया करता था। साथ-साथ चाय पीते वक्त वह अक्सर बहुत लगाव से उनके चेहरे को देखा करती थी...ओस में धुले हुए कमल-सी ताजगी उभर आया करती है...ममी के चेहरे पर। पता नहीं ऐसा क्या था ममी के चेहरे में कि वह डूबी-डूबी-सी देखती रह जाती थी !

वह चुपचाप उनके कमरे से निकल आई थी। अपने कमरे में जाकर उनके जागने का इंतजार करती रही थी। कुछ ही देर बाद उनके कमरे में कुछ आहट हुई थी और उसे लगा कि ममी ने बरामदे वाले दरवाजे की चटखनी बहुत आहिस्ता से बन्द की थी और उतने ही धीमे से बीच वाले दरवाजे की चटखनी खोली थी। चटखनी खोलने के बाद वह एकदम उसके कमरे में नहीं आई थीं। कुछ क्षणों तक चुपचाप वहीं खड़ी रहीं। फिर उन्होंने हल्के-से आवाज दी थी, "सुमी, जाग गई ?" और वह कमरे से होती हुई बाथरूम की तरफ चली गई थीं। उनके साथ ही कमरे में एक ठण्डा-सा झोंका आया था...शीतल-सी गन्ध फैल गई थी...जैसे वह बिस्तर से नहीं, गुसलखाने से नहाकर निकली हों।

जब तक वह बाथरूम से आईं, सुमी ने चाय तैयार कर ली थी। वह रोज की तरह ही चाय पीने के लिए बैठी थीं। साड़ी उन्होंने जरूर कन्धों से कुहनियों तक लपेट रखी थी। सलवटें कुछ ज्यादा ही थीं। साड़ी के नीचे उनकी भरी-भरी संगमरमरी बाँहें झिलमिला रही थीं। आँखों

में अथाह गहराइयाँ थीं। उनके बैठने में भी रोज जैसा फैलाव नहीं था, शालीन तनाव था।

"शायद मुझे दो रोज के लिए बाहर जाना पड़े...ग्राण्ट बाकी पड़ी है। साल खत्म होने से पहले साइण्टिफिक इंस्ट्रूमेंट्स खरीदने हैं," ममी ने निहायत आसानी से कहा था।

"मैं बनी रहूँगी...आप हो आइएगा," सुमी ने दूसरा प्याला बनाकर उनके सामने रख दिया था।

"किसी दाई को कह दूँगी। वह यहाँ सो जाया करेगी। दो दिन की बात है।" उन्होंने कहा, तो सुमी ने उतनी ही आसानी से स्वीकार कर लिया, "जैसा आप ठीक समझें। दिन को तो कोई दिक्कत है नहीं, ऑफिस से आने में ही छह बज जाते हैं।"

"इस मामले में यह घर बहुत सेफ है !" उन्होंने कहा, तो सुमी ने उत्साह से जोड़ दिया, "यह तो सही है। डर बिलकुल नहीं लगता।"

और वे दोनों अपने-अपने काम पर जाने के लिए तैयार होने लगी थीं। अपने कपड़े निकालते हुए वह देख रही थी कि ममी कुछ उलझन में हैं। बार-बार वह ब्लाउजों को निकाल कर देख रही थीं। आखिर उन्होंने बाँहवाला एक ब्लाउज निकाल लिया था। उनके पास वह शायद इकलौता था। उसके साथ की कोई साड़ी भी नहीं थी। वह हमेशा स्लीवलेस ही पहनती थीं। जैसे-तैसे उन्होंने कण्ट्रास्ट बना लिया था। उसे कुछ अटपटा-सा लगा। ममी की खुली हुई बाँहें सचमुच बहुत खूबसूरत और सुडौल लगती थीं...कभी-कभी तो उसे स्वयं उनकी बाँहों से ईर्ष्या होती थी।

फिर वह ड्रेसिंग-टेबुल पर चली गईं। और उसने देखा था कि वह एक सिम्त से बैठकर बाँहों की पिछली ओर एक निशान पर बेसक्रीम लगा रही थीं...शायद बाँह पर कोई नील था। और उन्होंने बाँहों वाला ब्लाउज पहन लिया था।

एक क्षण के लिए सुमी को वह कुछ ज्यादा उम्र की दिखाई दी

थीं। पर वह टोकना नहीं चाहती थी। तैयार होकर वह बस के आने का इंतजार करने लगी थीं। कॉलेज की बस में स्टाफ के लोग भी जाया करते थे। वह बारजे पर कुछ इस तरह खड़ी इंतजार कर रही थीं जैसे स्कूली बच्चे करते हैं।

सुमी यह सब देखती रही। वह जब छोटी थी, तब भी उसे अपनी ममी बहुत सुन्दर लगती थीं। उनके सुडौल हाथ-पैर, तराशे हुए नक्श और ताजगी ! उनमें ऐसी ताजगी थी, जो उम्र के साथ खिलती आई थी। उसकी किसी मित्र ने उन्हें देखकर माँ नहीं समझा था। ज्यादा-से-ज्यादा बड़ी बहन ही माना था। उनका रख-रखाव भी ऐसा था कि अपने तन को उन्होंने बिगड़ने नहीं दिया था...उसमें वही लोच और गर्मी थी, जो सुमी को अपने में लगती थी। उनके तन से ऐसी अछूती गन्ध फूटती थी, जो सबको अपनी तरफ खींचती है।

महीने में एक बार तो उनका तन इतना तेज महकता था कि सुमी बार-बार किसी-न-किसी बहाने से उनके कंधों पर अपना सिर रख देती थी। तब जैसे गन्ध का एक झरना बहने लगता था।

दो कमरों का घर उस घाटी-सा गमकने लगता था, जिसमें कस्तूरी-मृग आ गया हो। फिर दो-तीन दिनों बाद वह गन्ध धीरे-धीरे डूबने लगती थी...

...बस आई और ममी चली गईं। सुमी उन्हें जाते हुए देखती रही। बस में स्टाफ के लोग थे और कॉलेज की कुछ लड़कियाँ थीं।

उनके जाते ही वह अकेली रह गई थी। एकाएक उसे लगा था जैसे सुमी ही बाहर चली गई थी और वह ममी की तरह में घर में रह गई हो। अकस्मात उसने अजीब तरह की जिम्मेदारी महसूस की और उनके कमरे में जाकर उसने सब सामान करीने से लगाना शुरू कर दिया था। रजिस्टर और कॉपियाँ बटोरकर एक ओर छोटी मेज पर रख दीं। बिस्तर झाड़कर कवर कर दिया था। बिस्तर झाड़ते वक्त जरूर एक अव्यक्त-सी तकलीफ उसे हुई थी और लगा था कि ममी

की चीजें छूने का उसे कोई अधिकार नहीं है...फिर कमरे में खड़े-खड़े फ्रेम में लगी वह तसवीर देखती रही थी, जिसमें पापा और ममी के साथ नन्हीं-सी वह खुद बैठी हुई है। न जाने क्यों उस तसीवर को वह उठा लाई और उसे अपने कमरे में रखकर, उसकी जगह ममी के कमरे में वह वाली तसवीर रख आई थी, जिसमें सागर उमड़ रहा था और ऊँचे आसमान में जलपक्षी उड़ रहे थे।

उसे वक्त का ख्याल भी नहीं रहा था। एक बक्सा खोलकर उसने पापा की वह डायरी निकाली थी, जिसमें वह हर महत्त्वपूर्ण घटना को नोट किया करते थे। उसमें रिश्तेदारों के कुछ पते, कुछ हिसाब और जन्मतिथियाँ लिखी हुई थीं। ममी की जन्मतिथि भी थी और उसकी भी...देखा, तो एकाएक देखती रह गई...ममी कुल उन्नीस बरस बड़ी हैं। बीस की वह और उन्तालीस की ममी !

ममी का जन्मदिन तब से मनाया ही नहीं गया...सचमुच ममी को कितना सूना लगता होगा ! आठ बरस निकल गए...पर लगता है, पापा जैसे अभी-अभी उठकर चले गए हों। उनके मरने की बात अब बहुत पुरानी-सी लगती है—एक बीती हुई बात की तरह। लोग ठहर जाते हैं, पर कुछ बातें हैं, जो बीत जाती हैं...पापा की बातें तो जैसे बीत गई हैं, पर वह खुद अभी तक रुके हुए हैं। लेकिन अब कुछ-कुछ ऐसा लगता है, जैसे पापा डगमगा गए हों और चुपचाप घर से चले जाना चाहते हों, जैसे वह अपनी गलती महसूस कर रहे हों। यूँ चुपचाप आठ बरस तक खामोश बैठे रहकर उन्होंने अच्छा नहीं किया।

वह आहिस्ता से पापा को उठाकर अपने कमरे में ले आई। बहुत देर वह चुपचाप बैठी रही और उन्हें ताकती रही। वह खामोश थे। उन्होंने कुछ नहीं कहा।

शाम को ममी पहले लौट आती हैं। वह वापस आई, तो उन्होंने चाय बना ली थी। घर आकर ममी ने साड़ी तो बदली थी, पर ब्लाउज नहीं। मन में आया था कि पूछ ले, पर लगा था कि ब्लाउज न बदलने

वाली बात पूछने का अधिकार सिर्फ पापा को है...पर वह खामोश बैठे हुए थे।

"ममी, तुम कहीं घूम आया करो। तुमने तो अपने को एकदम बाँध लिया है...इतना काम करती हो..." सुमी बोली, तो अपनी ही आवाज बहुत बूढ़ी-सी लगी।

ममी ने उसे गौर से ताका था। सचमुच उसका वह मतलब नहीं था, अपनी बात को सहज बनाने के लिए उसने आगे जोड़ दिया था, "तुम्हारे साथ-साथ मैं भी निकल चला करूँगी...कभी-कभी मन बहुत ऊबता है।"

ममी के होठों पर हलकी-सी मुस्कराहट आ गई थी।

"चल, आज पिक्चर देख आएँ...वहीं कुछ खा-पी लेंगे।" ममी ने कहा था।

उसने प्रस्ताव मंजूर कर लिया था। ममी फिर साड़ी के चुनाव में उलझ गईं, तो उसने अपनी साड़ी उनके सामने रख दी, "यह पहन लो, ममी...बहुत अच्छी लगेगी।" एक क्षण के संकोच के बाद उन्होंने सुमी की साड़ी बाँध ली थी और तितली की तरह तैयार हो गई थीं।

घर से निकलते वक्त सुमी ने बत्तियाँ बुझाईं और ताला लगाया था। जीने में उतरते वक्त ममी ने धीरे-से कहा था, "शायद बिजली का बिल अभी तक पड़ा हुआ है।"

"मैं कल जमा करवा दूँगी।"

और फिर धीरे-धीरे उसने सब हिसाब-किताब सम्भाल लिया था। अंडेवाले ने इस बार जब उससे पूछा, "मेम साहब, क्रीम तो नहीं चाहिए?" तो उसे कुछ अटपटा-सा लगा था।

घर-खर्चे की सारी पर्चियाँ, बिल और कैशमेमो उसके कमरे में जमा हो गए थे। धोबी की किताब उसकी अलमारी में आ गई थी। दूधवाले की पर्ची उसके पर्स में पहुँच गई थी।

उसकी चार साड़ियाँ और एक ब्लाउज ममी के कपड़ों में जा मिले थे।

वह हर सुबह ममी के तैयार होने की राह देखती। उन्हें जो चप्पल पहननी होती, पहन लेतीं। उसके बाद वह कोई-सी भी चप्पल पहनकर चली जाती।

वह खुद जिद करके भी ममी को पहनाती थी। उसने जबर्दस्ती उनका शाल उतरवाकर कार्डिगन पहना दिया था।

''यह क्या तमाशा करती है, सुमी...तू क्या पहनेगी, बता ?'' ममी ने प्यार से झिड़कते हुए कहा था।

''मेरे पास कोट है।''

''वह पुराना...''

'इतनी जल्दी कपड़े पुराने नहीं होते...कल ड्राईक्लीन करवा लिया था, एकदम नया निकल आया है,'' वह बोली थी।

''पुरखिन हो गई है !'' ममी ने प्यार से कहा था।

और शाम को जब वह लौटी, तो ममी के कमरे में फिर रजिस्टर और कॉपियाँ फैली थीं। ट्रे में चाय के खाली बर्तन पड़े थे। लाल-नीली दवातें थीं, पेंसिलें थीं और एक प्लेट में सिगरेट के टुकड़े, राख और तीलियाँ थीं। ममी बारजे पर झुकी हुई कुछ देख रही थीं। शायद कुछ ऐसा, जो सड़क की भीड़ में उन्हें कतई अलग दिखाई दे रहा था।

सुमी का आना उन्हें पता नहीं चला। कुछ क्षणों बाद बारजे में ही वह कुछ सोचती-सी खड़ी हो गई थीं।

''ममी...चाय पी लो...'' उसने पुकारा तो वह कुछ चौंक-सी गईं, ''मुझे पता ही नहीं चला, तू कब आ गई। चाय भी बना ली...मैं ज़रा थक गई थी...आजकल कॉलेज में काम बहुत बढ़ गया है। एक भी घंटा फ्री नहीं मिलता...डिमॉन्स्ट्रेटर भी छुट्टी पर है...'' तमाम टूटी-फूटी बातें कहती हुई वह सुमी के कमरे में आ गई थीं।

उनके माथे पर लाल स्याही से एक गोल बिन्दी बनी हुई थी। स्याही की किनारियाँ सूखकर गोटे की लकीर की तरह झिलमिला रही थीं। ममी उतनी ही सुन्दर लग रही थीं, पर वह बिन्दी उसे खुलकर

उन्हें देखने से रोक रही थी। शायद ममी को कुछ उलझन होने लगे या वह बर्दाश्त न कर पाएँ।

"मुझे आज बहुत काम करना है," सुमी ने धीरे से कहा था।

"कुछ मैं करवा दूँ ?" ममी ने सहारा पकड़ा था।

"हमारे यहाँ एक और एक्सचेंज खुल रहा है...'कोड मेसेजेज' के लिए। उसकी क्लासेज शुरू हुई हैं, उन्हीं लेसन्स को दुहराना है," सुमी ने सब समझा दिया था।

"तो तू अपना काम कर...खाना मैं बना लेती हूँ।"

"सूप बना लो, ममी, ज्यादा भूख भी नहीं है। स्लाइसेज तल लेंगे, बस हो जाएगा।"

'अच्छा।" कहकर वह उठ गई थीं।

फिर खामोशी छा गई थी। दोनों कमरे दो अलग-अलग दुनियाओं में बदल गए थे। उसके कमरे में पापा अब भी रुके हुए थे। ममी शायद उनसे कुछ बात करना चाहती थीं। शायद उन्हें लग रहा था कि पापा की तरफ से सुमी ही बात कर सकती है। और सुमी को लगा कि यहाँ से निकलकर अगर चल दे, तो पापा भी नहीं रुक पाएँगे। वह उसके साथ पीछे-पीछे चले आएँगे। चुपचाप।

अपने कमरे में जाकर ममी ने पुराने कागजों और सामान को उलटना-पुलटना शुरू कर दिया था। उन्हीं में पापा के कुछ पुराने खत निकल आए थे। कुछ देर बाद उसने ममी को बाथरूम की तरफ जाते देखा था। लौटकर वह आईं, तो मुँह धुला हुआ था। बिन्दी मिटी हुई थी। चेहरा बहुत ताजा-ताजा लग रहा था।

"सुमी, ज़रा बड़ी वाली अलमारी खिसकाना है। उसके पीछे कुछ कागज गिर गए हैं। आ तो ज़रा..." ममी ने कहा, तो वह उठकर गई थी। अलमारी खिसकाई, तो कागजों का एक अम्बार लुढ़क पड़ा और वह छड़ी भी, जो पापा ने पहाड़ पर खरीदी थी, जब एक बार उनके पैर में मोच आ गई थी। धूल का एक बगूला गिरे हुए कागजों से उठा था और ममी बेतरह खाँसने लगी थीं।

"तुमने अपने कमरे में क्या-क्या जमा कर रखा है, ममी ? इतने सामान के बीच दम नहीं घुटता ? कुछ उधर जीने वाली अलमारी में रख देती हूँ," उसने कहा, तो उन्होंने प्रतिवाद नहीं किया। दोनों ने मिलकर बहुत-सा सामान जीने वाली अलमारी में लगा दिया।

"छड़ी मैं अपने कमरे में रखूँगी," सुमी ने कहा, तो बात में अजीब-सी विसंगति दिखाई दी, पर वह धीरे-से फिर बोली, "कभी-कभी रात में उधर बिल्ली आती है..."

और ममी जब सूप बनाने के लिए चली गईं, तो जीने वाली अलमारी से वह पापा की फाइलें चुपचाप उठा लाई और उन्हें पलंग के नीचे रख लिया था।

पापा का वह बचा-खुचा सामान जैसे हर वक्त इधर-उधर चलता रहता था। वह छड़ी और वह सामान अपना ठिकाना नहीं खोज पा रहे थे। तीसरे दिन उसने सारे सामान को मेज की नीचे वाली पटरी पर सम्भाल कर रख दिया था, पर सफाई करते वक्त वह वहाँ से भी लुढ़क पड़ा। अलमारी के भीतर बड़ी-बड़ी फाइलें किसी भी सिम्त से समाती नहीं थीं। अलमारी बहुत सँकरी थी। हारकर उसने एक गठरी बाँध ली और उसे फिर पलंग के नीचे रख लिया था। पापा भी रुके हुए थे।

उसी दिन ममी ने कहा था, "मैं आज रात की गाड़ी से जाऊँगी। वो कॉलेज के लिए सामान खरीदना था न...मार्च खत्म होने से पहले-पहले पेमेण्ट करना होगा...तीसरे दिन आ जाऊँगी। दाई से मैंने कह दिया है। वह रात को होस्टल से आ जाएगी, यही दस-साढ़े दस बजे।"

"तुम्हारी गाड़ी किस वक्त जाती है ?"

"आठ बजकर पाँच मिनट पर..."

"चपरासी आएगा न ?" सुमी ने कहते ही अपनी गलती भाँप ली, तो उसे ठीक कर लिया, "तुम्हारा सामान ठीक कर दूँ..."

"दो दिन की तो बात है, कौन बहुत-सा सामान ले जाना है।" मम्मी ने कहा और वह सूटकेस खाली करने लगीं।

सुमी ने जिद करके अपनी साड़ियाँ और पर्स उन्हें दे दिया था। वह अपने कमरे में कपड़े बदलने चली गईं। सुमी ने रूमालों का एक सेट रखने के लिए सूटकेस खोला, तो जेब में चपटा-सा पैकेट पड़ा देखकर वह बेहद सकुचा गई थी। सूटकेस बन्द करके उसने रूमाल ऊपर रख दिए थे।

ममी साड़ी बदलकर आईं, तो उनके तन से गन्ध फूट रही थी... पर उनके कन्धे पर सिर रखते हुए संकोच हो रहा था। तब एक क्षण के लिए उसने महसूस किया था कि वह गन्ध पिछले दो-तीन दिन से घर-भर में समाई हुई थी।

ठीक सवा सात बजे नीचे टैक्सी का हॉर्न बजा। ममी एकाएक घबरा-सी गईं। उतावलेपन में वह अपना सूटकेस उठाकर खुद ही सीढ़ियाँ उतरने लगीं। तभी टैक्सीवाला सरदार ऊपर आ गया था। सुमी ने बिस्तर उसके लिए लुढ़का दिया और उनके हाथ से सूटकेस लेना चाहा, तो उन्होंने बड़ी आसानी से कहा था, "वह ले जाएगा।"

जब तक टैक्सीवाला सरदार दुबारा नहीं आया, वह वहीं सीढ़ियों पर रुके-रुके उससे बात करती रहीं, "दाई जरूर आ जाएगी...इधर का दरवाजा बन्द रखना...रुपए हैं न ?...दाई से कहना, वह शाम का खाना भी बना देगी।"

और वह ज़रा तेजी से ही सीढ़ियाँ उतर गई थीं। सुमी बारजे पर आ गई। टैक्सी की खिड़की से उन्होंने ऊपर देखते हुए धीरे से हाथ हिलाया था। टैक्सी चल पड़ी थी। उधरवाली खिड़की से सिगरेट का एक सुलगता हुआ टुकड़ा सड़क पर गिरा था। सुमी वहीं खड़ी-खड़ी उस टुकड़े को ताकती रही थी।

बहुत-सी पेटियों में सामान आया था। ममी रात को वापस आई थीं, इसलिए पेटियाँ घर पर ही उतारी गई थीं। वह बहुत खुश थीं,

"हमारे कॉलेज में जो-जो इन्स्ट्रूमेंट्स अब आ गए हैं, किसी भी कॉलेज की लैब में नहीं हैं।"

और गन्दे कपड़े निकालने के लिए जब उन्होंने होल्डाल खोला था, तो सबसे पहले रूमाल निकालकर सुमी को दिए थे, "एक भी नहीं खोया...पाँच ये रहे, एक पर्स में है। ठीक है न..."

मलगुजे रूमालों में उड़ा-उड़ा सेण्ट महक रहा था...एक साड़ी के साथ ऊनी मोजा झाँक आया, तो ममी ने वह साड़ी होल्डाल की जेब में दबाते हुए कहा था, "फिर निकाल लेंगे, जब धोबी आएगा," और उसे लपेटकर पलंग के नीचे सरका दिया था।

उन दोनों के बीच पानी का एक रेला आ गया था। वे सिर्फ किनारों की तरह समानान्तर खड़ी रह गई थीं।

और कभी-कभी ममी उसे देखकर ऐसे घबरा उठती थीं, जैसे पापा आ गए हों। और वह ममी को देखकर ऐसे अकुला उठती थी, जैसे पापा चले गए हों। पर पापा थे कि न आते थे, न जाते थे...वह सिर्फ रुके हुए थे।

आखिर सुमी ने दिल कड़ा करके एक दिन कह ही दिया था, "ममी यहाँ से मुझे ऑफिस बहुत दूर पड़ता है...अगर दो-तीन महीने में तुम्हें कॉलेज का काटेज मिल गया, तो ऑफिस और भी दूर हो जाएगा...इस वक्त वर्किंग गर्ल्स होस्टल में जगह मिल सकती है...अगर तुम कहो तो मैं वहाँ सीट ले लूँ... ?"

ममी एकाएक गम्भीर हो गई थीं। उन्होंने गौर से सुमी को देखा था। पर उसके चेहरे पर कहीं भी विक्षोभ नहीं था। आँखों में कोई दूसरा रंग नहीं था और लहजे में भी कटुता नहीं थी। सब-कुछ बहुत सहज था।

"वहाँ तुम्हें दिक्कत होगी," ममी के स्वर में प्यार था।

"तो घर भाग आऊँगी," सुमी के लहजे में बहुत अपनापन था। बात बहुत आसान-सी रह गई थी। उसमें कोई पेंच या मरोड़ नहीं था।

पहली तारीख को सुमी होस्टल में पहुँच गई। ममी उसके साथ आईं और कमरे में सामान सजा गई थीं। कुछ चीजें खरीदकर दे गईं। बहुत-सी हिदायतें दे गईं। शुरू-शुरू में कुछ दिनों तो वह हर शाम कुछ देर के लिए आती रहीं, कभी सुमी जाती रही, फिर धीरे-धीरे टेलीफोन पर मुलाकात होने लगी...और फिर उसमें भी व्यवधान पड़ने लगा।

पर यह अच्छा हुआ था कि पापा उसके साथ चले आए थे। अब उसे पापा पर भी उतना तरस नहीं आता था। वह ममी के मोहताज नहीं रह गए थे। उसने उन्हें मुक्त कर लिया था। पर होस्टल का अकेलापन खाने दौड़ता था। सनकी लड़कियों के बीच दम घुटता था। लगता था कि वे सब भी पापा की तरह ही कहीं-न-कहीं रुकी हुई थीं।

एक दिन वह बहुत अकेली थी, तो पापा के कागज-पत्तर खोलकर बैठ गई। डायरी खोली, तो देखते-देखते नजर पड़ी—ममी के जन्मदिन पर...पापा ने बड़े प्यार से ममी के बारे में कुछ लिखा था, जीवन-भर सुख देने की शपथ खाई थी। ग्यारह बरस पहले उन्होंने वह सब लिखा था...उसे बड़ी शान्ति मिली थी। पापा की तरफ से उसने उन्हीं की इच्छा पूरी कर दी थी। उसने तारीख देखी। तीन दिन बाद ही ममी चालीस की हो रही थीं।

और वह ममी के जन्मदिन पर बहुत सुबह-सुबह ही नरगिस के फूलों का गुच्छा लेकर पहुँची थी। वहाँ पहुँचकर एकाएक वह असमंजस में पड़ गई थी। इस वक्त आकर उसने अच्छा नहीं किया। शायद ममी को उलझन हो। उसका इस तरह आना खल जाए। उसे कल फोन कर देना चाहिए था। लेकिन लौटते भी बन नहीं रहा था।

उसने धीरे-से दरवाजे पर दस्तक दी।

"आई," ममी की आवाज थी।

उन्होंने दरवाजा खोला, तो सुमी ने नरगिस के फूल लिये-लिये ही उन्हें प्यार से बाँहों में कस लिया था। फिर फूल हाथों में पकड़ दिए थे।

ममी ने एक बार सुमी को देखा था, फिर फूलों को और सोचती-सी बोली थीं, "तेरे पापा भी यही फूल लाते थे..."

फिर अपने को सम्भालते हुए वह जल्दी-जल्दी गईं और चाय बना लाई थीं। प्याला बनाकर उन्होंने सुमी के आगे बढ़ा दिया था। चाय पीते हुए, दोनों ही अपनी-अपनी जगह बहुत अलग-अलग-सी, एक-दूसरे को देख लेती थीं। आखिर ममी ने धीरे-से पूछ लिया था, "सुमी, वहाँ कोई दिक्कत तो नहीं ?"

"नहीं ममी...बस, कभी-कभी बहुत सन्नाटा-सा लगता है।"

"यहाँ भी बहुत लगता है," ममी ने कहा था। फिर वह कुछ सकुचाई-सी देखती रही थीं और अपने में उलझती हुई बोली थीं, "घर में नाश्ता भी तो नहीं है...तुझे क्या कराऊँ ?"

"अण्डेवाला अभी नहीं आया ?"

"उसे छुड़ा दिया था," ममी की आँखें शायद हलके-से नम हो आई थीं। वह इधर-उधर देखते लगीं। फिर अपने पर ही हँसती हुई-सी उठी थीं, कुछ और सहारा न पाकर मेज पर रखे कैलेण्डर को देखने लगी थीं। हँसते-हँसते ही बोली थीं, "जब से तू गई, तारीख ही नहीं बदली। ख्याल ही नहीं रहा।"

और सुमी चाहते हुए भी कुछ कह नहीं पा रही थी। उसे लग रहा था कि चलने के लिए उठने से पहले वह ज्यादा-से-ज्यादा पूछ पाएगी, तो यही कि 'ममी, कितना बज गया है..."

कामरेड

"लाल हिन्द, कामरेड !" एक दूसरे कामरेड ने मुक्का दिखाते हुए कहा।

'लाल हिन्द' कहकर उन्होंने भी अपना मुक्का हवा में चला दिया। मैं चौंका, और वैसे भी लोग कामरेडों का नाम सुन कर चौंकते हैं ! वास्तव में किसी हद तक यह सत्य भी है कि कामरेड की 'रेड' से सरकार तक चौंक जाती है। इनकी 'रेड' भी बड़े मजे की होती है, 'रेड' की पहली मंजिल में ये हड़ताल, दूसरी में मारपीट, तीसरी में अनशन, चौथी में जेल-यात्रा तक की धमकी देते हैं।

मैं इस शहर में नया-नया ही पहुँचा था, बहुत कठिनाई से एक कमरा इस मुहल्ले में पा सका। दूसरे दिन ही देखा कि तमाम खद्दरधारियों का तांता इस मुहल्ले में, खास कर मेरी पतली-सी संकरी गली में लगा रहता। अनुमान लगाया सम्भवतः कांग्रेस की किसी सभा का आयोजन हो रहा है, इस कारण कार्यकर्ता-लोगों की दौड़-धूप मची रहती है। लगभग एक महीना बीत जाने पर किसी विशेष सभा आदि की बात नहीं सुनाई दी। एक दिन मैंने साहस करके एक कामरेड को रोककर पूछा, "श्रीमान, आप लोग यहाँ दिन भर क्यों चक्कर काटते हैं ?"

पहले तो वह कुछ नाराज-से हुए, फिर बड़ी अदा से अपने पतेल

से रूखे बालों पर हाथ फेरकर बोले, "आप शायद नए-नए यहाँ आए हैं।"

"जी हाँ," मैंने कहा।

"तभी...आपका मकान कौन-सा है ?"

"वह !" मैंने इशारा करके उन्हें बता दिया।

"यहाँ...यह आपके मकान की बगल में हमारी पार्टी का 'प्रॉविंशियल' आफिस है।"

"क्षमा कीजिएगा...मुझे मालूम न था", मैं बोला, "अच्छा नमस्ते।"

"अजी नमस्ते हो जाएगी, लेकिन आप करते क्या हैं ?" कुछ जबरदस्ती से वह बोले।

"मैं तो विद्यार्थी हूँ।"

"अच्छा...तो कभी-कभी मिला कीजिए, यहाँ आफिस में आ जाया कीजिए। कभी-कभी...कुछ 'पार्टी लिटरेचर' का अध्ययन कर लिया कीजिए।"

"धन्यवाद !"

"अच्छा, लाल हिन्द", कहकर उन्होंने मेरे ऊपर मुक्का तान दिया। मैंने डरते-डरते दोनों करबद्ध करके अपनी अहिंसात्मक प्रवृत्ति का परिचय दिया।

मेरा जिन कामरेड से परिचय हुआ उनका पूरा नाम था, कामरेड सत्यपाल। वह भी वहीं प्रान्तीय आफिस में डेरा डाले थे, किसी लिमिटेड कम्पनी में एजेंट थे, काम रहता था घूमने-फिरने का, इस कारण समाज-सेवा का व्रत लेने में कठिनाई न थी। पिताजी उनके यद्यपि रहते थे इसी शहर में, और सम्भवतः हाईकोर्ट में दफ्तरी थे, परन्तु उनको कुछ शर्म आती थी अपने पिता के साथ रहने में और इसी कारण उनसे किनारा करके यहाँ आ बसे थे।

सात बजे का भोंपू बज चुका था, दीवारों पर सूरज की किरणें पड़ने

लगी थीं। दूध लेने वाले अपने-अपने लोटे ले-लेकर घर से बाहर निकल चुके थे, गंगा स्नान को जाने वाले यात्रियों की टोलियाँ मिलिटरी की भाँति पंक्ति में एक के पीछे एक गंगा मइया के नारे बुलन्द करती जा रही थीं। 'सेंट्रल आर्डनेन्स डिपो' की खच्चर गाड़ी डाट के पुल पर मजदूरों की राह देख रही थी। मोटे-पतले बेचारे अपनी-अपनी पेट सम्भालते हाथ में टिफिन कैरियर लिए पुल की ओर बेतहाशा दौड़े चले जा रहे थे। धर्मशाला में चहल-पहल आरम्भ हो गई थी। नुक्कड़ के मिठाई वाले ने पत्थर के कोयले की अंगीठी सुलगा कर, जलेबी बनाने के लिए कड़ाही चढ़ा कर डालडा का पीपा उलट दिया था। पास बैठा, मैला-सा अँगोछा लपेटे नौकर बासी चाशनी में पड़े चींटे और मक्खियाँ बीन-बीन कर फेंक रहा था, पर हमारे कामरेड बारजे के एक पतले कोने में चादर लपेटे अच्छा खासा पार्सल बने अपनी पांचवीं नींद पूरी कर रहे थे। धीरे-धीरे सुबह से दौड़ते अखबार वालों की चहल-पहल समाप्त हुई और रात भर से बन्द दूकानों के दरवाजे चरमरा कर खुलना आरम्भ हुए तो उन्होंने एक करवट बदली और यह सिद्ध किया कि उनमें अभी जान बाकी थी। थके घोड़े की भांति तीन-चार बार लोट लगा कर उन्होंने अपनी चादर केवल गर्दन तक हटा कर सिर खोला, नजर आईं केवल लम्बी-लम्बी रूखी जटाएँ, जैसे कलकत्ते से आने वाले किसी व्यक्ति ने अपने 'होलडोल' (होल्ड आल) में से नारियल निकाल दिया हो, और फिर उन्होंने वहीं से आवाज लगाई, "इलाही !"

"जी" इलाही ने भीतर से उत्तर दिया।

"टी !" कुछ अलसाए से वह बोले।

"दूध नहीं है।"

"क्यों, क्या डेरी वाला अभी तक नहीं आया ? तो आज से उससे मना करा दो, इतनी देर में दूध नहीं चाहिए, कल से न आए।"

"उसने तो कल से ही देना बन्द कर दिया है...पन्द्रह दिन का हिसाब साफ करने को कह रहा था।" इलाही ने भीतर से कहा।

"बकता है, पहली तारीख को डेढ़ रुपया दिया था, कल उससे हिसाब करके जो कुछ निकले तुम रख लेना और कल से दूध बन्द।"

हाथ-मुँह धोता हुआ इलाही खट्-खट् जीने से नीचे उतर गया, "आज सत्ताइस तारीख हो गई। पहली को डेढ़ रुपया दिया था। हिसाब करके तुम रख लेना...हुँ...।"

हाथ-मुँह धोने की किसे फुरसत खद्दर का कुर्त्ता चढ़ा कर, हाथ में पुराना अखबार दबा कर उलझे हुए कामरेड नीचे उतर कर धर्मशाला के पास खड़े रिक्शे वालों के मजमे में समा गए। एक से बोले, "क्यों इतवारी! उस दिन जो तुम्हारा रिक्शा 'बस्ट' हुआ था उसे जुड़वाने के दाम मालिक ने ही दिए थे ?"

वह जवाब भी न दे पाया था कि कामरेड दूसरे से बोल पड़े, "क्यों मंगू ! उन साहब से चौक से यहाँ तक का एक रुपया वसूल कर पाया था या नहीं...या सिर्फ चवन्नी ही दी उसने।"

"अरे भइया सिरफ चवन्नी दी उसने...बड़ा जालिम था..."

"इन जालिमों के अत्याचार मिटाने को तुम्हें संगठित होना पड़ेगा, अपने हक के लिए तुम्हें लड़ना पड़ेगा...तुम्हारी क्या औकात है, क्या हस्ती है इसे तुम नहीं जानते। इनसे लड़ने को, अपनी मजदूरी पूरी लेने को, अपने सड़ते बीवी-बच्चों, उनकी भूखी आत्माओं को शान्त करने के लिए, भर पेट अन्न पाने के लिए तुम्हें खून-पसीना एक करना होगा, एक साथ सबको खड़ा होना चाहिए...सबकी एक आवाज हो, एक माँग हो। अपनी ताकत को पहचानो ! कल ही एक रिक्शा मजदूर यूनियन बनाओ। परसों से सारे शहर में हड़ताल कर दो। मैं और मेरे साथी तुम्हारा साथ देंगे। अपनी माँगों के परचे छपवाओ, सबसे चार-चार आने जमा कर लो, ये सब तुम लोगों के काम आएँगे। लेकिन बहुत जल्दी करो। अच्छा अब मैं तो चलता हूँ। काम बहुत है। बिजलीघर के मजदूर मेरी राह देख रहे होंगे। तुम आज शाम को चन्दे का काम

पूरा करके मुझसे मिल लेना सामने आफिस में ! अच्छा साथियो लाल हिन्द !" कहकर बड़ी तेजी से कामरेड सत्यपाल अपने कमरे में आकर पड़ी चादर को धीरे-धीरे तह करने लगे।

दस बजे के लगभग कामरेड अपना बिजलीघर वाला काल्पनिक काम समाप्त करने को, खद्दर का पैजामा-कुरता पहने हैंडबैग दबाए, 'बाटा' चप्पलें फड़फड़ाते उलझे से उतर पड़े फटर-फटर करते...शहर की खास-खास सड़कों, दीवारों पर दवाइयों, पेन बाम और सिनेमा के विज्ञापन पढ़ते—'डाक बँगला' वास्ती, सुरैया...तीन मैटनी, साढ़े दस, एक व तीन बजे शाम को रीजेंट थियेटर में—जैसे-तैसे थके-माँदे फुटपाथ से होते-होते 'वाटर-वर्क्स' के फाटक से जा टकराए। चपरासी से बोले, "फाटक खोलो..."

"कहाँ जाना चाहते हैं साहब ! अन्दर जाने का हुक्म नहीं है।" फाटक पर खड़े चपरासी ने पूछते हुए कोरा-सा जवाब दिया। वे निराश होकर लौट पड़े।

थकान से चूर बेचारे सामने के बाग में जाकर लान पर बैठकर 'हिन्द में लाल क्रान्ति' की रूपरेखा बनाते-बनाते, हैंडबैग का तकिया लगा कर सो गए। शाम को जब आफिस लौटे तो मंगू को बैठे पाया, तपाक से बोले, "क्या बताऊं, 'वाटर वर्क्स' में बड़ी धांधली है, सबके सब पीछे पड़ गए...ऐसा उलझाते हैं कि छोड़ते ही नहीं...देर तो नहीं हुई तुम्हें आए।"

"नहीं भइया, आज तुम्हारी जोश की बातों ने हममें जान डाल दी, यह छः रुपए जमा कर लिए हैं, इन्हें रखकर कल से आप हमारा काम शुरू कर दीजिए और कल ही हम फिर कुछ और जमा कर लेंगे।"

"अच्छा-अच्छा, ठीक है, लाओ। पन्द्रह दिन में देखो क्या उलट-पुलट होती है...आज तारीख है सत्ताइस ! ठीक है। यह पूँजीवादी सरकार पन्द्रह तारीख को आजादी की सालगिरह मनाने जा रही है जबकि हमारे गरीब मजदूरों की मौत की सालगिरह मन रही है। मैं कल फिर तुमसे

मिलूँगा ! अच्छा, अभी तो मुझे प्रेस जाना है, कुछ खास 'खबर' निकलवाना है। अच्छा चलूँ, लाल हिन्द !"

दौड़े-दौड़े पान वाले की दुकान पर कामरेड पहुँचे, बड़े गर्व से बोले, "हाँ जी श्यामलाल, तुम्हारा कितना पैसा बाकी है?"

"चार रुपये तीन आने !"

"मुझे तो हिसाब याद नहीं, खैर तुम्हारे विश्वास पर, यह लो चार रुपए...तीन आने फिर कभी...अरे कल ही ले लेना?"

"बहुत अच्छा साहब..." कहकर उसने चार रुपए सन्दूकची में डाल दिए।

रिक्शा किया, प्रेस पहुँचे। रिक्शे वाले को रुपए का नोट देते बोले, "लाओ, ग्यारह आने लौटाओ।"

"बाबू आठ आने हुए यहाँ तक के।"

"शर्म नहीं आती आठ आने माँगते, कुल दो मील तो प्रेस है... लाओ ग्यारह आने वापिस करो, टकसाल है जो पैसे बना-बनाकर तुम्हें लुटाया करूँ।"

"आठ आना मजूरी है बाबू...कोई ज्यादा नहीं माँगे।"

"अच्छा-अच्छा, ला, दस आने लौटा।"

"बड़े जालिम हो बाबू, गरीब का पेट काटते हो।" रिक्शेवाले ने पैसे देते हुए कहा।

"गरीब में नौ मन चर्बी होती है !" और पैसे गिनते-गिनते कामरेड प्रेस में घुस गए। छः रुपए में से एक रुपया दस आना शेष था।

भीतर पहुँच कर बड़े शिष्टाचार से सम्पादक जी से बोले, "एक विशेष समाचार छापना है।"

"स्थान तो रिक्त नहीं है, पर समाचार क्या है ?" सम्पादक बोले।

"कामरेड सत्यपाल का एक विशेष उल्लेखनीय समाचार है।"

"क्षमा कीजियेगा। चौथे पृष्ठ पर विज्ञापन के कालम खाली हैं, उन्हीं में विज्ञापन की दर पर छप सकेगा।"

"बड़ी कृपा होगी यदि आप ऐसे ही छाप दें।"

"असमर्थता है मित्र, केवल दो रुपए पड़ेंगे, विज्ञापन की दर पर जाएगा।"

"अच्छा डेढ़ रुपया रखिए, धन्यवाद।"

थोड़ी देर बाद कामरेड अपने कुरते की जेब में हाथ डाले चौकोर दुअन्नी के चारों कोनों पर हाथ फेरते प्रसन्न से लौट आए। दूसरे दिन स्थानीय दैनिक में था—"कामरेड सत्यपाल का तूफानी कार्य ! रिक्शा मजदूर यूनियन का जन्म !" और कुछ थोड़ा-सा विवरण। और आज सुबह कामरेड पुराने अखबार के स्थान पर ताजा अखबार लिए चौथा पृष्ठ ऊपर किए रिक्शेवालों के मजमें में थे।

धीरे-धीरे काम बढ़ रहा था, दिन निकल रहे थे। सोलह अगस्त था। बेचारे कामरेड पन्द्रह अगस्त के उत्सव के उपलक्ष्य में जाली रसीदें काट-काट कर चन्दा जमा करने के जुर्म में दो सिपाहियों के साथ कोतवाली की ओर चले जा रहे थे तो यूनियन के एक रिक्शेवाले ने देख कर आश्चर्य से पूछा, "कामरेड, यह क्या ?"

"अरे भाई ! गरीबों के लिए जो बोलता है उसका यही हाल होता है, मैं गरीबों के लिए बोला, यह अंजाम मिला, परन्तु चिन्ता नहीं, गरीबों को मिले रोटी तो मेरी जान सस्ती है...लाल हिन्द जिन्दाबाद !"

और सच्चाई कामरेड की लच्छेदार बातों में दुबक कर रह गई, वह फिर चीखे पड़े, "लाल हिन्द ज़िन्दाबाद !"

दो-तीन रिक्शेवाले चीख उठे—लाल हिन्द जिन्दाबाद ! कामरेड सत्यपाल जिन्दाबाद ! ! जिन्दाबाद ! ! !

अपना एकांत

यों भी चौपाटी जाने के लिए मैं हमेशा तैयार रहता हूँ। जगह बहुत खूबसूरत है। शाम की रौनक तो और भी ज्यादा होती है। चाहे ज्वार हो या भाटा—चौपाटी शाम-सुहागिन है। मध्यवर्गीय महिलाएँ जब वेणियाँ खरीद कर बाँधती हैं तो हमेशा मेरा दिल उन्हें सूँघने को होता है। हलकी खुशबू की एक लहक छोटे-से दायरे में भर जाती है। रेत पर जब अँधेरा होने लगता है तो सागर-तट पर बैठी औरतों की सफेद वेणियाँ ही धुँधली-धुँधली दिखाई देती हैं, जिनसे उनके वहाँ बैठे होने का अहसास होता है। इसके अलावा कुछ चमकता है तो लहरों की सफेद फेनिल कलँगी। या लौट कर जाती लहर की मटमैली किनारी। जब चाँद होता है तो इमारतों की बाँहों में घिरी पानी और रेत की इस छोटी-सी दुनिया का फैलाव अनंत तक होता है। चाँद से सुनहरी धूल-सी झरती है और पानी पर चाँदी का रास्ता बन जाता है।

बैण्ड स्टैण्ड के सामने चौपाटी बन्दर पर रंगीन लालटेनों का खंभा है। समुद्री तूफानों की सूचना देने के लिए। वे लैम्प कभी जलते नहीं। और मुझे हमेशा लगता है कि शायद वे सेलर्स के लिए हैं...स्वागत दीप। कितना खूबसूरत लगता है यह सोचना कि इस तट पर अजनबियों के स्वागत के लिए कुछ है। वे दूर-दूर से आते हैं। महीनों की यात्रा करके। जो लोगों, घरों, बाजारों, औरतों के लिए तरसते रहते हैं।

यहीं, इसी कोने पर सीगल उड़ते रहते हैं। बदहवास से। पानी की सतह से खेलते हुए। ज्वार नहीं होता तो रेत मिली चिकनी मिट्टी में लहरें बन जाती हैं और तब न जाने कितने जलपक्षी कहाँ-कहाँ से आ जाते हैं। यह कोना उनसे भरा होता है। रंगीन लैम्पों का खंभा... सीगल और लहरें...चाँद की झरती हुई धूल और दूर तक जाती चाँदी की सड़क। वेणियाँ लगाए रेत पर बैठी मध्यवर्गीय महिलाएँ !

इतनी खूबसूरती कहाँ से आ जाती है, कुछ पता नहीं चलता।

एक रोज यहीं चौपाटी पर, जब लहरें किनारे पर टूट रही थीं और सीगल पानी की सतह पर बैठे लहरों के साथ झूल रहे थे, तब सोम ने मुझसे कहा था, "देखो, हंसा के बारे में मैं सन्देह कर सकता हूँ...हो सकता है, मेरा सन्देह करना एक भ्रांति हो...जो कुछ मैं सोचता हूँ वह सब भ्रांतिमय हो सकता है, पर जो भी है, जितना कुछ भी है, इसके बारे में रह-रह कर जो संशय पैदा होता है...वह तो बहुत बड़ा सत्य है। मेरा पाया हुआ सत्य...यानी मेरे लिए यह सन्देह ही स्वयं सत्य है..."

उसके इस संशय का कारण मैं नहीं समझ पाया था। मुझे कुछ ज्यादा पता भी नहीं था, उनके सम्बन्धों के बारे में। इतना अहसास भर था कि उनके सम्बन्ध बहुत मधुर हैं, उत्तेजनारहित पर बहुत्त उत्तप्त। ठंडी आग की तरह। सम्बन्धों की खूबसूरती से भरे हुए। जैसे सागर-तट पर वह रंगीन लैम्पों का खंभा खड़ा हुआ है...अजनबी सेलर्स के स्वागत के लिए। वे आएँ या न आएँ, पर हलके रंगों की एक अमूर्त-सी भावना वहाँ खड़ी है। वे स्वागत दीप जलें या न जलें, पर इनसे रोशनी फूटती ही रहती है। उन अजनबी आने वालों के लिए जो यहाँ कभी नहीं आते।

उसी तरह मुझे लगता है कि हंसा का वह मंगलसूत्र भी यहाँ सागर में पड़ा है, उसे कोई जाने या न जाने। सोम का अगर दूसरे जन्म में विश्वास होता तो और बात थी। तब शायद मुझे भी राहत मिल जाती कि शायद सोम अगले जन्म में किसी मरकत-द्वीप की रत्नजड़ित चट्टानों

की पानी-भरी कोख में जन्म लेकर हंसा के मंगलसूत्र को खोजता चौपाटी तक आएगा...और हंसा वेणी लगाए, यहीं इसी सागर तट पर अकेली बैठी होगी और उसे पहचान कर वह वेणी भी उसे दे देगी...जो वह हमेशा उसे दे देती थी। और यहीं जलसमाधि ले लेगी। पर ऐसा होगा नहीं... जन्म-जन्मांतर तक भावनाएँ साँस लेती रह जाती हैं, बाकी सब बीत जाता है।

सोचकर बहुत-सी चीज़ें दिखाई देने लगती हैं। जैसे कभी-कभी दिखाई देता है कि हंसा यहीं, इसी तट पर सदियों से बैठी है—जलपरी की मूर्ति के रूप में। सहसा इस सदी में एक सोम आया था, किन्हीं अनजाने द्वीपों से सेलर की तरह...तब हंसा जीवित हो उठी थी और उसने अपनी प्रतीक्षा का अन्त पाया था...और तभी पहली और अन्तिम बार वे रंगीन लैम्प जल उठे थे...कंदीलों की तरह !

खैर...यह एक ऐसी कहानी है जो और ज्यादा उदास करती है—यानी, यही सब सोचना। सागर में फेंका हुआ मंगलसूत्र या तट पर खड़े ये रंगीन स्वागत-दीप...अजनबी सेलर्स का आना या न आना। लेकिन सब कुछ भूला भी नहीं जाता। क्योंकि जो कुछ सामने होता है उसमें छायाएँ कौंधती रहती हैं। अब यही, जो भी महिला वेणी लगाए अकेली बैठी होती है, वह हंसा की तरह लगती है। यह अजीब भी है कि हर औरत में दूसरी की कुछ न कुछ परछाईं कहीं होती है। वे कितनी ही अलग क्यों न हों, कुछ ऐसा जरूर होता है जो दूसरे में से झाँकता रहता है। शायद यह गहरी पहचान की कमी से होता हो। शायद सोम के लिए न होता हो।

उस दिन भी हंसा मंगलसूत्र नहीं पहने हुए थी। मैं जानता था कि वह उसके पर्स में होगा। वही सन्देह वाली बात। क्योंकि सोम ने मुझे बताया था, "वह अपना मंगलसूत्र उतार कर पर्स में रख लेती है, जब मुझसे मिलने आती है।"

''शायद तुमसे छुपाती है कि उसने शादी कर ली है !'' मैंने कहा।

''जरूरत तो कोई है नहीं, वैसे मुझे नहीं लगता कि वह छुपाती है। उसे अंदाज है कि मुझे अंदाज़ है। और फिर कोई ऐसी ज़रूरत भी नहीं कि वह मुझे बताती या मैं उससे पूछता...हम दोनों को कभी ऐसा लगा ही नहीं। हमारे बीच जो कुछ है, वह सिर्फ हमारे लिए है। किसी तीसरे के लिए वह न अच्छा है, न बुरा। न किसी के आड़े आता है न पक्ष में जाता है।'' सोम रुक-रुक कर कह रहा था, ''जो कुछ हमारा है...वह औरों के लिए व्यर्थ है। और शायद वहीं नितांत अपना होता है जो औरों के लिए नितांत व्यर्थ होता है !'' कहकर वह धीरे से हँसा था, ''नहीं ? जिसमें औरों को कुछ लेना-देना है, वह खूबसूरत भी हो सकता है, अच्छा भी, पर वह बिल्कुल अपना नहीं हो पाता...''

सोम उदास नहीं था। वह उदास होता भी नहीं था। कोई कारण भी नहीं था। मैं यह भी जानता था कि हंसा की शादी कर लेनेवाली बात अगर मैं उसे कभी पहले बताता भी, तो भी वह दुखी नहीं होता। क्योंकि उसे स्वयं इस बात का अहसास था, या कहें कि पता था। उससे कहना न कहना बेकार ही था। अगर कह देता तो शायद हंसा को बुरा लगता। वह भी तब, जब सोम कभी उससे कहता। पर यह भी तय था कि वह कहने की जरूरत ही महसूस नहीं करता।

जब मैंने उस रोज हंसा को यहीं चौपाटी पर खबर दी कि सोम नहीं रहा तो वह मंगलसूत्र नहीं पहने हुए थी। वेणी जरूर लगाए थी। मुझे अंदाज था कि मंगलसूत्र निश्चय ही पर्स में होगा, जिसे वह घर लौटते वक्त पहन लेगी। सोम नहीं रहा, यह खबर पाकर वह एकाएक काफी उद्वेलित हो उठी थी। ऊपरी तौर पर उसने कुछ खास जाहिर नहीं किया था। सिवा इतना कहने के कि ओह ! अब मैं शायद पढ़ा नहीं पाऊँगी।

हंसा लेक्चरर थी। पर सोम के न रहने और उसके पढ़ा न पाने से क्या सम्बन्ध था, यह मैं आज तक नहीं जान पाया। वे साथ-साथ

पढ़े भी नहीं थे। कालिज के दिनों में एक दूसरे से परिचित भी नहीं थे। वे दो शहरों के थे। हंसा बम्बई की और सोम लखनऊ का। वे कैसे एक-दूसरे से परिचित हुए, यह भी मुझे पूरी तरह नहीं मालूम—सिवा इसके कि बरसात से पहले एक दिन सोम मलाबार हिल के गुलमोहर के पेड़ों के नीचे खड़ा था और हंसा अपनी तीन-चार सहेलियों के साथ नाज की तरफ से टहलती हुई आई थी और वहीं खड़ी हो गई थी। वह गुलमोहर के लाखों लाख खिले हुए फूलों को अपनी सहेलियों को दिखा-दिखा कर कुछ बोल रही थी। सहेलियाँ ज्यादा गम्भीरता से उसकी बात नहीं ले रही थीं। वह बार-बार समझा रही थी। कुछ जिद से कह रही थी। सोम उसकी बात बिल्कुल नहीं समझ पा रहा था, पर वह बहुत ध्यान से सुनने की कोशिश कर रहा था। ऐसा कुछ नहीं था कि सोम ने कोई दखल दिया हो...पर हंसा के झुँझलाने और जिद करके समझाने से लग रहा था कि वह कुछ सच कह रही है, और उसके सच को कोई मान नहीं रहा है। तब उसने हैरत से उन लड़कियों की तरफ देखकर हंसा को देखा था।

सोम का कहना था कि ऐसे क्षण आते हैं, जब एकाएक कुछ प्रतीति होती है। हंसा झुँझलाई हुई थी—सोम के देखने में अपनी बात का अव्यक्त समर्थन पाकर अकस्मात उसने सोम से कुछ कहा था, जैसे वह व्यक्त समर्थन चाहती हो। तब सोम ने अचकचा कर इतना ही कहा था, "मैं कुछ भी समझ नहीं पाया...मुझे मराठी नहीं आती।"

हंसा ने एक क्षण रुककर उसे हिन्दी में समझाना शुरू कर दिया था, "यह गुलमोहर, जब बहुत गर्मी होती है तभी खिलता है। कहते हैं कि यह न खिले तो बारिश नहीं आती। इन फूलों के खूब खिलने से हमें सन्देशा मिलता है खूब बारिश होने का...यहाँ बम्बई में यह कहानी कही जाती है। यह सच्ची है।"

जरूर होगी। सोम ने कहा था, "नहीं तो यह क्यों खिलते, इतने लाल-लाल फूल। आग की तरह..."

और तीनों-चारों लड़कियाँ जोर से हँस दी थीं। हंसा अपने में सिमट गई थी, उसने फिर कुछ नहीं कहा। सोम को देखा भी नहीं। जैसे वहीं सब कुछ खत्म हो गया था। कुछ देर बाद वे सब चली गईं। जाते वक्त भी ऐसा कुछ नहीं था, जिसे सोम याद रखता। पर शायद कहीं एक सहज क्षणिक विश्वास लटकता हुआ रह गया था, जिसका कोई कारण नहीं होता। बिला वजह किसी की बात में पैदा हो जानेवाला भरोसा।

इसके दो-तीन महीने बाद वह चौपाटी पर उसे मिली थी। आसमान खुला हुआ था। बारिश का नामोनिशान नहीं था। पूरी चौपाटी लोगों से भरी हुई थी, कि एकाएक बादल आए और धुआँधार बारिश शुरू हो गई। हंसा अपने घरवालों के साथ थी। चौपाटी के रेतीले मैदान से भाग सकना उतना आसान नहीं था। वह और उसका पूरा परिवार वहीं मरम्मत होती एक नाव पर पड़े तिरपाल के नीचे दुबका हुआ था। बारिश से बचने के लिए वह भी नाव के नीचे एक कोने में सरक आया था। उस बारिश में काफी देर उन्होंने शायद एक-दूसरे को देखा भी नहीं था—फिर भी जब हवा का रुख बदला था और एक तेज बौछार उनकी तरफ आई थी, उसके गुजर जाने के बाद उसने पहचानते हुए हंसा को देखा था। वह मुँह पर पड़ी बौछार को पोंछ रही थी। उसने भी सोम को देखा—और न पहचानते हुए भी जैसे कुछ कौंध गया था—कि गुलमोहर के खूब-खूब खिलने से बारिश आने वाली बात सच हो गई है। सच्चाइयाँ कैसे मामूली तरह से सच हो जाती हैं।

बारिश रुकने पर वे लोग रस्से फाँदते हुए चले गए थे। वह निकल कर उल्टी पड़ी छोटी नाव पर बैठ गया था।

उसके कई महीनों बाद जब सोम एक कालिज की लायब्रेरी में एवजी पर कुछ दिनों के लिए लगा था, तब हंसा से अचानक मिलना हुआ

था। वह सोच भी नहीं पाया था कि वह लेक्चरर भी हो सकती है। छुट्टी पर गए आदमी के लौटने पर सोम हट गया था, पर वह परिचय बना रहा।

वे पन्द्रहवें-बीसवें रोज मिलते थे। पर उस मिलने में कहीं कुछ घटित नहीं होता था। न यादों के लिए कोई करकते टुकड़े, न जिन्दगी के कोई वादे। बस मिलना एक तरह का मिलना था। अपने भीतर-भीतर पूर्ण होते रहने की एक प्रक्रिया। एक मामूली-सी आदत।

हंसा ने जब उसके न रहने की बात सुनी तो उसने पढ़ा न सकने की बात कही थी, जिसका कोई तालमेल मैं न बैठा पाया था। कुछ देर बाद थोड़ा प्रकृतिस्थ होकर उसने पूछा था, "कैसे क्या हुआ ?"

तब जरूरी था कि मैं उसे सब कुछ बता दूँ—कम से कम वह सब जो मुझे मालूम है। लेकिन इससे पहले कि मैं शुरू करूँ, उसने पूछा था, "सोम बहुत परेशान था क्या ?"

"...नहीं, ऐसा कुछ मालूम तो नहीं पड़ता था।"

"...वह शायद बहुत परेशान आ चुका था। न मालूम किससे। पर एक दिन यहीं उसने कहा था, "मैं अपरिचित की तरह जीना चाहता हूँ। मैंने अब यह मंजूर कर लिया है कि यश और लगातार अपने से भागते रहनेवाली इस मजबूरी में मेरे लिए कुछ है नहीं। मैं अब एक औसत आदमी की तरह सीधी और मामूली जिन्दगी में ही राहत पा सकूँगा। इसे जी लेना बड़ा काम है..."

"...तुमने शादी कर ली है, यह उसे मालूम..."

मेरी बात बीच में ही काटकर वह बोल पड़ी थी, "इससे क्या लेना-देना। वह मेरा पति कभी नहीं था। मेरा पुरुष भी नहीं था। वह तो जैसे मेरा ही अंश था। जिसके बिना मैं अधूरी थी न पूरी...उसका होना ही मेरापन था। जैसे हम अपने से मिल लेते हैं...उसी तरह सोम

मेरा एकांत था। या कुछ और कह लें...अपने एकांत के बिना रहना बड़ा मुश्किल है...''

कहते-कहते उसने अपनी वेणी खोल ली थी और अनजाने ही उसके फूल वहीं रेती पर फेंकती रही थी। और इसी के बीच उसने खामोशी से सोम के बारे में जानना चाहा था।

मुझे जितना मालूम था, मैंने उसे बताया, ''पाँच दिन पहले की बात है। यही कोई आठ बजे शाम का वक्त रहा होगा, मैं उसके कमरे पर गया। ताला बन्द था। पड़ोसी ने बताया कि चार दिनों से वह लौटा नहीं है। मुझे भी थोड़ा ताज्जुब हुआ क्योंकि वह कभी इधर-उधर नहीं जाता था। एशियाटिक लायब्रेरी जाना, नौकरी बजाकर शाम को सीधे लौट आना। तुमसे मिलने वाले दिन खास तौर से चौपाटी आना...या कभी अकेले यहाँ तक चले आना। इसके अलावा उसकी कोई सड़कें नहीं थीं। बहुत हुआ तो मेरे घर चले आना।

''पता नहीं, मेरे मन में शंका व्याप गई। मैं चक्कर काटता हुआ चौपाटी तक आया। वहाँ उस वक्त एक एक्सीडेंट हुआ था, मामूली-सा। लोग टैक्सीवाले को घेरे खड़े थे। कोई बूढ़ा पारसी घायल हुआ था। चोट ज्यादा नहीं थी। तभी तीन-चार दिन पहले हुए एक्सीडेंट की चर्चा चल निकली थी। मालिश वाले बतिया रहे थे, 'उस दिन वाला नहीं बचा होगा। था अपनी तरफ का आदमी।'

''मेरे कान खड़े हुए। न मालूम मुझे क्यों लगा कि वह सोम ही रहा होगा। वक्त और हुलिया पूछने पर जो कुछ मालूम हुआ, उससे मेरा शक और पुख्ता हुआ। पता चला कि कारवाला उसे घायल छोड़कर भाग गया था। बड़ी देर वहीं पड़ा वह कराहता रहा था। मालिशवालों ने थाने पर खबर की, पर काफी देर तक कोई नहीं आया। फिर वह लँगड़ाता हुआ खुद ही उठकर पुलिस थाने की तरफ चला गया था।

''इतना मालूम होने पर मैं थाने गया कि वहाँ उसकी हुलिया जरूर दर्ज होगी और यह भी पता चल जाएगा कि उसे किस अस्पताल

में रखा गया है। मैं थाने पहुँचा। बहुत पूछताछ के बाद मालूम हुआ कि चार दिन हुए एक आदमी यहाँ बेंच पर पड़ा कराहता रहा, उठकर कहीं चला गया। शायद अपने आप ही किसी डॉक्टर के यहाँ या अस्पताल में गया होगा। रपट दर्ज नहीं हो पाई।

''अब मेरे लिए और भी मुश्किल था उसे खोजना। पर और कोई चारा न देखकर मैं बम्बई अस्पताल गया। बहुत खोजने पर आखिर पता चला कि बुरी तरह घायल एक आदमी आया था—रात के करीब बारह बजे, वह अकेला था। ताज्जुब की बात यह थी कि इतना ज्यादा घायल आदमी खुद चलकर आया था, उसके पैर की हड्डी टूटी हुई थी। चार पसलियाँ चटख कर अलग हो गई थीं, सर फूटा हुआ था और वह बेहोश था। एमरजेंसी में उस वक्त सन्नाटा था। वह बेहोश आदमी काफी देर इंतजार करता रहा। आखिर डॉक्टर आया। उसने इतना सीरियस केस देखा तो घबरा गया। उसी वक्त आपरेशन करना जरूरी था। डॉक्टर परेशान था कि बिना पुलिस तहकीकात के वह क्या करे और क्या न करे। तब उस बेहोश आदमी ने खुद अपना केस बयान किया, नाम बताया और चुपचाप सीढ़ियों से चढ़कर आपरेशन थियेटर में पहुँच गया। खून बहुत बह चुका था, उसमें जान नहीं रह गई थी। जब तक आपरेशन के लिए डॉक्टर आए, तब तक उसने दम तोड़ दिया था।

''पुलिस को उसकी मौत की खबर देकर, उसकी लाश को शवघर में रख दिया गया। पुलिस उसके रिश्तेदारों का कोई पता नहीं लगा पाई और उसे लावारिस घोषित कर दिया गया। लावारिस घोषित होते ही वह शव उठकर कहीं चला गया। तब से अस्पताल में उसका कुछ भी पता नहीं है।

और तब मैं भागा-भागा शवदाह घर में पहुँचा। वहाँ पूछने पर मालूम हुआ कि कल एक शव दफ्तर में आया था। उसने अपना नाम सोम बताया था, और अपनी अन्तिम क्रिया के लिए आग्रह किया था।

यहीं खड़े-खड़े शव ने सब खानापूरी की थी और खुद जाकर फर्नेस में जानेवाली ट्राली पर लेट गया था। कल दोपहर उसकी दाहक्रिया कर दी गई, क्योंकि और कोई चारा नहीं था। उसके फूल ट्रालीवालों के पास होंगे।

"जिस वक्त मैं ट्रालीवालों के पास जाने के लिए हाल में घुसा, उस वक्त चबूतरे पर फूलों से ढँकी एक लाश रखी हुई थी। हाल में साठ-सत्तर लोग शोकमग्न खड़े थे और एक आदमी भर्रायी हुई आवाज में दिवंगत को श्रद्धांजलि अर्पित कर रहा था।

"मुझे इंतजार करना पड़ा। जब यह सब क्रियाकर्म समाप्त हुआ और ठण्डे फूलों को लेकर लोग चले गए, तो मैंने ट्रालीवाले से दरयाफ्त किया। उसने फौरन कहा, 'जी हाँ, एक लाश यहाँ आई थी। कल दोपहर की बात है। वह आकर ट्राली पर लेट गई थी। फर्नेस में जाने से ज़रा पहले उसने कहा था कि उसके फूल लेने कोई आनेवाला नहीं है, इसलिए मैं इतनी मेहरबानी करूँ कि उसके फूल समुद्र में विसर्जित कर दूँ। सो साहब, आज सबेरे ही जब मुझे छुट्टी मिली, मैंने उसकी अन्तिम इच्छा पूरी कर दी, फूल समुद्र में विसर्जित कर दिए।' "

...हंसा पूरी बात सुनकर गम्भीर हो गई थी। धीरे से बोली, "सोम और क्या करता। दुख यही है कि उसने मेरा कुछ नहीं सोचा।"

मुझे बहुत आश्चर्य हो रहा था इस विचित्र स्थिति पर। हंसा मुझसे रुक-रुककर टूटी-टूटी बातें कर रही थी, पर मुझे हर चलता हुआ आदमी शव लग रहा था। सोम की तरह अकेला जाता हुआ। मैं उसकी किसी बात पर ध्यान नहीं दे पा रहा था। वह ज्यादा कुछ कह भी नहीं रही थी। इतना ही मुझे याद है कि उसने कहा था, "सोम चलते वक्त मेरी वेणी माँग लेता था। बस, इसके अलावा उसने कभी कुछ नहीं माँगा। उसका यह बचपन मैं कभी नहीं समझ पाई। अब मैं कभी वेणी लगाए हुए नहीं लौट पाऊँगी..."

चौपाटी पर हलका अँधेरा छाने लगा था। मेरीन ड्राइव की बत्तियाँ

जल गई थीं, पर उनकी रोशनी अभी खिली नहीं थी। सी-पाइन के पेड़ भी काले नहीं हुए थे। समुद्र पर चमक बाकी थी।

"अच्छा, मैं अब जाऊँगी।" हंसा ने कहा था।

और वह धीरे-धीरे टहलते हुए भीगे किनारे तक गई थी। वहाँ कुछ देर खड़ी लहरों को देखती रही थी। फिर उसने अपना पर्स खोला था और एक माला-सी निकालकर पानी में अर्पित कर दी थी। वह मंगलसूत्र के अलावा और क्या होगा।

फिर वह थके कदमों से लौटकर सड़क की ओर चल गई थी। कुछ दूर मैं पीछे-पीछे गया था। वह धीरे-धीरे चली जा रही थी।

उस रात मैं बड़ी देर तक भटकता रहा। कहीं जी नहीं लग रहा था। यह भी नहीं मालूम कि किन-किन रास्तों से गुजरा। मुझे होश तब आया जब शवदाह घर के फाटक पर मैंने अपने को खड़ा पाया।

सफेद तितलियाँ

सुमन की कहानी सब लोगों के लिए एक रहस्य ही बनी रह गई। एकाएक वह न जाने कहाँ चली गई, कहाँ खो गई, किसी को कुछ भी पता न था। सरदारीलाल की पत्नी बोली, ''सुमन निश्चित ही जसवंत की आत्मा के साथ इस दुनिया से दूर चली गई है। अब हम सांसारिक लोगों के लिए उसे खोज निकालना कठिन ही नहीं, असंभव है। जसवंत की अतृप्त आत्मा उसे साथ ले गई। वे यहाँ इस दुनिया में अपने अरमानों को पूरा नहीं कर पा रहे थे। और फिर आत्माओं का संसार इतना खूबसूरत होगा, कि वे यहाँ रह भी नहीं सकते थे। और सुमन तो उसकी दीवानी ही थी।''

नागपुर से देवबाला के आने के बाद यह चार महीने पहले का किस्सा फिर ताजा हुआ, और सरदारीलाल की पत्नी अपना बयान पेश कर रही थी। उनकी बात सुनकर, देवबाला धीरे से मुस्कुराई। सरदारीलाल की पत्नी को कुछ बुरा लगा। वह बहुत भावुकतापूर्ण ढंग से बोली, ''आत्माओं का संसार अलग है। वे हम जैसी नहीं हैं। हम उन्हें नहीं देख सकते और न उनकी ताकत का मुकाबला कर सकते हैं।''

''आप यह कैसे मानती हैं, कि ये सब घटनाएँ अलौकिक हैं, और हमारा कुछ भी वश इन पर नहीं है ?'' देवबाला ने पूछा।

सुमन के पिता ने जवाब दिया, ''जो हमारी आँखों के सामने गुजरा

है, उसे हम झूठ कैसे मान लें ? इसका गवाह मैं ही नहीं, ये सब लोग हैं। और फिर सुमन का एकाएक गुम हो जाना, और गुम होने से पहले आत्महत्या की कोशिश करना...इससे बात कुछ उलझती जरूर है, पर यह निश्चय है कि जसवंत की आत्मा उसे अपने साथ ले गई। मैं अपनी आँखों पर अविश्वास कैसे करूँ ?"

देवबाला ने धीरे से अपना सूटकेस सरका कर उसे खोला, तो सुमन के पिताजी बोले, "आपको तो वह सिर्फ खत लिखती थी। इसलिए आप नागपुर में बैठकर उन सब बातों को नहीं समझ सकती थीं, जो हमने यहाँ होते देखी हैं।"

कुछ खत निकाल कर, देवबाला बोली, "सुमन के इन खतों से आपको उसका हाल मिल जाएगा। और मैं इसीलिए आई हूँ, कि उसके ये खत आपको दे दूँ।"

"आपको जो खत वह लिखती थी, मैंने सब पढ़े हैं, और सरदारीलाल ने भी पढ़े हैं। मैं हमेशा उन्हें पोस्ट करने से पहले खोल कर पढ़ लिया करता था।" सुमन के पिता ने कहा।

सरदारीलाल ने स्वीकृति में सिर हिलाया।

"यह भी तो हो सकता है, कि उसने आत्महत्या कर ली हो ?" देवबाला ने बात को और उलझाया।

सुमन के पिता का चेहरा काला पड़ गया। बड़े दुख से बोले, "एक बार उसने कोशिश जरूर की थी, पर उसके बाद वह ठीक हो गई थी...और जसवंत की आत्मा बराबर आती रही थी। फिर एकाएक उसका गुम हो जाना इस बात का सबूत है कि वह इस संसार से जीती-जागती कहीं चली गई। आत्महत्या करने का कोई सवाल इसलिए नहीं है कि मैंने उस पर कोई रोक नहीं लगाई थी। मैं उसके लिए सब कुछ करने को तैयार था..."

"देखिए, मैं इसी गाड़ी से वापस जाना चाहती हूँ, और चाहती हूँ कि आप सब लोग इन खतों को एक बार फिर पढ़ लें, और सुमन

के बारे में जो गलत बातें आपके दिमागों में हैं, उन्हें निकाल फेंकें। मैं सुमन की अकेली मित्र हूँ। और मैं आपके इस दिमागी खलल को दूर करने के लिए ही आई हूँ, क्योंकि ऐसा मुझे करना भी चाहिए।"

देवबाला कुर्सी पर बैठी-बैठी, उन लोगों को समझाने की कोशिश कर रही है, पर वे कुछ भी नहीं मान पा रहे थे। बात ही ऐसी है। चार महीने पहले सुमन गुम हो गई थी। और तब से जसवंत की आत्मा भी नहीं आती।

और फिर इसी बंगले की अपनी एक कहानी भी है। और उस पिछली कहानी के बाद एकाएक यह घटना हुई। पिछले लोग समझ ही नहीं पाए। दस महीनों से यह सब होता रहा, और वे कसमसाए-से सब कुछ देखते रहे। और एक दिन सुमन की कहानी भी रहस्य के गर्भ में छिप गई...

शाम होते ही घर में भयानकता छा जाती थी। दीवारें उदास और शंकित लगने लगतीं। लम्बे-लम्बे शीशम के पेड़ों की छायाएँ गहरी होने लगतीं... और अहाते में उगी हुई घास हवा से भी हिलती, तो लगता जैसे वह आ गया। लोगों के मन धक्-से हो जाते, और सन्नाटा छा जाता—ऐसा सन्नाटा जैसे साँप सूँघ गया हो। वह बंगला जितना ही बड़ा है, उतना ही उदास भी। शहर से कटा हुआ है, यह पिछले तीन-चार साल से ही आबाद हुआ है। जब से यह आबाद हुआ है, तब से इसके सम्बन्ध में रहस्य और बढ़ गया है। जब यह खाली था, तब भी इसके बारे में बहुत-सी बातें फैली हुई थीं। पर वे समय के साथ-साथ समाप्तप्राय-सी हो गई थीं। और नवयुवकों को बस इतना ही पता था कि यह खाली पड़ा रहता है, और इसके वारिस पाकिस्तान भाग गए हैं। पर आस-पास के बुजुर्गों को इसकी कहानियाँ याद हैं।

आमतौर से जैसी कहानियाँ प्रचलित हो जाती हैं जिनमें सत्य के स्थान पर कल्पना का अंश ही अधिक होता है, उसी तरह की कथाएँ

इसको लेकर भी गढ़ी गई हैं। लोगों का कहना है, यह बंगला—'ऐश महल', एक अधूरे प्रेम की यादगार है। एक नवाब के हुस्नपरस्त, ऐशपसंद बेटे ने इसे बनवाया था, और ऐशो-आराम की सब चीजें यहाँ मुहैया की थीं। वह नवाब का बड़ा बेटा था, लेकिन एक मामूली-सी पर बेहद खूबसूरत औरत के प्रेम में पड़ कर अपना घरबार छोड़ कर, उसकी खातिर चला आया था। उसने एक नई दुनिया बनाने की सोची थी। क्या खूबसूरती थी इस महल की। भीतर दीवारें केसर से रंगी गई थीं, और दूर-दूर से इसे सजाने के लिए कलाकार आए थे। फौवारों में गुलाब-जल बहता था, और तालाब में सफेद बतखें तैरती थीं। और यह सब सिर्फ एक रात की खातिर हुआ था। वह नौजवान अपनी प्रेमिका को लेकर यहाँ आया था। एक रात वे इसमें आराम से रहे थे, और दूसरी रात आने से पहले ही सब तबाह हो गया था। बड़ी भयानक और उदास शाम थी वह—सर्दियों की शाम ! तब ये शीशम के दरख्त जवान थे, और घास मखमली कालीन की तरह फैली थी। लम्बे-चौड़े अहाते में सन्नाटा छाया हुआ था, और हल्की-हल्की बारिश हो गई थी। हवा बहुत तेज बह रही थी। और चमेली तथा बेगमबेलिया बुरी तरह काँप रही थीं। बेगमबेलिया के फूल जमीन पर बिछ गए थे, और नमी में सिकुड़ रहे थे। महल की दूसरी मंजिल पर शमादान रोशन थे, और दरवाजों के पर्दे हल्की हवा से काँप रहे थे। धीरे-धीरे धुँधलाहट छा गई, और मोमबत्तियों की रोशनी पनीली होकर बिखर गई। यह दूसरे दिन की शाम थी। पता नहीं, पहली रात क्या हुआ था, कि आज का दिन बहुत खामोश और दर्द से भरा हुआ था। कौन-सा गम उसके दिल में समा गया था ? दूसरी मंजिल की पनीली रोशनी ऐसी लग रही थी, जैसे बादलों से ढँका हुआ आसमान कहीं पर खुल गया हो। और उसी रोशनी में नवाब के उस बेटे के काँपते हुए कदम बाहर आए थे, और वह दूसरी मंजिल से नीचे कूद पड़ा था। कोई आवाज नहीं, कोई चीख-पुकार नहीं। सब इतनी खामोशी और आसानी से हो गया

था, कि उसके बारे में किसी खौफनाक अन्दाज की गुंजाइश ही नहीं थी। जैसे यह किसी बहुत बड़ी चोट का बेहद दर्दनाक नतीजा था।

और तब से यह 'ऐश महल' उजाड़ पड़ा रहा, बहुत दिनों तक। लावारिस पेड़ बढ़ते गए, और आवारा घास जाले की तरह उलझती गई। तालाब में काई जम गई, और इसके बरामदे सूने हो गए। उसके कई साल बाद उन्हीं नवाब के कोई दूर के रिश्तेदार इसमें आकर चोरों की तरह रहने लगे थे, और पाकिस्तान बनते ही भाग गए थे। तब से यह और भी वीरान हो गया था।

शहर में आबादी बढ़ने के साथ-साथ यह भी आबाद हुआ, और पाकिस्तान से आए चार परिवारों ने मिलकर इसे ले लिया। अलग-अलग हिस्सों में फिर चिराग जले, और इसका सूनापन दूर हुआ। पर ये चारों परिवार इतने अमीर न थे, कि अहाते को साफ करवाते, और फुलवारी लगाते। बेगमबेलिया की सूखी हुई शाँखें अभी भी मरे हुए साँपों की तरह इसके खम्भों से लिपटी थीं, और लम्बे-लम्बे खम्बे सिर कटे ताड़ के पेड़ों की तरह खड़े थे—काले-काले, बदरंग। दिन में आवारा नागफनी की झाड़ियाँ मौन खड़ी रहतीं। दिन तो सूरज की रोशनी में बेखौफ गुजर जाता, पर शाम होते ही यह इमारत बहुत भयानक लगने लगती, और दयालचंद वाले हिस्से से अजीब-अजीब तरह की आवाजें आने लगतीं। यहाँ बिजली नहीं थी, इसलिए लैम्पों की रोशनी और भी डर पैदा करती। और घास जब हिलती, तो लोग एक सफेद आकृति को उधर से आते देखते, जिधर शीशमों का घना वन-सा था, और नागफनी की बाड़ बहुत घनी थी।

शाम होते ही दयालचंद की विधवा बेटी के पंख लग जाते। वह सफेद साड़ी पहन कर तितली की तरह इधर-उधर उड़ने लगती। वह हर हिस्से में जाती, और सबको दिखा-दिखा कर कहती, "देखो, आसमान में सफेद तितलियाँ उड़ रही हैं...कितनी नाजुक और खूबसूरत ! इन्हें

छूना मत, मारना मत। ये बद्दुआओं से मर जाती हैं।'' और फिर आँखें फाड़कर कुछ सोचते हुए बहुत ही उदासी से कहती...''दवाइयाँ इन्हें नहीं मार सकतीं। नहीं, नहीं, दवाइयाँ इन्हें नहीं मार सकतीं !'' और कभी रोती हुई, कभी बेतहाशा हँसती हुई पागलों की तरह उस अंधेरे में चली जाती, और पुकारती, ''आओ, मेरे पास आओ।'' और उस अंधेरे में वह सफेद साड़ी में लिपटी पानी में तैरती सफेद मछली की तरह लगती। उसकी आवाजें आती रहतीं। और वह कब लौट कर अपने कमरे में चली जाती, इसका कुछ पता न चलता। सब लोग अपने-अपने दरवाजे बन्द करके बैठ जाते। जब वह अपने कमरे में गुनगुनाती, तब पता चलता कि वह लौट आई है। और उसके बाद उन्हीं झाड़ियों को रौंदती हुई वह आकृति आती, और सीधे, बिना खटके उसके कमरे में दाखिल हो जाती। और दरवाजे बन्द हो जाते। खिड़कियों से बेहद डरावनी रोशनी फूटती। पर कुछ देर बाद कमरे का वातावरण एकदम बदल जाता। सुमन की पतली आवाज आती, ''बादलों ने तुम्हें भिगो दिया। नागफनी के फूलों की पँखुड़ियों ने तुम्हारा कैसा श्रृंगार किया है...देख रहे हो ?''

''नागफनी के काँटों की चुभन अभी तक बाँहों में बाकी है।'' वह पुरुष-स्वर सुनाई पड़ता। और तब सुमन बड़े प्यार से कहती, ''कहाँ लग गए काँटे ? लाओ, मैं निकाल दूँ।'' फिर सुमन बड़े अरमान से कहती, ''हम सितारों के साए में सोएँगे, मैदानों में सोएँगे।'' फिर उसका स्वर अवसाद-भरा हो जाता। और वह बड़े दुख से कहती, ''क्यों, क्या हम हमेशा इसी तरह दीवारों में घिर कर जीएँगे, छतों के नीचे अँधेरे में ही एक-दूसरे को देख पाएँगे ?...मुझे खुले में ले चलो...खुले आसमान के नीचे, नीली नदियों के किनारे, हँसते फूलों के बीच। बरसते पानी में...मुझे अपने साथ कहीं ले चलो। और जब बिजली कड़के, तब तुम मुझे...तब तुम मुझे...''

''ले चलूँगा...मैं दूसरा जन्म धारण करूँगा, और तुम्हें अपने साथ

ले चलूँगा। समय आएगा, सुमन ! हम इसी तरह प्यासे नहीं रहेंगे।" वह स्वर कहता।

और तब जैसे सोचते हुए सुमन कहती, "अगर हम हमेशा यहीं मिलते रहे, तो तुम एक दिन मेरे प्रति उदासीन हो जाओगे। मैं जानती हूँ कि यह एकरसता तुम्हें उबा देगी। और मैं अकेली रह जाऊँगी। इस प्राकृतिक शरीर की सुन्दरता प्रकृति के अंचलों में ही जीवित रहती है। सितारों के साए में मैं तुम्हें परीदेश की रानी लगूँगी। नीली नदियों की गोद में मेरा यह तन लहर बन जाएगा, और बरसते पानी में मैं तुम्हारी सिहरन बन जाऊँगी।"

तब वह उसके स्वप्निल पलकों को चूम कर कहता, "मैं तुम्हें ले चलूँगा, सुमन !" और सुमन दार्शनिक की तरह कहती, "खूबसूरती से अधिक बदसूरत चीज दूसरी नहीं होती। खूबसूरती अपने लिए हमेशा सुन्दर और मोहक साधन चुनती है। वह बदसूरत न होती, तो ऐसा न करती। तन की सुन्दरता ऐसी ही है, जसवंत !"

ऐसी ही न जाने कितनी स्वप्निल बातें सुमन और जसवंत करते। हँसते-खिलखिलाते, और कभी-कभी चुप बैठे रहते। घरवालों और पड़ोसियों की निगाहें चोर-खिड़कियों और दराजों से उन्हें देखतीं।

तब एक दिन सुमन बिफरी हुई निकल कर आई, और पागलों की तरह चीखने लगी, "तुम लोग अगर इस तरह पेश आओगे, तो मैं दूसरी मंजिल से कूद कर जान दे दूँगी। मेरी मौत का इलजाम तुम लोगों पर होगा। भाग जाओ यहाँ से...निकल जाओ।" और उसकी चीखें वहाँ गूँजती रहीं।

उस दिन से शाम के बाद लोगों ने उसके कमरे के पास जाना बन्द कर दिया। लेकिन आपस की कानाफूसी चलती रही।

सुमन के बाप रो-रोकर बताते, "मैंने इसकी शादी बहुत अच्छे लड़के से की थी, पर वह एकाएक मर गया। तभी से उसका दिमाग कुछ खराब हो गया। उसकी मृत्यु के बाद सुमन एकदम गुम-सुम रहने

लगी। उसकी तस्वीर लिए यह घण्टों रोती रहती थी। एक रात जब कि हम सब बहुत गहरी नींद सो रहे थे, एक चीख सुनाई पड़ी। हमने जाकर देखा, तो सुमन बेहोश पड़ी थी। बड़ी मुश्किल से हम इसे होश में लाए, होश में आते ही सुमन बड़बड़ाई, 'वह मुझसे मिलने आए थे—आसमान से उतर कर आए थे'। उन्होंने मुझसे कहा, 'तुम अकेली नहीं हो। मैं रोज मिलने आऊँगा, और एक दिन तुम्हें अपने साथ ले जाऊँगा। तब हमारा दूसरा जन्म होगा, और हम इसी तरह दूसरी जिन्दगी जीएँगे।' उस दिन से इस लड़की को न जाने क्या हो गया। शाम होते ही इसका दिमाग पलट जाता है, और यह पागलों की तरह इधर-से-उधर चक्कर काटती रहती है। कभी रोती है, कभी हँसती है। कभी श्रृंगार करती है, और कभी कपड़े फाड़ डालती है।''

''उसके दिल में गम समा गया है। पर वह कौन है, जो इस तरह रोज उन नागफनी की झाड़ियों से निकल कर आता है ?'' सरदारीलाल ने रहस्य जानने के लिए पूछा था।

''वह उसके मृत पति की आत्मा है।'' सुमन के पिता ने बताया था।

''आत्मा ?...कैसी बातें कर रहे हैं आप ?'' सरदारीलाल ने शंका और भय से कहा था।

तभी सुमन आई थी। और सब के रोंगटे खड़े हो गए थे। पर वह बिल्कुल सामान्य लग रही थी। ठीक तरह से कुर्सी पर बैठते हुए, उसने कहा था, ''हाँ, वह मेरे मृत पति की आत्मा है। भगवान इतना निष्ठुर हो सकता है, कि वह उन्हें छीन ले, पर वे इतने कठोर नहीं हो सकते। हमारे सपने अधूरे रह गए। हमारे अरमान पूरे नहीं हो पाए, मौत उन्हें ले गई। पर हमारा अधूरा प्यार जीवित रहा। और वे अब मुझसे मिलने आते हैं। मैं सिर्फ उन्हीं का इन्तजार करती हूँ, और उन्हीं के लिए जी रही हूँ।''

कमरे में सन्नाटा छा गया था। सब चुप थे। सुमन चुपचाप उठकर चली गई। आगे बात करने की हिम्मत किसी को नहीं हो रही थी।

और सुमन का वही कार्यक्रम चलता रहा। दिन में वह घर के लोगों के बीच बैठती, सबसे हँसती-बोलती और काम करती, पर शाम होते ही उसका रूप बदल जाता। वह पगली की तरह इधर-उधर पूरे अहाते में दौड़ती, कँटीली झाड़ियों में से फूल चुनती, और कहती, "देखो, आसमान में सफेद तितलियाँ उड़ रही हैं...कितनी नाजुक और खूबसूरत !"

शाम आने से पहले वह अपना शृंगार करती। सफेद फूलों से अपने को सजाती। सफेद साड़ी पहनती और काले बालों को हथेली पर लेकर कहती, "ये भी सफेद हो सकते हैं...मेरे तन की तरह, सफेद तितलियों की तरह।" और उन्हें झटक कर बड़े यत्न से सँवारती, तरह-तरह के जूड़े बाँधती, जूड़े में सफेद फूल लगाती। शीशे में स्वयं को देख-देख कर मुस्कराती, और जैसे ही अँधेरा होता, वह नागफनी की झाड़ियों की ओर भागती, और आत्मा का आह्वान करती।

तब सफेद कपड़ों में जसवंत की आत्मा धुएँ में लिपटी मनुष्याकृति की तरह आती, और बेआवाज कदमों से सुमन के कमरे में घुस जाती, जसवंत की छाया का आना सभी को शंकित करता, पर वह जिस विश्वास और साहस से आती, उससे सभी के मन पर भीषण आतंक छाया रहता। सुबह होते-होते आतंक की छाया दूर होने लगती, और सुमन भी प्रकृतिस्थ हो जाती। वह एकदम बदल जाती—जैसे कुछ हुआ ही न हो। उसकी स्मृति से रात का वातावरण और घटनाएँ उतर जातीं। भूल से कभी कोई पूछता भी, तो वह आँखें फाड़-फाड़ कर देखती, और कहती... "क्या कह रहे हो ? कौन आया था ? कोई तो नहीं। यह सब तुम्हारा भ्रम है। मेरे पास कोई नहीं आता—कोई नहीं आता।" और वह कभी-कभी रो पड़ती। पर कुछ दिनों बाद उसने जसवंत से आत्मिक मिलन की बात को स्वीकार करना शुरू कर दिया था, और वह मुक्त होकर कहने लगी थी, "हम पति-पत्नी को कोई अलग नहीं कर सकता। वे मेरे पास आते हैं। तुम लोगों की सांसारिक आँखें उन्हें सिर्फ देख सकती हैं, पर वह तुमसे बात नहीं करेंगे।"

"जसवंत की आत्मा को किसी रोज दिन में बुलाओ, सुमन," सरदारीलाल की पत्नी ने एक दिन कुछ डरते हुए कह ही दिया था, "वे दिव्य पुरुष हैं...हम ठीक से उनके दर्शन तो कर लें। हमारा तो आत्मा से मिलन और उसकी अमरता पर विश्वास है, सुमन तुम्हारा यह मिलन हमें बहुत सुख देता है।"

सुमन चुपचाप उनकी बातें सुनती रही, और फिर बड़ी पीड़ा से बोली, "चाची जी, सूरज की रोशनी में उनके पंख झुलस जाते हैं, वे नहीं आ सकते। सितारों की रोशनी में वे इसीलिए आते हैं। मैं उन्हें खोना नहीं चाहती। एक बार खो चुकी हूँ। अब नहीं खोऊँगी।"

और सुमन की इस अजीबो-गरीब मनःस्थिति का और अधिक परिचय पाने के लिए उसके पिता उन खतों को खोलकर अवश्य पढ़ लेते थे जो सुमन अपनी मित्र देवबाला को कभी-कभी लिखा करती थी। उसके मन और आत्मा की पवित्रता का बोध उन्हें पत्रों से ही हुआ था, और जसवंत के इस आत्मिक मिलन की गम्भीरता को भी वे इन्हीं पत्रों के प्रकाश में स्वीकार कर पाए थे। सुमन खत लिखकर पोस्ट करने के लिए उन्हें दे देती। और वे सरदारीलाल के साथ उन पत्रों को खोलकर पढ़ लिया करते थे। लेकिन इन सब बातों के बावजूद इस मिलन की रहस्यमयता और अन्त के बारे में सोचकर वे परेशान होते।

सरदारीलाल की पत्नी से बात करने के बाद, सुमन ने देवबाला को लिखा था।

"ये लोग कितने छोटे हैं। मुझे इनकी संकीर्णता पर दया आती है। मेरी एक पड़ोसी चाची जी हैं। वे उन्हें दिन में देखना चाहती हैं। मुझे बहुत पीड़ा हुई, तुम्हीं बताओ देवबाला, मैं यह कैसे करूँ ? वे अपने मन के राजा हैं, और देवलोक के वासी, कहीं ऐसी बातें उनसे कही जा सकती हैं ? मैं तो उनकी हर भावना और हर इच्छा के लिए जी रही हूँ। इन लोगों के विश्वास को क्या कहूँ ? मुझसे जताते हैं कि

विश्वास करते हैं, पर पीठ पीछे शंकित रहते हैं। मैं इन्हें कैसे समझाऊँ ? कि यह सब क्या है, और यह कि मैं अब इस संसार की प्राणी नहीं हूँ ? यहाँ रहती हूँ, खाती-पीती और कपड़े पहनती हूँ, पर, यह मेरा देश नहीं है। मेरा देश और है। अब इन्हें कैसे समझाऊँ ? कल वे आए थे। उनके मुख पर वही नैसर्गिक चमक थी, और ओठों पर वही पुरानी हँसी, मुझे सहारा देकर वे बड़े उल्लास से बोले थे, "सुमन, तू यहाँ से चली चल। हम दूसरे लोक में चलेंगे, और वहीं रहेंगे। जब तक सृष्टि जीवित है, हम भी जीएँगे।" मेरी आँखों में आँसू आ गए थे, मैं बहुत रोई, और वे मुझे चुप कराते रहे। फिर वे उठकर चले गए। आकाश में उनका पथ आलोकित था। आज भी वे आएँगे, इसका मुझे विश्वास है, वे मुझे अब कभी भी नहीं छोड़ सकते। बस, इसी आशा के सहारे फिर जी रही हूँ। मैं चली जाती उनके साथ, पर पिताजी के अकेलेपन का ख्याल आता है, और मैं विरह की पीड़ा सहते हुए भी केवल पिताजी के कारण नहीं जाती। वे रो-रो कर जान दे देंगे ! बस... इसी तरह जी रही हूँ...धुएँ के बादलों में, पता नहीं, मेरा क्या होगा ? कुछ तुम्हीं बताओ न...?"

और शायद सुमन सचमुच अपने अन्त के बारे में कुछ भी नहीं सोच पाती थी। आखिर उसका यह मिलन उसे कहाँ पहुँचाएगा, उसे क्या मिलेगा, और इस सम्बन्ध की परिणति कैसी और क्या होगी ? सुमन प्रति दिन चिन्तित दिखाई पड़ती थी, और उसके चेहरे का रंग उड़ता जा रहा था। दिन भर वह उदास रहती, और शाम को जसवंत के साथ बड़े गिरे हुए मन से बातें करती। घर में और सन्नाटा छाता जा रहा था। अप्रत्याशित घटनाओं की आशंकाएँ जैसे हर कोने में कुलबुलाती रहती थीं। सुमन गिरे हुए स्वर में एक दिन अपने पिता से बोली थी, "अब मैं चली जाऊँगी। यह सब खत्म हो जाएगा।"

"कहाँ सुमन ?" पिता ने चीखकर पूछा था।

"मेरा अन्त निकट आ गया है। एक दिन मैं यहीं तुम सब लोगों

के सामने समाप्त हो जाऊँगी...मेरा कोई ठिकाना नहीं है, बाबूजी ! पता नहीं, वह कौन-सा दिन होगा, और दिन की कौन-सी घड़ी होगी, जिसमें यह सब खेल समाप्त हो जाएगा।" सुमन ने डूबे हुए स्वर में कहा था।

"कैसी बातें कर रही है, सुमन ? तुम्हे हुआ क्या है, बेटी ?" पिता ने घबराकर पूछा था।

"मैं बिल्कुल ठीक कह रही हूँ, बाबूजी ! मैं ऐसी आवाजें सुन रही हूँ, जो मुझे बुला रही हैं। मुझे जाना पड़ेगा। अब मेरे लिए रुकना मुश्किल होता जा रहा है...आप दुखी न होइएगा। मेरा यही होना था..." कहकर सुमन अपने कमरे में चली गई थी।

तब अनहोनी घटनाओं के दुःस्वप्न दिखाई पड़ने लगे थे।

और एक रोज रात को जसवंत की आत्मा के चले जाने के बाद, तीसरी मंजिल पर किसी के जाने की आहट मिली, रात अँधेरी थी। शीशम का जंगल धुएँ के काले बादलों की तरह जमीन पर उतरा हुआ लगता था। हवा एकदम बन्द थी। सुमन के पिता ने आहट पाकर, उस आवाज का पीछा किया। वह आहट सिसकियों में बदल गई। वे तेजी से उसके पीछे गए। सुमन तीसरी मंजिल की मुँडेर पर पाँव रखकर नीचे कूदने ही वाली थी कि उन्होंने उसे पकड़ लिया। और सुमन को जैसे काठ मार गया। वह कुछ भी नहीं बोली—जैसे संज्ञाहीन हो गई हो। वे उसे पकड़कर कमरे में ले आए, उसे लिटा कर रात भर पहरा देते रहे, उस रात सुमन खूब रोई।

सुबह उन्होंने कुछ नहीं पूछा। पर सुमन ने खुद ही कहा, "आपने मुझे नाहक बचाया। मैं इसी तरह मरूँगी, और यह जबरदस्ती की मौत मुझे मरने के बाद भी जीवित रखेगी।" उसकी आँखें फूली हुई थीं, बाल खुले हुए थे उसने कुछ भी खाया-पीया नहीं था।

और तब आशंका-भरे दिनों के बाद सुमन एकाएक गुम हो गई। 'ऐश महल' की वीरानी और भी बढ़ गई और जसवंत का आना बन्द

हो गया। पर सरदारीलाल की पत्नी कहती थी, "वे यहीं कहीं हैं, वे एक दिन लौट कर आएँगे।"

लेकिन सुमन के पिता आशा छोड़ चुके थे। सुमन की सब चीजें बेतरतीब पड़ी थीं। वह कुछ भी नहीं ले गई थी।

यह सब चार महीने पहले हो चुका था। और इस घटना को जैसे स्वीकार कर लिया गया था। पर एकाएक देवबाला के आने से यह घटना और अधिक रहस्यमय बन गई थी। और फिर जिस तरह वह बात कर रही थी, उससे सुमन का गुम हो जाना और नए ताज्जुब से भरता जा रहा था।

"हो सकता है कि उसने आत्महत्या की हो। पर क्यों, यह मैं नहीं जान पाया," बहुत दुख से सुमन के पिता कह रहे थे, "जो हो, मुझे विश्वास नहीं होता।"

देवबाला ने सुमन के खतों में से खोज कर एक खत निकाला, और उसे खोलते हुए बोली, "पहले वह मुझे भी यही लिखती रही, कि जसवंत की आत्मा उससे मिलने आती है, क्योंकि वह उसका पति है। वह असमय में ही मर गया था। उसका प्यार अधूरा रह गया था।" फिर खत खोलकर उसने सामने करते हुए कहा, "अब इसे पढ़ लीजिए। इसमें उसने सब कुछ स्वीकार किया है।"

"प्रिय देवबाला ! मैं अभी तक तुम सब लोगों को छलती रही। पिता जी ने मेरा विवाह जसवंत से किया था। वह कुलीन था और अच्छे ओहदे पर था। मैंने सोचा था, कि मेरी जिन्दगी एक खूबसूरत सपने की तरह बीत सकेगी। लेकिन ऐसा नहीं हो पाया। उसे सन्तान से चिढ़ थी, और जब-जब ऐसा मौका आया, उसने मुझे तरह-तरह की दवाइयाँ पिलाकर ऐसा किया, कि मैं माँ न बनने पाऊँ। उसे मेरी खूबसूरती चाहिए थी, और वह कहता था, "यह सुन्दरता कायम रखने के लिए है। मैं तुम्हें हमेशा ऐसी ही देखना चाहता हूँ।" पर, बाला,

मेरी सुन्दरता का उपयोग केवल उसके लिए था। मेरे लिए क्या था ? मैं अपनी सुन्दरता का प्रतिरूप अपने लिए चाहती थी, लेकिन उसने ऐसा नहीं होने दिया। और मैं घुटती रही। और फिर एक दिन अकस्मात उसकी मृत्यु हो गई, और मेरे लिए अपनी तमन्नाएँ पूरी कर सकने के सब दरवाजे बन्द हो गए।

''लेकिन, मैं ऐसे कैसे रहती ? मैं विधवा की तरह पिता जी के पास चली आई। और तब मैंने तुम सबसे छल किया। मैंने पाप नहीं किया, ऐसा मैं मानती हूँ। जसवंत अपनी मौत के बाद मुझे कभी सपने में भी नहीं दिखाई पड़ा। पर मेरी जिन्दगी में वेदप्रकाश एकाएक आ गए। हाँ, जिसे मैंने जसवंत की आत्मा का नाम दे रखा है। वह वेदप्रकाश ही है। और मैंने ही यह तरीका सोचा था कि वे जसवंत की आत्मा के रूप में मुझसे मिलने आया करें। उनके लिए मैंने जसवंत जैसे ही कपड़े बनवाए, और रोज शाम को यह स्वांग रचने लगी—सिर्फ अपनी खुशी के लिए, अपने अधूरे अरमानों को पूरा करने के लिए।

''और, मुझे अब वह प्राप्त हो गया था, जो मैं विवाहित जीवन में प्राप्त नहीं कर पाई थी। और जब मुझे इस बात का एहसास हुआ, कि वेदप्रकाश शायद यह खबर पाकर आना छोड़ दें, और दुनिया के और आदमियों की तरह मुझसे पीछा छुड़ाकर भाग जाएँ, तब एक दिन मैंने आत्महत्या का प्रयत्न किया। पर वह मेरी भूल थी। वेदप्रकाश ने वैसा नहीं किया। पर मैं यह राज खुलने नहीं देना चाहती थी, क्योंकि मुझ विधवा पर रहम तो सब जताते हैं पर वे मेरी दूसरी शादी के पक्ष में नहीं हैं, यह मैं बहुत अच्छी तरह जानती हूँ ! इसीलिए अब मैं यहाँ से वेदप्रकाश के साथ किसी ऐसी जगह जा रही हूँ, जहाँ मैं माँ बन सकूँ, और अपनी नई जिन्दगी जी सकूँ। वह मेरे साथ हैं, और अब मुझे किसी का भय नहीं है। मेरी मजबूरी समझकर इस छल के लिए माफ करना ! तुम्हें सब बताए दे रही हूँ। अब आकाश में सचमुच मुझे अनगिनत सफेद तितलियाँ उड़ती दिखाई देती हैं। लगता है, कि मैं

उन्हीं में से एक हूँ। जैसे ये सफेद तितलियाँ मेरे जीवन में उतर आई हैं। समय आने पर तुम्हें फिर खत लिखूँगी।–तुम्हारी सुमन।''

खत सुनकर, सन्नाटा छा गया। सरदारीलाल की पत्नी मुँह बिगाड़ कर उठने लगी, ''तो भीतर की पोल यह है। बड़ी बदजात लड़की है... मुझे तो उसकी शक्ल से भी नफरत हो रही है।''

''और जब तक वह झूठ बोलती रही, तब तक आपको उस पर रहम आता था–उससे प्यार था, आप उसे पवित्र समझती थीं,'' देवबाला ने व्यंग्य से कहा, ''लेकिन उसे प्यार अब मिलना चाहिए, क्योंकि उसने सच बोला है, और माँ बनने का इन्तजार कर रही है...वह एक पवित्र जिन्दगी फिर शुरू कर रही है। उसमें फिर से जिन्दगी शुरू करने का साहस है...उसकी खबर आते ही मैं आप लोगों को लिखूँगी। तब उसे आशीर्वाद दीजिएगा।''

सरदारीलाल की पत्नी मुँह बिगाड़ते हुए उठकर चली गई।

देवबाला अपना सूटकेस सरकाकर ठीक करने लगी।

रातें

शारदाबाई, सुन्दरीबाई और ताराबाई की कहानी तुमने नहीं सुनी ? तो तुम थे कहाँ ? किस देश में रह रहे थे ! अगर इन तीनों की कहानी अलग-अलग सुनोगे तो शायद किसी अंत पर नहीं पहुँचोगे, क्योंकि वेश्याएँ सिर्फ वेश्याएँ होती हैं। वेश्या बने रहने के अलावा वे कुछ कर भी नहीं सकतीं। अगर उन्हें यह बता दिया जाए कि वे गन्धर्वकुल की हैं, तब उनमें एक सहज गर्व भी आ जाता है।

शारदाबाई उसी तरह मशहूर थी, जैसी कि कभी मथुरा की वासवदत्ता रही थी। शारदाबाई के रूप और यौवन की कहानियाँ दूर-दूर तक फैल रही थीं। अखिल भारतीय वेश्या बाजार में यह बात जोर पकड़ती जा रही थी कि शारदाबाई जैसी रूपवती केवल एक ही बाजार में अपना सारा वक्त न गुजार दे। उसे देश के अन्य बाजारों में भी जाकर रहना चाहिए ताकि जगह-जगह के बाजार जीवित हो उठें। वेश्या बाजार के विद्वानों का तो यहाँ तक कहना है कि वेश्याओं का जगह बदल-बदलकर पेशा करने की परिपाटी ही शारदाबाई के साथ शुरू हुई। वे अपने उस विद्वान का बड़ा आदर करते हैं, जिसने यह नई योजना बनाई कि वेश्याएँ भी भ्रमण और रमण करें।

इस योजना के साथ वेश्याओं के पेशे में एक क्रान्तिकारी परिवर्तन हुआ। बीती हुई औरतें भी कुछ न कुछ कमाने लायक हो गईं। खैर, यह मसला दूसरा है, बात शारदाबाई की हो रही थी।

शारदाबाई जब पन्द्रह बरस की हुई तो उसके रूप का डंका बजने लगा। संगीताचार्यों और नृत्याचार्यों में इस बात की होड़ लग गई कि शारदाबाई को कौन संगीत सिखाए और कौन नृत्य। सभी को विश्वास था कि शारदाबाई कहर ढाएगी और उस्ताद का नाम रोशन करेगी। आखिर शारदाबाई के कुलगुरु की ही जीत हुई, क्योंकि शारदाबाई की माँ ने अपनी परम्परा को तोड़ने में रुचि नहीं ली।

आखिर जब शारदाबाई सर्वगुणों से सम्पन्न हो गई तब एक दिन उसकी पहली रात की विधिवत घोषणा की गई। बसंत का दिन चुना गया। पूरे शहर में यह खबर आनन-फानन फैल गई कि शारदाबाई की पहली रात बसंत की रात होगी। शहर के बाहर भी यह खबर पहुँची और उस रूपांगना की पहली रात के लिए तरह-तरह की अटकलें लगाई जाने लगीं। रोज नई-नई खबरें उड़तीं। कभी कहा जाता कि किसी महाराज ने उसकी पहली रात खरीद ली है, कभी किसी राजकुमार का नाम लिया जाता। खबर तो यहाँ तक फैली कि एक महाराजा और उसके कोषाध्यक्ष में झगड़ा हो गया और कोषाध्यक्ष ने महाराजा को धन देने से इनकार कर दिया, क्योंकि वह खुद पहली रात खरीदना चाहता था।

नवाबों, राजाओं, महाराजाओं, राजकुमारों, अमीर-उमरावों, जमींदारों, सामंतों, ताल्लुकेदारों में भीतर यह रस्साकशी चल रही थी कि शारदाबाई को कौन पा ले। एक तरह से यह इज्जत का सवाल बन गया था। जैसे-जैसे बसंत का दिन पास आता जा रहा था, अटकलें बढ़ती जा रही थीं। बराबर यही चर्चा चलती रहती कि शारदाबाई की माँ ने फलाने राजा या नवाब की बात ठुकरा दी है, या फलाने ताल्लुकेदार के आदमियों को घर में ही नहीं घुसने दिया।

आखिर एक दिन सबकी आँखें फटी रही गईं, जब पता चला कि तमाम नवाबों, राजाओं वगैरह की कोशिशें बेकार चली गई हैं, उनकी जगह

अट्ठारह साल के एक सजीले नौजवान ने बाजी मार ली है—उसका नाम है मगनलाल छगनलाल दारूवाला। यह नौजवान अभी अपने करोड़पति पिता के पैसे पर ही ऐश कर रहा था। घराना बहुत ऊँचा था। तरह-तरह के काम दारूवाला के यहाँ होते थे। आसाम और नीलगिरि के चाय-बागानों का काफी बड़ा हिस्सा भी इन्हीं के पास था। बंगाल के पटसन-बाजार पर इस घराने का इजारा था। कपास-बाजार में इस धराने की तूती बोलती थी। अमरीकी शेयर-बाजार भी दारूवाला घराने की खरीद-फरोख्त पर निगाह रखता था। कई बैकों में इनकी हिस्सेदारी थी। सुमात्रा-जावा और उधर अफ्रीका के बाजारों के व्यापार में इनका पचपन पैसे का हिस्सा था।

यह सब बातें भी लोगों को धीरे-धीरे तब पता लगीं जब एक-एक करके राजा-महाराजाओं के नामों से मुकाबला शुरू हुआ था। नहीं तो किसी को यह पता नहीं था कि दारूवाला नाम का घराना इतना तेजस्वी और बड़ा है। खबरें फैलते-फैलते मगनलाल छगनलाल दारूवाला का नाम गूँजने लगा और शारदाबाई के भाग्य को सराहा जाने लगा।

आखिर बसंत का दिन आया। सखियों ने शारदाबाई का शृंगार किया। मगनलाल छगनलाल दारूवाला की रुचियों का पता करके इत्र और फूलों का चुनाव किया गया। केश विन्यास हुआ और बहुत धूमधाम से शारदाबाई को दार्जिलिंग वाली कोठी में शाम से पहले पहुँचा दिया गया।

और शारदाबाई ने अपनी पहली रात गुजार दी।

उस समय शारदाबाई सोलह साल की थी और मगनलाल दारूवाला अट्ठारह के।

यह वही समय था जब जापान ने रूस पर विजय प्राप्त की थी और भारतीय राजनीति में एक बड़ा मोड़ आया था। सन् 1914 की कड़ाके की सर्दी में फ्लैण्डर्स और फ्रांस के मैदानों में भारतीय फौजें

जर्मन फौजों का मुकाबला कर रही थीं। सुरेन्द्रनाथ बनर्जी और एनीबेसेंट राष्ट्रीय क्षितिज पर उभर आए थे।

इन्हीं दिनों गोखले का देहान्त हुआ। तिलक माण्डले जेल से छूटे। लाला लाजपतराय ने अमरीका में देश-निकाला भुगता। होमरूल लीग की स्थापना हुई। लखनऊ का काँग्रेस अधिवेशन हुआ। भारतीयों ने उत्तरदायी शासन की माँग की। अंग्रेजों ने पहले विश्वयुद्ध में जर्मनी को पछाड़ा। भारत में अंग्रेजी दमन-चक्र तेज हुआ। रौलट बिल पेश हुआ। गाँधीजी ने सत्याग्रह छेड़ा। जलियाँवाला हत्याकाण्ड हुआ। असहयोग का जन्म और चम्पारन सत्याग्रह की नींव पड़ी। गांधीजी का 'अपेंडिसाइटिस' का आपरेशन हुआ। मोतीलाल नेहरू ने स्वराज्य की बात उठाई। साइमन कमीशन का बहिष्कार किया गया। लाहौर काँग्रेस में नेहरू ने नई आशा का संचार किया। दाण्डी यात्रा और नमक सत्याग्रह हुआ। मोतीलाल नेहरू स्वर्गवासी हुए। बिहार के भयंकर भूकम्प में 20,000 लोग मरे। दस लाख घर नष्ट हुए...

गरज यह कि अट्ठारह बरस का समय गुजर गया। इस बीच और भी बहुत कुछ हुआ। शारदाबाई ने पहली रात गुजारकर सामान्य तरीके से अपना पेशा शुरू किया। फिर मगनलाल छगनलाल दारूवाला को वक्त भी नहीं मिला कि वे शारदाबाई की बात दिल में लाते। एक रात थी, गुजर गई शारदाबाई अपने धन्धे में लग गई। कहा जाता है कि उसने पैसा चीरकर रख दिया।

इस दरम्यान मगनलाल दारूवाला ने अपने घर का कारोबार संभाला और कहा जाता है कि उन्होंने मुनाफा चीरकर रख दिया। एक करोड़पति घराने में उनकी शादी हुई। पिता का देहान्त हुआ और वे सारे धन के मालिक हुए।

इन्हीं दिनों शारदाबाई की लड़की सुन्दरीबाई की धूम बाजार में शुरू हुई। कहा गया है कि लड़की ने अपनी माँ को भी सुन्दरता में दस कदम पीछे छोड़ दिया। सुन्दरीबाई की खूबसूरती का मुकाबला शारदाबाई अपनी जवानी में भी नहीं कर सकती थी। अभी सुन्दरीबाई सत्रह बरस की ही थी, पर उसके लावण्य और सौन्दर्य की चर्चाएं जगह-जगह होने लगी थीं। आखिर शारदाबाई ने अपनी लड़की सुन्दरीबाई की पहली रात की घोषणा की।

फिर नवाबों, राजाओं, महराजाओं, जमींदारों, अमीरों, सामंतों, ताल्लुकेदारों में होड़ शुरू हुई। सुन्दरीबाई की पहली रात खरीदने के लिए फिर बसंत की रात ही पहली रात तय की गई।

आखिर वह दिन भी आया कि सबकी आँखें फटी रह गईं, जब पता चला कि तमाम नवाबों, राजाओं वगैरह की कोशिशें फिर बेकार चली गई हैं, उनकी जगह पैंतीस साल के एक दौलतमन्द ने बाजी मार ली है। उस दौलतमन्द का नाम भी लोगों को पता चला—सेठ मगनलाल छगनलाल दारूवाला।

शारदाबाई ने अपनी किस्मत को सराहा। उसने अपनी बच्ची सुन्दरीबाई को सेठ की सब आदतें और नफासतें समझाईं। तरह-तरह की नसीहतें दीं और उसके उज्जवल भविष्य की कामना की। उसे यह भी बताया कि आदमी की जो आदतें जवानी में पड़ जाती हैं, वे बरकरार रहती हैं। इसलिए सेठ से घबराने या डरने की जरूरत नहीं है। वे बहुत नाजुक मिजाज, खूबसूरती पसन्द और रसिक आदमी हैं।

पूरी तरह से तैयार होकर सुन्दरीबाई ने अपनी माँ शारदाबाई से बिदा ली। इस बार 'पहली रात' का इंतजाम मगनलाल दारूवाला के ऊटी वाले बँगले में किया गया।

और सुन्दरीबाई ने ऊटी के बँगले में सेठ मगनलाल दारूवाला के साथ अपनी पहली रात गुजार दी।

उस समय सुन्दरीबाई सत्रह साल की थी और सेठ मगनलाल दारूवाला पैंतीस के।

यह वही समय था जब क्वेटा में भूकम्प आया था। इटली ने एबिसीनिया पर आक्रमण किया और भारत में नागरिक स्वतन्त्रता लगभग समाप्त कर दी गई थी। जार्ज पंचम की मृत्यु हुई और एडवर्ड आठवें गद्दीनशीन हुए। रूस के क्रेमलिन महल में दो हजार चालीस प्रतिनिधि नए विधान पर विचार करने के लिए जमा हुए। फैजपुर में काँग्रेस अधिवेशन हुआ। जवाहरलाल नेहरू ने खान अब्दुल गफ्फार खाँ और एम. एन. राय का स्वागत किया और संसारव्यापी युद्ध छिड़ जाने की सम्भावना से देश को आगाह किया। चुनाव हुए। पाँच प्रान्तों में काँग्रेस ने बहुमत प्राप्त किया। दो करोड़ अस्सी लाख लोगों ने वोट दिए। काँग्रेस ने अंतरिम सरकारें बनाईं। हरिपुरा काँग्रेस के लिए सुभाषचन्द्र बोस नए अध्यक्ष चुने गए। दुनिया पर फासिस्टी युद्ध के बादल मँडराने लगे। दूसरा विश्वयुद्ध छिड़ गया। नागासाकी और हिरोशिमा पर अणु बम गिराए गए। जिन्ना साहब ने पाकिस्तान की माँग की। सन् बयालीस की क्रान्ति हुई। भारत आजाद हुआ। गांधीजी की हत्या हुई। भारत को गणतंत्र घोषित किया गया। जनता का राज्य शुरू हुआ।

वेश्या बाजार में शारदाबाई के घराने का बड़ा नाम हुआ। वही एक ऐसी गणिका थी, जिसके वंश में हर बार लड़की ही पैदा होती थी और वह भी अपनी माँ से अधिक सुन्दर। इस बीच सेठ मगनलाल दारूवाला ने भी बहुत नाम कमाया। चाय बागान, पटसन, बैंकों, कपास बाजार और विदेशी व्यापार के अलावा उन्होंने अन्य उद्योगों में हाथ डाला। जहाँ उन्होंने हाथ डाला, वहीं सोना बरसने लगा। सेठ मगनलाल ने कपड़े की मिलें लगाईं। चीनी उद्योग में रुपया लगाया, विदेशी मदद हासिल करके केमिकल्स के कारखाने लगाए, खाद के कारखाने खोले

और अपने यश को सात समुन्दर पार तक फैला दिया। अब उनका नाम भी सेठ एम. सी. दारूवाला हो गया। सरकार की उद्योग कमेटियों में उनकी आवाज की कद्र शुरू हुई और वे वर्ष के तीन चौथाई दिन विदेशों में बिताने लगे।

इसी बीच सुन्दरीबाई की लड़की ताराबाई सोलह बरस की हुई और उसके रूप की दास्तानें फैलने लगीं। ताराबाई की जब पहली रात घोषित हुई, तो फिर खलबली मची। अब अमीर-उमरा, राजा-नवाब, जमींदार, ताल्लुकेदार, राजा-महाराजा नहीं रह गए थे... इसलिए सब किसी नए रईस की खबर पाने के लिए उतावले थे।

आखिर वह दिन भी आया कि सबकी आँखें फटी रह गईं, जब पता चला कि तमाम नए-नए हुए रईसों, नेताओं, उद्योगपतियों, शेयर बाजार के आकाओं, इनकम टैक्स विभाग के नवाबों, ठेकेदारों, ब्रोकरों, मन्त्रियों के सम्बन्धियों वगैरह की कोशिशें बेकार चली गई हैं, उनकी जगह इक्यावन वर्षीय एक खरबपति ने बाजी मार ली है। उस खरबपति का नाम भी लोगों को पता चला—सेठ एम. सी. दारूवाला।

इस बार शारदाबाई और सुन्दरीबाई ने अपने संचित अनुभवों की हिदायतें अपनी लड़की ताराबाई को दीं। और इस बार यह 'पहली रात' बिताने का इंतजाम श्रीनगर की कोठी 'जन्नत' में किया गया।

और ताराबाई ने श्रीनगर की कोठी में सेठ एम. सी. दारूवाला के साथ अपनी पहली रात गुजार दी।

उस समय ताराबाई सोलह साल की थी और सेठ एम. सी. दारूवाला इक्यावन बरस के।

यह वही समय था जब अमरीका और रूस में तनातनी चल रही थी। अणुबमों के परीक्षण हो रहे थे। फ्रांस में लघुक्रान्ति हुई। भारत में विकास कार्यक्रम शुरू हुए। बांदुंग सम्मेलन हुआ। दुनिया में तटस्थ

राष्ट्रों का उदय हुआ। पंचशील की आधारशिला रखी गई। तिब्बत में तबाही हुई। कश्मीर पर फिर आक्रमण हुआ। विएतनाम में मुक्ति संघर्ष ने नया मोड़ लिया। चीन ने भारत पर हमला किया। प्रधानमन्त्री नेहरू की मृत्यु हुई। पाकिस्तानी हमला भी हुआ और ताशकंद में लालबहादुर शास्त्री का देहावसान हुआ। इन्दिरा गाँधी प्रधानमन्त्री हुईं। कई राज्यों में विरोधी दलों की सरकारें बनीं। बिहार और राजस्थान में अकाल पड़े। गुजरात में बाढ़ आई।

और तब तक ताराबाई की लड़की गीताबाई जवान हुई। अभी पन्द्रह की ही थी कि उसकी पहली रात घोषित हुई।

और इस बार लोगों ने बहुत रुचि नहीं ली। उन्हें पता था कि क्या होने वाला है कि यह रात कहाँ और किसके साथ गुजरने वाली है।

आत्मा की आवाज

मैं अपना काम खत्म करके वापस घर आ गया था। घर में कोई परदा करनेवाला तो नहीं था, पर बड़ी झिझक लग रही थी। गोपाल दूर के रिश्ते से बड़ा भाई होता है, पर मेरे लिए वह मित्र के रूप में अधिक निकट था। आँगन में चारपाई पड़ी थी, उसी पर बैठ गया। भाभी खामोश-सी चौके में बैठी थीं। चूल्हे की आग मँझा गई थी, एक-आध सुलगते कोयले पर घी की कटोरी गर्म होने के लिए रखी थी। मैं पहली बार उस घर में आया था, संकुचित-सा बैठ गया। भाभी के पास इस तरह अकेले में बैठना भी अजीब लग रहा था और जाकर बैठक में चुपचाप बैठने पर संकोच लगता था, क्योंकि पराया घर और भाभी से पहली मुलाकात—कदम एकदम नहीं उठ पा रहे थे।

शाम काफ़ी झुक आई थी। लालटेन जलाकर भाभी फिर वहीं चूल्हे के पास आकर बैठ गईं। उस उमस और खामोशी के वातावरण में जी घबराने लगा। आँगन में बँधे तार पर पड़े कपड़ों की सलवटों में अँधेरा भरता जा रहा था और जलती लालटेन का पीला-पीला बीमार-सा थकन-भरा प्रकाश ! और उसके सामने पड़ने वाली वस्तुओं की फैली हुई लम्बी-लम्बी छायाएँ ! घुटन-सी महसूस करते हुए, बहुत झिझकते-झिझकते कई बार कोशिश करने के बाद, एक बार आवाज फूट ही पड़ी, "क्या गोपाल भैया बहुत देर से आते हैं।"

"अकसर देर हो जाती है।" वैसे ही बैठे भाभी ने निर्लिप्त भाव से कह दिया।

मैं खामोश हो गया, अब और कोई प्रश्न भी नहीं था। निदान चौके की तरफ़ ताकता रहा। चौके की छत को टिकाए रखने वाले दोनों खम्भों की चौड़ी काली-काली छायाएँ, फ़र्श पर पड़कर फिर भीतर दीवार की कालिख में गुम हो गई थीं, और उनके बीच में दबी-सकुची-सी भाभी बैठी थीं। बड़ी थाली में आटे और पानी का घोल तैर रहा था, उसी में चकला उलटा रखा था, उसी तरफ़ एक लुढ़का हुआ बेलन और वह चमचा भी, जो छौंक लगाने के लिए तपाया गया था। चूल्हे पर उफ़ान की लम्बी-सी लकीर और फेन-सा चारों तरफ़ उड़े परथन का मोटा-मोटा बूर ! काला तवा एक ओर टिका था, जिस पर बिन्दी-सी आखिरी चँदिया चिपकी थी। भाभी के पैर के पास ही आम के छल्लेदार छिलके और पोदीने के डण्ठल पड़े थे। कोने में काले मुँह की ठिंगरी जली हुई पड़ी थी, जो अब भी, 'सुन्-सुन्' करती धीरे-धीरे भापदार धुआँ छोड़ रही थी। मैं उकताकर उठना ही चाहता था कि भाभी बोली, "आप खा लीजिए, भूख लग रही होगी।"

"नहीं, ऐसी तो कोई बात नहीं, अब शायद आते ही होंगे। हमसे कहा था कि छह बजे तक जरूर आ जाएँगे।" बहुत संभलते हुए घरेलू तरीके से मैंने कहा।

"देख लीजिए और थोड़ी देर।" कहकर भाभी ने अपनी सपाट किनारी की धोती को ज़रा और सिर पर खींच लिया। एक निगाह उन्होंने बढ़ते हुए अँधेरे की तरफ़ डाली और एक गहरी साँस खींचकर फिर सिर झुका लिया। भण्डार से चूहों के दौड़ने की सहमी-सी आवाज आई। 'खुर-खुर' करके उसने शायद कुछ टटोला और खो गया। चौके का धुआँ अब तक साफ़ हो चुका था, पर घर के और हिस्सों से अधिक कालिख उसमें फैल चुकी थी। मैं ग़ौर से भाभी को ताक रहा था, क्योंकि यह तय था कि उनकी नजरें मेरी ओर नहीं उठेंगी।

एक काला-काला-सा भारीपन वहाँ की वायु में भर रहा था—कोई आवाज नहीं, ठहरा-ठहरा-सा सब कुछ निस्पन्द ! अँधेरा हम लोगों के बोले हुए शब्दों की गूँज भी तेजी से पी जाता था—कुछ बेबसी, अलस उदासी-सी थी। मैं अपनी जगह कसा बैठा था। गहरी पड़ती शाम, अँधेरा, चौके की बिखरी हालत, सब कुछ जैसे एक बेबसी के क्रम में आबद्ध थे। भाभी जैसे इस ठहराव को जीवन में ढालकर अभ्यासी बन चुकी थीं। अभी शादी को साल-भर से अधिक नहीं हुआ होगा, लेकिन यह गतिहीन ठहराव...जैसे जीवन की हर रंगीनी को मिटा चुका है।

घी कड़क उठा, भाभी ने उँगलियों से पकड़कर हटा दिया, कुछ इतनी आसानी से कि जैसे गर्म धातु ज़रा भी असर नहीं करती, न उँगली थरथरायी, न कलाई ने जल्दी की। धुआँ छोड़ती हुई ठिंगरी भी अब तक बिलकुल चुप हो गई थी। भाभी का इस तरह निरपेक्ष होकर बैठना कोई शील-विशेष का लक्षण भी नहीं लग रहा था। मैं बैठा यही सोच रहा था कि शायद इस अवस्था में ही भाभी के वे नारीत्व के गुण—चंचलता, मुखरता, अपने प्रति सजगता आदि सभी लुप्त हो गए हैं। वे जान रही थीं कि मैं उन्हें देख रहा हूँ, पर जैसे इसमें सकुचाने या सिमटने की कोई बात ही नहीं थी। काफ़ी देर बाद वह ऊबती हुई कुछ कहने जा रही थीं कि गोपाल आ गया। मुझे देखते ही वह बोल पड़ा, "काफ़ी अकेलापन महसूस किया होगा...क्या बताऊँ देर हो गई।"

मैं खामोश रहा, वह कमीज उतारते हुए कहने लगा, "इन्हें तो बस रोटी-गृहस्थी से काम है। अगर कनस्तर, डिब्बे और शीशियाँ जरा भी बुदबुदाना जानती होतीं तो शायद हमसे भी बात करने की नौबत न आए, तब भला तुमसे क्या बातें की होंगी !"

"हाँ, भाभी बड़ी गम्भीर मालूम पड़ती हैं।" कहकर मैंने उनकी तरफ़ नजर डाली। उनमें कुछ हरकत-सी हुई थी, पर वह शायद पटा डालने के लिए थी।

''नॉट सीरियस बट सिली !'' गोपाल कहता हुआ भीतर कमीज टाँगने चला गया।

खाना खाते वक़्त गोपाल कुछ विरक्त-सा था। हर चौथे-पाँचवें कौर के बाद पानी पीता जाता था। हम दोनों साथ ही खा रहे थे। कुछ बात चल पड़ी थी, वह कह रहा था, ''दुनिया में बहुत-से जंजाल हैं, कुछ धर्म के नाम पर, कुछ गृहस्थी के नाम पर, इन जालों में आदमी फँसता है, जबकि ये सब कतई जरूरी नहीं हैं, बिलकुल बेकार हैं।''

भाभी ने झिझकते हाथ से रोटी थाली में रख दी। गोपाल ने झट से उठाकर रोटी के चार टुकड़े कर दिए, कुछ इतनी आसानी से कि कोई खास बात नहीं थी।

''अरे, टुकड़े करने की क्या जरूरत...गरम तो नहीं है और मैं लखनऊ का भी नहीं, जो इतना तकल्लुफ बरत रहे हो !'' मैंने गोपाल से कहा, क्योंकि रोटी तोड़ने में मुझे कठिनाई नहीं थी।

बात फ़िर चल निकली, रोटी आयी, गोपाल ने तोड़कर कौर बना डाले। मैंने उसके तकल्लुफ़ पर मुसकरा-भर दिया। गोपाल ने मेरी तरफ़ कुछ इस तरह देखा जैसे कि मैं नादान-सा हूँ, अभी तकल्लुफ़, बनावट और कच्ची दुनिया से उभर नहीं पाया हूँ, इसीलिए शायद हर बात में मुझे ये ही चीजें झाँकती मिलती हैं।

तीसरी बार भी जब वह नहीं माना, तो मेरे मुँह से निकल ही गया, ''हद कर दी यार तुमने भी ! भई मेरी उँगलियाँ अभी साबित हैं !'' यह कहकर मैं मेहमानपन की बू मिटाना चाहता था।

''ये रोटियाँ हैं या नक़्शे...कोई अफ़्रीका का, कोई अमरीका का !'' साँस से एक अजीब आवाज करता हुआ वह कुछ बोला और जैसे कोई भारी बात भीतर दबा गया। भाभी ने किनारी की कोर से मेरी तरफ़ देखा और कुछ डूबती हुई-सी, दाल परसने लगीं।

मैं कुछ अप्रतिभ-सा हो गया। यदि मैं बार-बार न टोकता, तो शायद भाभी को यह व्यंग्य न सुनना पड़ता।

थोड़ी देर बाद जब बाहर कमरे में आ गया, तो बड़ी अजीब-सी बात सुन पड़ी। शायद बग़ल वाले कमरे में ही गोपाल था, काफी साफ़ सुनाई पड़ रहा था। वह कह रहा था, "मैं पानी की तरह रुपया बहाकर घर को ठीक रखना चाहता हूँ और कुछ नहीं तो आज एक नया ढंग पेश किया तुमने। इसी तरह की शर्मिन्दगी मुझे हमेशा उठानी पड़ती है, और तुम अपने तौर-तरीकों से बाज नहीं आतीं !"

"......" भाभी ने कुछ कहा था।

"तुम्हारी इतनी मजाल, रोटियाँ लग गई हैं !" गोपाल तैश में कह रहा था।

"......" भाभी कुछ बोली थीं।

चटाक् की आवाज और गोपाल का गूँजता हुआ स्वर, "यही चाहती थी न ? मैं सोचता था, कौन हाथ छोड़े ! नहीं समझ में आता और फिर हर बात का मुँह पर जवाब...बड़ी गम्भीर बनी फिरती है !"

मैं सकपका-सा गया। भीतर जाना भी ठीक नहीं था। उन दोनों के बीच में पड़ना कहाँ तक ठीक था ! पर मेरी साँस घुट रही थी और आत्मग्लानि से मेरा शरीर जल रहा था। यह सब मेरी वजह से हुआ। उफ् ! उस रोटी के लिए तीन बार टोक देना सारे फ़साद की जड़ बन गया। मैंने सोचा कि गोपाल को आवाज ही दे दूँ पर यह तो भाभी की इज़्ज़त के लिए और भी बुरा होगा ! कुछ बोल नहीं पाया, खामोशी से उतरकर बाहर चला गया।

दूसरे दिन जब बिदा होने लगा, तो जी में आया कि गोपाल से उसके वहशीपन के बारे में कुछ कह दूँ, पर हिम्मत नहीं हुई। बाहर निकलने लगा, तो दूर से ही मैंने कहा, "भाभी जी नमस्ते !"

भाभी की दो करुणार्द्र आँखें उठीं, मेरी ओर नजर-भर ताका, जैसे कुछ याद-सा हो आया हो, और पलकें झुक गईं, मानो सब व्यर्थ है। नीची नजर किए ही उन्होंने नमस्ते की। मैं सकुचा गया। गाड़ी में बैठ गया। वे ही बातें मन को भारी किए हुए थीं—टेढ़ी रोटी वाली बात,

उस पर इतना तूमार, गोपाल का मारना, भाभी की पनीली आँखें, नजर का मिलना, उमड़ता हुआ सैलाब, पलकों का झुकना, बेबस-से उठे हुए हाथ, सब-कुछ ठहरा-ठहरा-सा, भाभी का बैठना, उनका खामोश रहना, कोई गति नहीं, जीवन की थिरकन नहीं। उल्लास, खीज, विद्रोह, घृणा, प्यार कुछ भी नहीं...आखिर कैसे जीती हैं वे ?

घर आते-आते उदासी दूर होती गई, कमरे का ताला खोला, पहली नजर आए हुए पत्रों पर पड़ी, जिन्हें डाकिया दरवाजे की दराज से डाल जाता है। एक लिफ़ाफ़े पर नजर उलझकर रह गई। यह पत्र अवश्य ही बिनती का है ऐसा मुझे विश्वास हो गया। बिनती ! आखिर आज मैं तुम्हें याद आ ही गया...दो साल बाद! कुछ दर्द-सा उठा। पत्र खोलकर पढ़ने लगा। लिखा था—

"प्रिय राजू,

आज अचानक बहुत दिनों बाद तुम्हें यह पत्र लिखने बैठी हूँ। हृदय में हजार शंकाएँ उठती हैं कि क्या इस हालत में होते हुए भी मुझे ऐसा करना चाहिए ? पर इसमें कोई अजीब बात भी नहीं, हर जगह जंजीरें भी हैं और सतीत्व की आडम्बरपूर्ण दीवारें भी। पर जंजीर की हर कड़ी में जोड़ की दरार है और हर दीवार में सँधें भी। यदि मैं इतना साहस कर रही हूँ, तो कोई बड़ी बात भी नहीं। इस घर में इतनी आजादी तो है ही।

आज सहसा तुम याद आए हो। वास्तव में शादी के बाद लड़की के जीवन में महान परिवर्तन होता है, विवाह के बाद पुरुष को रहन-सहन का कुछ ढंग ही बदलना पड़ता है, पर लड़कियों को तो पूरी आत्मा बदलनी पड़ती है, यह मेरा स्वयं का अनुभव है, मैंने अपनी आत्मा को बदलने की चेष्टा की है। एक कीमती आत्मा की हत्या भी इसीलिए की कि वह तुम्हें प्यार करती थी। जब मैंने इस नए घर में कदम रखा था, तो यही सोचकर कि मेरी आत्मा सदैव के लिए तुम्हारे पास है, शरीर इस नए घर का है। लेकिन बहुत ईमानदारी से कहूँ, बुरा मत

मानना, कुछ दिनों बाद मेरी पसलियों की काया में कुछ नरम स्पर्श-सा महसूस होने लगा, आत्मा का स्पन्दन होने लगा, और तभी से इस घर के दुख-सुख मुझे सताने लगे।

मुझे तुम्हारी उदारता पर विश्वास है, इसीलिए लिख रही हूँ। मेरी कही हुई बात की ईमानदारी को यदि तुमने न समझा, तो मेरे साथ अन्याय करोगे।

सच यह है कि मैं तुम्हें भूलने लगी थी और अब भी बहुत याद नहीं करती। अब मुझे लगता है कि मेरी आत्मा पूर्णतया मेरे अधिकार में है, वह तुम्हारे पास नहीं है। इसका एक बहुत बड़ा कारण है।

मैं यहाँ बहुत सुखी हूँ। सारे आराम यहाँ हैं। मेरी माँ और पापा का अरमान कि उनकी इकलौती लड़की का रिश्ता किसी ऊँचे घर में हो, पूरा हो ही गया है, इससे भी मुझे बहुत सन्तोष मिलता है। शादी होने से पहले मुझे तुम्हारा मोह था, तुम्हारी जिन्दगी के रूप के प्रति लगाव था। तुमसे दूर होने की सोचकर मैं घबरा जाती थी। तब तुम मेरे लिए सब कुछ थे, तुम मेरे चारों ओर थे, हर तरफ़, हर साँस में थे पर अब यह सब एक मुलम्मे की तरह उतर चुका है। यहाँ इज़्जत भी है, शान भी, आराम भी और पैसा भी। पैसा काफ़ी बड़ी शक्ति है, जिसके प्रति तुमने सदा उदासीनता ही दिखाई है। खैर, मैं जब यहाँ आई थी, तो तुम्हारी बातें, तुम्हारे साथ बिताए क्षण, उन स्थानों की स्मृतियाँ, जहाँ हम साथ-साथ घूमते थे, सभी मेरे साथ थे। पर 'ये', जिन्हें तुम अपना 'खुशनसीब जालिम मित्र' कहते हो, बहुत-कुछ तुम्हारी तरह ही हैं, तुम्हारी तरह हँसते हैं, वैसे ही बात करते हैं, उसी तरह चलते-फिरते हैं, सब अन्दाज वे ही हैं। हाँ, तुम्हारी आँखें ज़रा अधिक गहरी हैं, जिनकी बरबस आज मुझे याद आ गई। बाकी सब हाव-भाव चाल-ढाल, तौर-तरीके, जैसे तुम्हारे थे, वैसे ही इनके भी हैं। तुम ज़रा संकोची हो, ये बहुत खुले हुए इसीलिए मैं तुम्हें भूल गई और तुम्हें भूल जाना अच्छा भी था।

आज खाना पकाने वाली महराजिन नहीं आई। घर की बहू हूँ

मैं, खाना पकाने के लिए रसोईघर में गई, शायद पहली बार। जब वहाँ घुसी, तो बरबस यह भाव जाग उठा कि तुम्हारे साथ यदि जीवन बीतता होता, तो रोज ऐसे ही मुझे खाना पकाना पड़ता। तुम्हारे साथ जीवन की तमाम कल्पनाएँ मेरे दिमाग़ में आ-आकर समाती जा रही थीं। मुझे इस तरह रहना पड़ता, मैं यह करती, मैं वह करती, शाम को तुम्हारे आने की राह देखती। मैं खाना पकाती, तुम बीच-बीच में आकर छेड़ते, कभी दाल में पानी ज्यादा बताते, कभी रसोईघर में गरमी से परेशान देखकर मुझे बाहर ले जाते।

मेरी हालत अजीब-सी हो रही थी। तुम्हारी हर बात याद आने लगी। अकेले ही रोटी बनाने बैठी, लगा कि जैसे तुम अभी छेड़ने आ रहे हो, तुम मेरी आँखों के सामने पूरी तरह से उभरे हुए थे, मेरी हर साँस में तुम बस गए थे। मेरे चारों ओर तुम थे। तुम्हारे पैरों की आहट हर तरफ़ से आ रही थी और मेरी हर रोटी टेढ़ी हो जाती थी। सच कहती हूँ, हर गोल बनती रोटी अपने-आप टेढ़ी होकर बदशकल हो जाती। यह सब मुझे बहुत अपना-सा लग रहा था, जैसी पुरानी आत्मा अपने पुराने रूप में मुझे वापस मिल गई हो।

खाते वक़्त उन्होंने हँसते हुए कहा, 'वाह, यह किसी खास जगह की रोटियों का नमूना है शायद !'

माताजी बोली थीं, 'अरे, सीख जाएगी, इसमें हँसने की क्या बात, अभी आदत नहीं है।'

पर राजू ! मेरी आत्मा तुम्हारी आहट-सुन रही थी। मैंने अपने आँसुओं को दोनों की नजर चुराकर सुखा लिया। शायद किसी ने नहीं देखा। अगर देखा भी होगा, तो समझ नहीं पाया होगा।..."

मैं पत्र आगे न पढ़ सका। घुटन, बेबसी, धुआँ, ठहराव, खामोशी और उसमें ऊबती हुई आत्मा ! वे बेबस उठे हुए हाथ और पानी-भरी आँखें जैसे चारों ओर थीं, हर तरफ़ थीं।

...या कुछ और

शाम जब रात में ढलती होती थी, तब उसका दिल बहुत घबराता था। छटपटाहट होती कि कहीं निकलकर दूर भाग जाए। ऐसी जगह जहाँ दिन की पूरी रोशनी हो या रात का घुप्प अँधियारा। बड़ा अजीब-सा लगता था तब—जब आसमान में रोशनी नहीं होती थी, जब आसमान सुरमई से काला होता जाता था। लालटेनों की रोशनी फीकी-फीकी लगती थी...तब न आसमान में चिड़ियाँ होती थीं, न मुँडेरों की घास ही हिलती थी। गलियों के मुहाने पुरानी सुरंगों की तरह बन्द लगते थे।

अँधेरा बहुत धीरे-धीरे उतरता था...इतने धीरे-धीरे कि आँखों में भरने लगता था...कोने, अंतरों और अलगनी पर टँगे कपड़ों की सलवटों में समाने लगता था। चारों तरफ गँदला-गँदला पानी-सा भर जाता था... तब घर में रुकना मुमकिन नहीं होता था।

रामनाथ घर से निकलकर गली में आ जाता...फिर पैर अपने आप उठते जाते थे...वह भीड़भाड़ की तरफ चलता जाता था। बड़े चौराहे पर पहुँचता, जहाँ हारवाले खड़े होते थे और कुछ लोग उस मुहल्ले की तरफ जाते होते थे। मन्दिर के पास से होते हुए वह बिसातखाने वाली गली में घुस जाता था। टीन के छप्परों के नीचे अँधेरा कुछ और गहरा होता। गली से निकलते ही वह शकुन्तला के घर के सामने होता था।

एक पल के लिए वह अचकचाता, पर फिर कुछ भी अजीब नहीं लगता था। सिवा इस खयाल के कि वह यहाँ आने के लिए तो नहीं निकला था...पर वह हमेशा यहीं पहुँचता था।

सबूत तो कुछ है नहीं !....यह जुमला रामनाथ को नहीं भूलता था। शकुन्तला को देखते ही यह जुमला कभी-कभी फौरन याद आता था...कभी बहुत देर बाद। कभी-कभी ऐसा भी होता था कि जब वह शकुन्तला के पास से लौटते हुए घर की तरफ आ रहा होता था, तब अचानक याद आता था...सबूत तो कुछ है नहीं !

पहली दफा जब उसने शकुन्तला को देखा था, तब यह जुमला कहते वक्त उसकी आँखों में निचाट सूनापन था। वकील साहब पूछ रहे थे, ''कोई कागज-पत्तर, चिट्ठी-पत्री, लिखा-पढ़ी...कोई छोटा-मोटा ही सबूत हो !''

तब भी उसने यही जुमला कहा था। और ऐसे देखने लगी थी जैसे कहीं न देख रही हो।

वकील साहब दूसरी मिसिल देखने लगे थे। फिर उसे उठा देने की गरज से बोले थे, ''हक के लिए सबूत बिना कुछ नहीं हो सकता। ऐसे मुकदमे मैं अदालत में नहीं ले जाता।''

और वकील साहब के इस जुमले से वह समझ गया था कि उसे क्या करना है। रामनाथ ने आँख के इशारे से शकुन्तला को उठ जाने के लिए बुलाया था और खुद बाहर बरामदे में अपने डेस्क पर जाकर बैठ गया था। शकुन्तला आई तो उसने समझाया, ''घर जाकर देखो, कोई कागज-पत्तर हो तो काम बन जाएगा, न मिले तो भी लौट आना, मैं सिफारिश कर दूँगा तो शायद मान जाएँ...आ जाना कल-परसों, जब बखत मिले।''

यह तो उसका पुराना लटका था, जो वकील साहब ने उसे पहले दिन सिखाया था। तब मुंशी हुआ करते थे बाबू मगनलाल और वह

मिसिलों के कागज नत्थी किया करता था। मगनलाल उसे सब गुर सिखा गए थे।

जब तक मुकदमा चला, रामनाथ को कई बार शकुन्तला के घर जाना पड़ता था। कभी किसी स्टाम्प पर दस्तखत कराने या गवाहों को खड़ा करने की जुगत बताने।

तीन बरस मुकदमा चला...जब भी जरूरत पड़ी तो शकुन्तला के पास वही जवाब था। वकील साहब झिड़कते, तो वह इतना भर और कह देती, "मैं सौगन्ध से कहती हूँ", बस, वकील साहब भन्ना जाते थे। बुरी-भली भी कह जाते थे। शकुन्तला तब जैसे हर लगाव और बात से अलग हो जाती थी। लगता नहीं था कि वह सचमुच मुकदमा लड़ना चाहती है। कभी-कभी तो वह इतनी अलग-थलग हो जाती कि लगता, वह खुद अपने से मुकदमा लड़ रही है।

उन्हीं दिनों रामनाथ का आना-जाना हो गया था। कोई बड़ी बात हो, ऐसा कुछ नहीं था। शकुन्तला ने बुलाया हो, ऐसा भी नहीं। जब शाम झुकती तो घूमता-घामता वह बस पहुँच जाता। मुकदमा निपटा-निपटाया था। कोई खास हार-जीत भी नहीं थी। उसके आदमी को मरे बारह साल हुए थे...उनके नाते-रिश्तेदार उसे मकान से बेदखल करना चाहते थे। झूठे-सच्चे दस्तावेज और हजार तरह की गवाहियाँ लाए थे। कुछ लांछन भी उन्होंने लगाए थे। उसे डराया-धमकाया भी था। पर खैर सब सुलझ गया था।

तब, उस शाम वह यही पूछने आया था, "अब तो नहीं डराते-धमकाते ?"

"कल रात पाँच-सात जने आए थे," शकुन्तला ने कहा था, "धमकी दे रहे थे।"

"बड़े बदमाश लोग हैं !" रामनाथ ने कहा था। शकुन्तला ने

पंखा उठाकर खाट कुछ इस तरह खाली कर दी थी, जैसे वह बैठना चाहे तो बैठ जाए, खुद बैठने के लिए उसने पैर से आसन खींच लिया था।

उस दिन वह पहली बार बिना किसी मसरफ के बैठ गया था। वही धूरी शाम का वक्त था। घर में अँधेरा भरता जा रहा था। आसमान बहुत विराना था। आँगन के ठीक ऊपर आसमान का एक चौखटा कटा हुआ था, जो भरते धुएँ की तरह काला पड़ता जा रहा था...चौखटे में कटे आसमान पर लोहे की गहरी काली गोट लगी थी।

"डरना मत !" रामनाथ ने कहा था।

"काहे से !" शकुन्तला ने कहा तो जैसे प्रसंग का तार ही खो गया।

"मच्छर बहुत हैं।" कुछ देर बाद वह फिर बोला था।

शकुन्तला पंखा कुछ ऐसे झलने लगी थी, जैसे उसे भी हवा लग जाए तो कोई बात नहीं है। काफी वक्त ऐसे ही गुजर गया था। एकाएक उसने मामूली तरह से इधर-उधर नजर डाली थी—अकेली औरत का घर कैसा लगता है।...सभी चीजें निपट अकेली लगती हैं...यहाँ तक कि सेम की बेल के पत्ते तक अकेले-अकेले लगते हैं।

फिर एक दिन जरा बदला-बदला लगा था, जब उसने पहली बार कमरे में अपनी कमीज उतारकर कील पर टाँगी थी। पर कुछ देर बाद फिर सब कुछ वैसा ही हो गया था। कुछ देर वह आँगन में खाट पर लेटा रहा था। पंखे के पास अधमरी लालटेन जल रही थी। उन दिनों शाम को कुछ खुनकी होने लगी थी। आसमान तब बहुत ज़रा सी देर के लिए मटमैला होता था...सितारे जल्दी फूट आते थे। जब तक एकाध सितारा फूटता, वह शकुन्तला के घर ही होता। जब आसमान सितारों से भर जाता तो पता नहीं क्यों, उसके मन में बड़ी सुनिश्चिंतता आ जाती थी। तब वहाँ से उठकर चले आने में कचोट कुछ कम होती थी। उलझन या कचोट ...कुछ ठीक-ठीक नहीं मालूम...

उस दिन एकाध सितारा निकला ही था कि वह कमरे में चला गया—यहाँ थोड़ी सर्दी-सी है ! देर बाद जब चलने के लिए बाहर आँगन में आया, तो न जाने कहाँ से बादलों के कुछ टुकड़े आ गए थे। आसमान मटमैला हो गया था। चाहते हुए भी वह चल नहीं पाया था। वहीं खाट पर लेटा रहा।

"सर्दी लग रही होगी !" शकुन्तला ने कहा था।

"ठीक है !" उसे अपने शब्द ही गलत लगे थे, पर असल में वह आसमान साफ होने का इंतजार कर रहा था। कुछ देर बाद ही धीरे-धीरे पूरे चौखट में सितारे उभर आए थे। वह उठकर चला आया था।

जब आसमान साफ होता, तो वह बिसातखाने वाली गली से नहीं लौटता था। उस दिन भी वह गली छोड़कर सड़क से लौटा था। मन में कोई खास बात भी नहीं थी। पर चलते-चलते पम्प जूते की किनारी वहीं रगड़ा खा रही थी, जहाँ शकुन्तला के पैर के अंगूठे का नाखून ज़रा-सा चुभ गया था। चुनचुनी-सी हो रही थी। घर पहुँचा तो सब लेट चुके थे। आँगन में चार खाटें लगी थीं। एक पर ज्ञान सो रहा था। दूसरी पर आरती, तीसरी पर आरती की माँ और उसी से सटी खाट उसके लिए खाली पड़ी थी। कमीज उतारकर वह लेट गया था। पता नहीं क्यों—यहाँ खुनकी नहीं लग रही थी। नींद आने से पहले तक पैर के नाखून से बराबर उचटी खाल पर चुनचुनी होती रही थी।

सुबह वह बस्ता बाँध ही रहा था कि सुनाई पड़ा, "आरती ! अपने बाबूजी का खाना बाँध दे। देख ले क्या बन-बना गया है चौके में।" रामनाथ हवा के रुख को पहचान गया था। पर एक क्षण के लिए वह अचकचा-सा गया। चश्मा चढ़ाकर वह एक मिसिल खामख्वाह देखने लगा। कनखी से उसने देखा कि आरती चौके में चली गई है। वह कचहरी के लिए दोपहर का खाना कटोरदान में रख रही है। बहू शायद

अचार निकाल रही है। आरती की माँ तुलसी को पानी दे रही है। मामूली झोंका था। रामनाथ ने मिसिल बस्ते में बाँध ली और चश्मा उतारकर जेब में रख लिया।

"रात नौ बजे वकील साहब का नौकर आया था। किसी जरूरी मिसिल के लिए !" आरती की माँ ने ज़रा तेज आवाज में कहा था।

"अच्छा !" रामनाथ ने धीरे से कहा था।

"अच्छा क्या ?"

"अब दे दूँगा...।"

"तो जहाँ जाया करो बता के जाया करो...या फिर ऐसी जगह जाया करो, जहाँ किसी को भेजकर कोई बुलवा तो सके !" आरती की माँ ने ऊँची आवाज में कहकर कुछ शब्द चबा लिए थे, "आग लगे तुम्हारी जवानी में !"

रामनाथ की टाँगें सनसना कर रह गई थीं। एक ठंडी लहर-सी रीढ़ से गुजर गई थी। वह बस्ते पर और झुक गया था। तभी आरती कटोरदनिया लेकर आ गई थी। वह आरती से खाना लेते भी झिझक गया था।

जैसे-तैसे बस्ता संभालकर वह बाहर निकल आया था। बाईं बगल में बस्ता दबा था, बाँह झूठी पड़ रही थी। जूता बार-बार एड़ी से सरक रहा था। एक पल के लिए उसने बस्ता कानूनगो साहब के चबूतरे पर रख लिया था। फिर ठीक होकर चल दिया था।

वह बहुत सोचने की कोशिश कर रहा था...यह सब आखिर काहे को है ? किस बात की शिकायत है ? दुख-सुख, तकलीफ-आराम, हारी-बीमारी की बात तो समझ में आती है... पर यह शिकायत वाली बात बड़ी अजीब लगती है...उसने खुद कभी यह सोचा ही नहीं कि आदमी को शिकायत होनी चाहिए...किस बात की शिकायत और किससे ?...जब से उसने जो कुछ पाया—सब कुछ बना-बनाया मिला, जिसमें किसी

की मर्जी या चाहने न चाहने का सवाल ही नहीं उठा। अब करीब-करीब पचपन का हुआ...पर आज तक तो उसने खुद किसी बात की शिकायत नहीं की। न घर की, न घरवाली की, न बच्चों की, न भाग्य की। उसने तो कभी यह भी नहीं सोचा कि यह सब, जो उसके चारों ओर है, इसके लिए कोई जिम्मेदार भी है। जो कुछ है, वह है, जो नहीं है, वह नहीं है ! जो होता जाता है, वह ठीक है, जो नहीं हो पाता सो नहीं हो पाता !

पर जब कभी आरती की माँ बड़बड़ाती तो कचहरी में होती मिसकौट का मतलब झलकने लगता। बस्तों पर बैठे और मुंशी लोग उठते-बैठते फिकरे कस देते। मुंशी रामनाथ एक इजलास से दूसरी में भागते रहते, दौड़-दौड़कर वकील साहब को पेशी की खबर पहुँचाते रहते...छोटी-मोटी अदालत में तो खुद खड़े होकर वक्त की मोहलत माँग लेते। इस्तगासे तैयार करते, प्रेयर का मजमून बनाते। मुकदमों की नई तारीखें नोट करते, मुवक्किलों को सूचनाएँ देते। वकील साहब के हाजिर होने से पहले जमानतों की खानापूरी करके और लेन-देन निपटाकर तैयार रहते।

पर भागते-दौड़ते भी वही बातें दिमाग में टकराती रहतीं। एक मिनट बस्ते पर बैठते तो घबराए-घबराए रहते। घबराहट का सबब भी पूरी तरह समझ में न आता। आखिर इसमें है क्या ? कौन ऐसी दुनिया ऊपर की बात हो गई है ! कौन-सी जिम्मेदारी से निकल भागे हैं ! उसे तो किसी से शिकायत नहीं। जो कुछ है सो है। इसमें है ही क्या ? कुछ भी तो नहीं, ऐसा क्या है जो वह कर रहा है ? जो नहीं करना चाहिए। जो नहीं होना चाहिए। कभी उसने भी तो कुछ नहीं कहा। गया तो ठीक, न गया तो ठीक। पर यह तो बिलकुल यूँ ही होता है कि वह चला जाता है। जब शाम घिरती है तो मटमैला आसमान बड़ा भयावना लगता है। बस, कभी-कभी इतना भर लगता है कि शकुन्तला पता नहीं क्या कर रही होगी। इंतजार तो उसे भी नहीं होता...पर इंतजार

की तरह की कोई बात मन में होती हो, तो होती हो ! कोई जोर-जबरदस्ती, रोना-कल्पना, उलाहने-शिकायतें—कुछ भी नहीं है। हाँ, जैसे और सब कुछ है—एक अनजानी आदत की तरह, उसी तरह और उतनी ही मामूली सतह पर यह भी है।

घिरती शाम नदी के पुल पर या राजा साहब के बाग में पत्थरवाली बेंच पर न गुजरी ...चौकोर कटे आसमान के नीचे गुजर गई। झूठ क्यों कहे—वहाँ जो वक्त गुजरता है और जैसे गुजरता है...वह कुछ तो दूसरी तरह का होता है। इतना खाली नहीं होता। पुल के नीचे बहती नदी अलग-थलग बह जाती है। वह उँगली दिखाकर कभी उसे रोक तो नहीं पाएगा। हिश करने पर ठिठकेगी भी नहीं। फिर पुल पर बैठते कभी-कभी डर भी लगता है। नदी की आवाज थका देती है।

बस इतना भर है कि गड़ती पाटी देखकर कोई कभी सर के नीचे एक तकिया खिसका देता है या बालिश्त भर दूर रखे गिलास को ज़रा सरकाकर पकड़ा देता है।

कहीं कोई बड़ी बात नहीं है। ऐसी ही बातें हैं जिनका खास मतलब भी नहीं। सब कुछ सहज है। रुकना, रुके रहना, ठिठकना, ठिठके रहना, बैठना, बैठे रहना, छूना, फिर हाथ रखे रहना। एक मामूली-सा मोह तो है। बीती हुई इतनी उमर के बावजूद इतना भर तो है कि जो नहीं बीता है। जो शायद मौत के साथ ही मरता होगा। वह क्या है, समझ में नहीं आता। मन में शायद खून का कोई कतरा मचलता है...या कुछ और हो...सच-सच कुछ पता नहीं। इस सच के लिए कोई ठीक-से शब्द भी नहीं मिलते...सबूत तो कोई है नहीं...

कोई शिकायत मन में आई तो किससे करें ? एक वक्त ऐसा था, जब शिकायतें ही शिकायतें थीं। दुनिया-जहान से, वकील साहब से, सरकार से, घरवाली से, लोगों से, दफ्तरों और अदालतों से, सिपाही और चपरासी से, नेता और बनिए से, पर एक हथौड़ा था, जो उसके दिमाग को पीटता

था। पीट-पीटकर उसने दिमाग को भूसा बना दिया था। और अब तो उसे इतना भी याद नहीं पड़ता कि शिकायतें कभी थीं भी। अब वह, जो कुछ दुख-तकलीफ आती है, बर्दाश्त कर लेता है।

अब मन में कुछ ऐसा समा गया है, जिसे चाहो तो डर कह लो या डर से अलग एक उदासी। शायद उदासी भी नहीं...बुझी-बुझी-सी कोई चीज। इसलिए वह सूखे पत्ते की तरह काँप जाता है...जब औरों की बात के अर्थ उसकी समझ में नहीं आते। उसके पास किसी भी बात के दो या दस अर्थ हैं ही नहीं। अर्थों का सवाल ही नहीं है। बस, एक जीना है और जीते चला जाना है। दूसरों की शर्तों पर। सच पूछो तो, जो उसके जैसे हैं, उनके पास भी कोई खास शर्तें नहीं हैं। शर्तों का भ्रम है और उन शर्तों में अपना एक भावावेश है। आरती की माँ कहती तो नहीं, पर व्यवहार से कुछ शर्तें लगाती है। कुछ और लोग हैं, जो शर्त लगाने की तरह हाव-भाव दिखाते रहे हैं। यह सब उसकी समझ में नहीं आता। वह खुद किसी से कुछ नहीं कहता। जो भी चारों तरफ है, उसे ऐसा ही लगता है, जैसे पुल के नीचे से बहती जाती नदी। थोड़ी देर देखता है, फिर ऊब जाता है। जैसे नदी पर वश नहीं है, वैसे ही किसी और पर भी नहीं है।

घर है, चलता जाता है। उसे कहीं जाना नहीं है। कहीं लौटना नहीं है। मौत का ख्याल तो नहीं आया, पर कभी श्मशान वाले रास्ते को देखकर यह जरूर लगा कि मोड़वाली इमली के नीचे उसकी अरथी रखकर लोग शायद इसी तरह सुस्ताएँगे। अगर मौसम हुआ तो इमली के दस-बीस फूल कफन पर गिर पड़ेंगे।

इस ख्याल के साथ ही शकुन्तला का ध्यान आता है। एक कोने में आँगन की ईंटों पर बिखरे सेम के कुम्हलाए पाँच-सात फूल सामने आ जाते हैं। क्या सोचती होगी शकुन्तला ! ऐसा तो नहीं कि उसे कुछ व्यापता न हो। दिन भर कुछ सोचती न हो। हाँ, जब वह पहुँच जाता है तो शायद वह कुछ नहीं सोचती। दिन भर सोचे हुए से उबर आती है।

एक बार भी उसने नहीं कहा—कुछ देर बाद चले जाना। या, कल ज़रा जल्दी आ जाना। या कोई तमन्ना ही की होती। कोई सपना देखा होता। कोई हक ही दिखाया होता। दिखावा किया होता। या किसी छोटी-सी बात का तिरस्कार किया होता। मना ही करती कभी। बातें तो बहुत हुईं, पर गूँगों की तरह। जितना जिसने समझ लिया, उतना ठीक।

एक रुके हुए शहर में वे भी रुके हुए हैं। इंतजार बस इतना है कि इंतजार का नाम भर है। कौन जाने कब किसे वक्त उठा ले जाए या अपंग कर दे। तब सब ठहर जाएगा।

बरसों से सब कुछ रुका-रुका-सा है। एक रक्षाबंधन के दिन कलाई में राखी बहुत काट रही थी। उसे उसने खाट के पाए से बाँध दिया था। बदरंग सूत अब भी उसी गड़ारी में बँधा था। बहुत बार शकुन्तला ने भी देखा होगा।

अधगिरे मकान गलियों में ज्यों के त्यों खड़े हैं। मकानों की मुँडेरों पर सूखी घास की झालर न जाने कब से लगी है। गली के मोड़ पर पंडितजी की गाय बँधती थी। गाय तो मर-खिप गई, पर घिसा हुआ खूँटा और गाँठ लगी रस्सी का टुकड़ा वहीं अटका है।

दीवारों के कोनों में बरसाती परनालों से कच्ची छतों से कट-कटकर आई हुई मिट्टी के काले ढेर जैसे-के-तैसे हैं। उन ढेरों पर आम की गुठलियाँ चिपकी हैं। गुठलियों से दो-दो कोंपलों के किल्ले फूट आए हैं।

खत्ताखानों में पड़े कूड़े में पीपल और नीम के पौधे निकल आए हैं। बड़े-बड़े नीमों के फटे तनों पर गोंद के मोटे-मोटे आँसू चिपके हैं। जड़ों पर लोगों के बैठने के निशान हैं।

हर तरफ कुछ है—पर वैसा ही, जैसा था। अपनी-अपनी जगह सब ज्यों-का-त्यों। जो जहाँ ठहर गया, वहीं ठहर गया।

कभी रामनाथ ने सोचा भी नहीं कि इस ठहराव से कतरा जाए। कतराए भी तो कहाँ जाए ?

आरती की माँ जब व्यवहार से कुछ शर्त-सी रखती है तो मन

करता है—सईसे अलग हो जाए। कोई वास्ता न रखे। न यहाँ, न वहाँ। बगलवाली कोठरी ले ले और पड़ा रहे। पर इतना ही लगता है कि आरती की शादी हो जाए। ज्ञान की होती रहेगी। लड़का है। आरती की माँ से ज्यादा ज्ञान भनभनाता है। अनाप-शनाप भी कह जाता है बाप के खिलाफ।

कभी-कभी वह घर में घुसते ही बवंडर ताड़ लेता था। ज्ञान बक रहा होता, तब भी वह अपने को गलत तो नहीं पाता था, पर अजीब-सी कमजोरी व्यापने लगती थी।

पर उसकी आहट होते ही सब जैसे किसी साजिश में बदल जाता था। बातें जरूरत भर की रह जातीं।

इस असहयोग को वह समझ नहीं पाता था। वजह तो समझता था पर वजह समझ में नहीं आती थी। इतने तूमार की जरूरत क्या है ? और आखिर क्यों ? फिर उसका मन उचट जाता। आगे वह सोच ही नहीं पाता था। क्योंकि आगे जो कुछ आता था...बनावटी होता था। अपने किसी कारण से अलग। किसी और कारण से जुड़ा हुआ। पर आदत तो कारण नहीं होती। वह तो होती है। चाहो तो अच्छी या बुरी कह लो। इसमें क्या रखा है ? हर आदमी में कुछ ऐसा होता है, जो किसी और में नहीं होता। वही उसे सबसे प्यारा होता है। शायद वही—जो बस मरता है, खत्म नहीं होता। नाम उसे कोई दे नहीं पाता। जान भी शायद नहीं पाता। बस, वह उस वही के लिए जीता जाता है। हो सकता है जिद हो, इच्छा हो, कामना हो या कुछ और। शायद डर ही हो। या कोई घबराहट।

शाम जब ढलती है, जब बत्तियाँ भी फीकी-फीकी होती हैं, आसमान सुरमई से काला पड़ता जाता है...तब वही कुछ तो होता है। डर होता होगा, या कोई घुटन-घबराहट ! तभी तो वह उठकर चल देता है। कहीं जाने के लिए नहीं। जाता तो कहीं नहीं—पहुँच जाता है। क्या करे !

और फिर ऐसा क्या है, जिससे वह भागता है ? वह तो कभी भागा नहीं। कौन-सी ऐसी जिम्मेदारी है, जिससे उसने इनकार किया हो। तब शिकायत क्यों ?

आरती की शादी भी तय कर आया था। इंतजार था कि हो जाए। जब शादी का वक्त आया, तो वह बिसात भर सब कुछ करता रहा। एक मामूली घरवाला गरीब जितना कुछ करता। डाकखाने से सब रुपया निकाल लाया। जो कुछ उधार मिल सका, वह भी उठा लाया। दिन-रात लगकर सब इंतजाम पूरे कर लिए। पर बीच-बीच में बार-बार शिकायतें उठती रहीं। आरती की माँ जब-तब यही कहती रहीं, "मन से करना हो तो करो, नहीं तो रहने दो। मेरे कौन दस-बीस बैठी हैं ! इकलौती लड़की है, मैं सब कर लूँगी।"

वह सुन लेता।

"तुम्हारे मन में कोई उछाह ही नहीं ! सौतेली तो नहीं है आरती ! तुम बैठो ! मैं कर लूँगी..." जब वह यह कहती तो बड़ा दुख होता। रामनाथ समझ ही नहीं पाता कि और क्या करे ?

"शाम को पंडितजी आएँगे...तुम्हें फुर्सत मिले तो जल्दी लौट आना। न मिले तो कोई बात नहीं !..." आरती की माँ ने यह कहा तो वह घबराकर रह गया। पंडित तो बहुत रात गए आए, पर वह शाम को निकल नहीं पाया। बेकार के बवंडर से उसका जी घबराता था। एकाध मेहमान आ गए, तब तो उसका जी और भी धड़कता रहता था। कहीं काम से भी गया और दस मिनट ऊपर लग गए—बस, आरती की माँ सीधी आँख नहीं देखती थी।

कमरे-कोने में अकेले मिल जाती तो धीरे से जैसे उसे सुनाकर भगवान से दुआ माँगती, "हे ईश्वर ! इनकी अकल ठीक रखना। हमारी इज्जत रखना !"

वह सुनता तो घबरा जाता। उसे डर अपने से उतना नहीं था, जितना आरती की माँ से था। आखिर क्या किया है उसने ?...वह घर

में ही रहता। शाम को दरवाजे पर छिड़काव करके कुर्सियाँ-मोढ़े लगाता और इज्जतदार बाप की तरह चुपचाप बैठा रहता।

घर के भीतर छाई रौनक से उसके दिल में बड़ी गहरी खुशी फूटती थी। बरसों बाद घर में मंडप गड़ा देखकर मन लहराने लगता।

रात साढ़े आठ बजे द्वारपूजा था सब इंतजाम पूरा हो गया था। बहुएँ-बेटियाँ कमरों में कपड़े बदल रही थीं। आँगन में गैस के हंडे टँगे हुए थे। कहार कुल्हड़ और करवा धो रहे थे। भट्ठीवाले घर से घी और पूड़ियाँ तलने की महक आ रही थी। आधे आँगन में धुआँ भरा हुआ था। कचौड़ी की दाल और पैट्रोमेक्स की स्पिरिट के साथ ही धुलते करवों-कुल्हड़ों की सोंधी तीखी गन्ध चारों तरफ भरी हुई थी। मंडप में जौ के अंकुर फूट आए थे। खम्भे से बँधी बाँस की लम्बी टहनी को ऊपर तक देखने को नजर गई तो आसमान पर अटक गई।

अभी दस-बीस तारे ही उभरे थे। ऊपर सन्नाटा था। मन एकाएक डूबने लगा था। चुपचाप वह भीतर आरती की माँ के पास गया था और धीरे से बोला था, "वो...वो...तुमने वहाँ बुलावा भिजवा दिया था!"

"कहाँ?" आरती की माँ की आँखों में चिनगारियाँ थीं।

वह चुपचाप देखता रहा, फिर बोला था, "हमने कहा था तुमसे..."

"वह यहाँ नहीं आएगी! चाहे जो हो !" आरती की माँ फिर बिफरी थी।

"ठीक है!" रामनाथ बोला था, "देखो अपना!"

"क्या?"

"हाँ!"

और वह निकलकर चला आया था। गली में। गली के बाहर सब कुछ वही था। वैसा ही, जैसा होता था। नालियों से निकली खाब की वही सड़ाँध। धूल की वही किसकिसाहट। पेड़ों के नीचे वैसा ही अँधेरा।

शकुन्तला के घर का आँगन उसी तरह चौखटे में जड़ा हुआ था। काली फौलादी गोट लगी थी।

"किसी चीज की जरूरत पड़ गई ?" शकुन्तला ने पूछा था।

"नहीं...ऐसे ही चला आया।" शकुन्तला कुछ भाँप गई थी। वह थोड़ी परेशान थी। वह भी भीतर-ही-भीतर बहुत घबराया हुआ था। समझ नहीं पा रहा था कि उसने क्या किया है ! सही या गलत ! या कुछ भी नहीं। एक-एक पल दोनों पर भारी पड़ रहा था। दोनों एक-दूसरे के खिलाफ थे, और शायद एक-दूसरे के मोहताज थे। शकुन्तला उसे बाहर भेजकर शायद दरवाजा बन्द कर लेना चाहती थी। वह कहीं भी जाए। चाहे वहाँ या और कहीं।

पर उसके दिमाग में कुछ भी नहीं घुस रहा था। आखिर शकुन्तला वहीं आँगन में पड़े आसन पर बैठ गई थी। और ऐसे देख रही थी, जैसे कहीं न देख रही हो। आज भी उसके पास सबूत तो कुछ है नहीं। न इसका, न उसका।

वह कुछ है ? सबूत तो कुछ है नहीं। उसने तो नहीं रोका ! सबूत तो कुछ है नहीं। उसने चाहा कि वह वहीं जाए...सबूत तो कुछ है नहीं... एक बार वह अकुलाया था। जूतों में पैर भी डाल लिए थे। पर फिर लेट रहा था। वजह तो कुछ होगी ! कुछ भी नहीं है। कोई शिकायत ? कुछ भी नहीं है। कोई और बात ? कुछ भी नहीं। तब यह क्या है ? जिद, इच्छा, डर, या कुछ और कोई कामना...वह सोच ही नहीं पाता। आगे का कुछ समझ में नहीं आता। सब कुछ बेहद बुरी तरह ठहर जाता है। अटक जाता है। पर मरता नहीं।

ज्ञान दो बार आकर लौट चुका था। तीसरी बार फिर आया था। पर रामनाथ लेटा हुआ था। वह ऐसे नहीं जाएगा।

"अभी सबको यही पता है कि आप कहीं काम से निकले हुए हैं!" ज्ञान ने कहा था।

"ठीक है...पर मैं अकेला नहीं आऊँगा।"

"अच्छा, मेरी खातिर चले जाओ..." शकुन्तला ने कहा था।

"ये आएगी और आरती का कन्यादान लेगी ! समझे...पूछ आओ।" कहकर रामनाथ ने सिर झुका लिया था। ज्ञान चला गया तो वह यह कहकर भी जैसे खुद अपने को फिर-फिर साहस बँधा रहा था। सोच रहा था कि वह यही चाह रहा था या इससे कुछ और ज्यादा, जो कोई और नहीं दे सकता। इस मामूली-सी देन के परे भी है, जो दिया जाता है। शब्दों में तो जाहिर हो नहीं पाता...जिद...या डर या कोई इच्छा या कामना ! यह सब शब्द भी उसे नहीं कह पाते। शायद कोई बेबसी जैसी चीज है। या कुछ और...बेबसी से भी ज्यादा बेबस ! एकदम सहज। बेहद मामूली।

ज्ञान फिर आया था, "अम्मा ने कहा है, आप कहें तो वो आकर खुद ले जाएँ..."

एक पल उसे खला था। चाहा तो यही था, पर इस तरह नहीं। क्यों ऐसा होता है कि वह सब मिल जाता है, जो आदमी चाहता है, पर उस तरह नहीं, जिस तरह वह चाहता है ! पछतावा क्यों होता रहता है ! पाकर भी। होते-होते बात बेकार लगने लगती है। जैसे और जिस तरह बात पूरी होती है, उसकी खूबसूरती खत्म क्यों होती जाती है ! शायद बात ही सब कुछ होती है, उसका होना या न होना नहीं।

ज्ञान उसकी तरफ देख रहा था। शकुन्तला अधमरी-सी खड़ी थी। वह अपना मन जानती थी। यह अहंकार उसे अच्छा नहीं लग रहा था। पर मन में इतना भर था कि वह कहीं जुड़ रही है।

"तुम्हारी अम्मा क्यों लेने आएगी ? मान का सवाल तो है नहीं। ये खुद चल सकती हैं।" रामनाथ ने कहकर जूते पहन लिए थे, "तुम इन्हें लेकर आओ..."

वह आगे-आगे जा रहा था। पीछे-पीछे ज्ञान शकुन्तला के साथ आ

रहा था। सड़कों पर अँधेरा था। गली का मुहाना पुरानी सुरंग की तरह बन्द लग रहा था। घर के बाहर बड़ी रौनक थी। भीतर भी धूमधाम थी। दरवाजे पर कुर्सियाँ पड़ी थीं। ऊपर चाँदनी तनी थी...कागज के सितारे खिले थे। छिड़काव हो जाने से सोंधी-सोंधी महक फूट रही थी। पाँच-सात रिश्तेदार वहीं बैठे थे। रामनाथ वहीं उनके साथ बैठ गया। बातों में मशगूल हो गया।

ज्ञान शकुन्तला को लिए हुए भीतर चला गया। शकुन्तला भीतर पहुँची तो आरती की माँ ने हाथों-हाथ लिया। भीतर कमरे में ले जाकर धोती बदलवा दी थी। नाइन को बुलाकर महावर लगवा दिया था।

चारों तरफ चहल-पहल थी। रामनाथ बैठा सबसे बातें भी कर रहा था। पर कोई बात उसके दिमाग में टिक नहीं रही थी। मन में इस वक्त कुछ भी आ-जा नहीं रहा था। शायद वह अछूता था सब बातों से, गलत या सही से। अच्छे या बुरे से। न खास कुछ मिला था, न दे पाया था। पर इस खालीपन में कुछ था, जो पहले नहीं था। जो अब तक अजाना था। जान तो अब भी नहीं पाया था। पता नहीं, क्या था।

भूखे और नंगे लोग

श्रीमती सरीन ने पिछली शाम की तरह बात फिर छेड़ दी, "आज आपकी बातों का जवाब शान्ता देंगी !"

सुनकर शान्ता जी धीरे से मुस्कराकर बोलीं, "आप ही दीजिए।... वैसे मेरे ख्याल से आदमी और औरत के सोचने के तरीके में बड़ा फरक होता है।"

'सोचने में जो भी फरक हो, पर रिश्ते दस-बीस तरह के नहीं होते !' कहने को तो वह कह गया, पर दो औरतों के सामने यह बात कह जाने पर वह संकोच से गड़ गया, और फिर ऐसी औरतें जिनसे अभी उसका कोई प्रगाढ़ परिचय नहीं। बड़ी दूर की जान-पहचान। श्रीमती सरीन से तो कुछ जान-पहचान थी भी, पर शान्ता जी से तो अभी दो दिन पहले श्रीमती सरीन ने ही परिचय करवाया था। और फिर उसे सुबह ही अनन्तनाग चला जाना था। इतना अल्प परिचय और ऐसी बात ! उसने जान-बूझकर बात बदल दी, "देखिए, सुबह ही मुझे जाना है, अगर हम बातें करते रहे, तो नींद कैसे खुलेगी ?"

"सिपाही जगा देगा," कहते हुए श्रीमती सरीन ने सिपाही को आवाज लगाई। वह बरामदे में आकर खड़ा हो गया, उसे श्रीमती सरीन ने समझाया, "देखो, साहब सवेरे पहली बस से जाएँगे। तुमको चार बजे जगाना है और नहाने के लिए पानी गर्म करना है।"

"बौत अच्छा, मेम साब !" सिपाही ने कहा।

जयदेव ने उसे गौर से देखा, यों आदमी चुस्त था, लम्बी टाँगों में ऊँची-ऊँची सलवार और बनियाइन पर फटा हुआ ऊनी कोट।

चलते-चलते वह बोला, "पार जाने का वास्ते शीकारा अभी से करेंगा ?"

"कमाला चला जाएगा" कहकर श्रीमती सरीन मेज से उठ गईं। शान्ताजी अभी कॉफी का आखिरी घूँट पी रही थीं।

कॉफी के बाद वे तीनों ड्राइंगरूम में ही बैठते थे, क्योंकि न तो उसका उन लोगों के कमरे में बैठना उचित था, न उनका उसके कमरे में। यही कमरा ऐसा था, जहाँ वे लोग एक-दूसरे की एकान्तिकता का उल्लंघन किए बगैर बैठ सकते थे।

शान्ताजी श्रीमती सरीन के चित्रों के बारे में पूछने लगीं, "कितने स्केच किए अभी तक ?"

"करीब पच्चीस ! पर अभी सब अधूरे हैं...अब लगकर पूरे करूँगी।" श्रीमती सरीन ने कहा।

और उनकी बात चित्रकला की ओर मुड़ गई।

जयदेव बैठा मुँह ताकता रहा। वह क्या बात करे, एक चित्रकार, दूसरी लेखिका। वह बैठा यही सोचता रहा कि वापस आने पर किसी होटल में ठहरना ही ज्यादा ठीक होगा। इस बार तो केवल तीन दिन की बात थी, उस-सा अरसिक निभ गया, पर अगली बार तो उसे महीना भर ठहरना है, तब कैसे निभेगा ?

पर सुबह चलते वक्त श्रीमती सरीन ने कहा, "वापस आने पर आपको यहीं रुकना होगा।"

"देखिए, यह उचित नहीं होगा।" जयदेव ने सकुचाते हुए कह ही दिया।

श्रीमती सरीन ने उसे गौर से देखा। फिर उसकी बात को भूलती

हुई बोलीं, "आप भी बड़े मजे की बातें करते हैं। अरे, यह काटेज पूरे सीजन के लिए लिया है। चार कमरे हैं...इसमें उचित-अनुचित की क्या बात ? आप कोई मुझे बाहर ढकेलकर तो नहीं रहेंगे इसमें !"

जयदेव कुछ नहीं बोल पाया।

फिर श्रीमती सरीन ने शान्ता जी की ओर देखते हुए कहा, "ये भी चली जाएँगी, दस-बारह दिनों में इनका कालिज खुल जाएगा। बहुत कह रही हूँ, छुट्टी और बढ़ा लो, पर मानती ही नहीं। आप ही समझाकर देखिए।"

शान्ता जी बोलीं कुछ नहीं। तब तक सिपाही ने बिस्तर लाद लिया था और शिकारेवाले को जगाकर श्रीमती सरीन का छोटा-सा नौकर कमाल वापस आ गया था।

सिपाही और उसका छोटा भाई कमाल उसे किनारे तक छोड़ने आए। दोनों सरीन के नौकर थे। कमाला घर का ऊपरी काम देखता था और सिपाही रात को चौकीदारी के लिए आता। वह शायद सिपाही रहा होगा।

वहाँ से चले जाने के बाद भी श्रीमती सरीन का वह छोटा-सा काटेज उसकी स्मृति में उलझा रहा। झेलम के उस पार...अखरोटे की लकड़ी का बना हुआ वह छोटा-सा घर। नितान्त एकान्त में। ऊपर के कमरों की खिड़कियों में आलूबुखारे के पेड़ों की शाखें हाथ फैलाए रहतीं। सामने, दूर पर शंकराचार्य की पहाड़ी थी और दाईं ओर पहाड़ी नाला, जो बाढ़ के वक्त झेलम का पानी बहा ले जाता था। कुछ ऊँचाई पर एक कच्ची सड़क उसी नाले के किनारे-किनारे चली गई थी। नीचे ढलानों पर सब्जियों के खेत थे। उन्हीं खेतों का रखवाला था कमाला का बाप।

झेलम और नाले के बीच की जमीन निचली तराई की तरह थी। उसी में था बेंत वन, लचीली शाखोंवाले बेंत वृक्ष, जो हवा के साथ सरसराया करते और झेलम के पानी की अपनी नरम अँगुलियों से

सहलाते रहते...उसकी आँखों में वह काटेज घूम रहा था...श्रीमती सरीन और शान्ता जी ! दोनों कलाकार...बार-बार उसे श्रीमती सरीन के आदर्शवादी तर्कों का ध्यान आता और फिर उनके अनुमोदन में धीमे से मुस्कराती हुई शान्ता जी...

पर शान्ता जी छुट्टियाँ खत्म होने पर चली गईं। श्रीमती सरीन अकेली रह गईं। चार-पाँच रोज़ बाद जयदेव के आने की बात थी। पर उसका क्या ठिकाना, व्यापारी आदमी, गब्बे खरीदने में लग गया, तो और रुक जाएगा। श्रीमती सरीन सुबह उठते ही कमरे से ही सिपाही को पुकारतीं। सिपाही आकर खड़ा हो जाता, तब एकाएक उन्हें सोचना पड़ता कि क्या काम बताएँ। वैसे ही रजाई में लेटे-लेटे वह कहतीं, "भीगे कपड़े से ज़रा फर्श पोंछ डाल," पर अपनी यह आज्ञा उन्हें स्वयं ही खल जाती। हाँ, इतना जरूर होता कि सिपाही के फटे-फटाए और बटनहीन कालर के कारण उसकी केले के तने के रंग की त्वचा दिखाई पड़ती। फर्श पोंछने के लिए जब वह लटकती हुई आस्तीन चढ़ा लेता, तो उसकी बाँहें कोहनियों तक खुल जातीं।

सिपाही हमेशा सर झुकाकर काम करता था। श्रीमती सरीन उसे देखतीं और उनका मन उचट जाता। कालर की मैल से गन्दी किनारी और रूखे बाल, जैसे किसी पहाड़ी घास को प्याजी रंग में रंग दिया गया हो। विरक्ति से वह अपना मुँह ढँक लेतीं। जब कमाला चाय का प्याला लेकर हाजिर होता, तो वह चाय पीतीं और उसके बाद तौलिया आदि लेकर गुसलखाने में घुस जातीं। उनके निकलने से पहले सिपाही चला जाता था। फिर वह रात को ही लौटता था।

रात को जब सिपाही आता, तो उन्हें सबसे पहले एक ही बात खटकती, यह मर्द है। क्या पता, कब नीयत बदल जाए, कहीं कुछ... दूर-दूर तक कोई और काटेज भी नहीं ! चीख-चिल्लाकर बचाव कर सकने का सहारा तक नहीं...परदेसियों के बीच न जाने कब कौन-सी घटना हो जाए...

पर तब सिपाही उनके सामने खड़ा होकर अपने आने की सूचना गर्दन झुकाकर देता तो वह अभय हो जातीं। उसे वहीं बैठा लेतीं, और पूछतीं, "क्यों सिपाही, हम लोग यहाँ अकेले पड़े रहते हैं, कहीं कोई वारदात हो जाए, तो..."

"हमारे रहते तलक कुछ नईं होने का, मेम साब ! इदर का सब कोई जानता कि सिपाही पहरेदारी करता...और फिर इदर का लोग इस माफिक काम नईं करता, गरीब आदमी है..." सिपाही कहकर श्रीमती सरीन की ओर देखता।

"हमें तो कभी-कभी डर लगता है।...रात आँख खुल गई, एकदम सन्नाटा था। हवा तक नहीं थी..."

"जैसू-जैसू सर्दी बढ़ेंगा, हवा नईं आएँगा, पर डर का कोई बात नहीं, मेम साब। हम बरामदे में लेटता, हमको पुकारना होता, हम लैस रहता, मेम साब !" कहते हुए उसने एक मामूली-सा चाकू निकालकर दिखाया।

श्रीमती सरीन उसे देखकर हँस पड़ीं।

"बहुत करके होगा, हम भीतर आपका कमरा के दरवाजा पर सोएँगा।" सिपाही ने कहा और उनके उत्तर की प्रतीक्षा में ताकने लगा।

उस दिन से सिपाही श्रीमती सरीन के कमरे के दरवाजे पर बिस्तर लगाने लगा। सोने से पहले ही श्रीमती सरीन बाहर वाला दरवाजा अपने सामने बन्द करवातीं और अपने कमरे में जाकर खुद ध्यान से खिड़कियों आदि की चिटकनियाँ देखकर मोमबत्ती जलाकर पढ़ती रहतीं। सिपाही "खबर-खबरदार" करता हुआ ऊपर के खाली कमरों को देखकर अपने बिस्तर पर आ जाता।

पर उसका बिस्तर...पेत्स की टूटी हुई चटाई और एक फटा हुआ कम्बल। नीरव एकान्त...ध्वनिहीन पथरीली सृष्टि, सर्दी में सिकुड़ती हुई।

कमरा थरमस की तरह ठंडा रहता। बड़ी रात गए तक श्रीमती सरीन की आँखें नींद के लिए तरसती रहतीं। कभी आँख लगती, तो

एकाएक खुल जाती...तब उन्हें अहसास होता कि वे सोते में कितनी गहरी-गहरी और तेजी से साँसें खींच रही थीं, जैसे उन्होंने कोई दबाव महसूस किया हो...पूरे शरीर पर। फिर नींद नहीं आती...मोमबत्ती का प्रकाश बड़ा डरावना-सा लगता...अपने अस्तव्यस्त कपड़े सँभालतीं और बाँहें कस लेतीं।

ऐसी ही एक रात थी जब मन बहुत घबराया तो शाल लपेटकर वह उठीं, बगल में रखी मेज पर मोमबत्ती चिपकाई और अपने अधूरे चित्र उलटने-पुलटने लगीं। पर आँखों की ज्योति जैसे फीकी पड़ गई थी, देखतीं पर कुछ भी ऐसा दिखाई न देता, जो आकुल मन को साधता। किसी भी चित्र की भावना, उसके रंगों का संगीत क्षण-भर भी नहीं टिका। पैरों के नाखून सर्द हो गए थे और अँगुलियों के पोर निर्जीव से, पर भीतर की जलन...जैसे मोमबत्ती का सूत जल रहा हो।

उन्होंने सिपाही की ओर ध्यान दिया...साँस की आवाज तक नहीं... करवट ही बदला...पर नहीं, कुछ भी नहीं। कुछ भी साफ नहीं था। दृष्टि पर रेशमी पर्दा-सा पड़ा था। न जाने कैसी स्थिति...जब सारी शक्तियाँ लुप्त हो जाती हैं—आँख, कान, नाक...कुछ भी दिखाई नहीं पड़ता, कुछ भी सुनाई नहीं पड़ता, कोई भी गन्ध नहीं ! भयंकर विवशता ! जैसे कोई आकर झकझोर दे...तूफान की तरह तोड़ दे। पर कुछ भी नहीं...

सचमुच वह नहीं जानतीं कि उन्होंने कब दरवाजे की चिटकनी खोली, सटाक्। और जैसे सब-कुछ प्रस्तुत था।

जलती मोमबत्ती एक झोंके में बुझ गई।

"सिपाही !...सिपाही !" अँधेरा सारे उचित-अनुचित का भोक्ता था ...अँधेरे में खोई हुई सारी दीवारें।

"मेम साब ! खबर..."

वह अभी टकराएगा, पर नहीं, लकड़ी के फर्श पर शोर करते हुए उसके कदम बाहरी दरवाजे की ओर चले गए, "खबर ! खबरदार !...

"इधर सिपाही, इधर !"

और जब सिपाही ने हड़बड़ाकर कमरे में घुसते हुए माचिस जलाई, तो श्रीमती सरीन मूर्ति की तरह खड़ी थीं। तीली की रोशनी को ऊँचा करते हुए उसने पूछा, "क्या बात है, मेम साहब ?"

एक क्षण दीवार की ओर देखते हुए उन्होंने केवल उँगली से खिड़की की ओर संकेत किया था। झपटकर सिपाही ने खिड़की खोली। जंगली झाड़ियाँ ठिठुरी हुई निस्तब्ध खड़ी थीं। सिपाही एक हाथ में मोमबत्ती और दूसरे में डंडा लेकर बाहर गया, ऊपर गया...कटकटाती सर्दी में काटेज के चारों ओर डंडा खटखटाते हुए चक्कर काटा—होश... खबरदार !—और जब आकर कमरे में खड़ा हुआ, तो श्रीमती सरीन बोलीं, "शायद मुझे शक हुआ...जाओ, लेटो, कुछ भी नहीं है..."

मोमबत्ती की रोशनी में उसके सीने का खुला हुआ हिस्सा कदली-थम्भ की तरह झलक रहा था, जैसे मोमबत्ती का सारा प्रकाश केवल वहीं पड़ रहा हो।

श्रीमती सरीन का शरीर पसीने से भीग गया था।

सुबह उठते-उठते जैसे वह सारी घटना उसके दिमाग से बिलकुल निकल चुकी थी। सिपाही को देखते ही बोलीं, "सिपाही, तुम बहुत गन्दे रहते हो। नहाते नहीं ?"

सिपाही चुप रहा। श्रीमती सरीन ने साबुन देते हुए कहा, "इससे कपड़े साफ करना और नहाना।"

पर रात को सिपाही वैसा ही था, कपड़े भी ज्यों-के-त्यों थे।

श्रीमती सरीन कुछ नाखुश हुईं। पर सिपाही एक बड़ी-सी करौली बाँधकर आने लगा था। कहता था, "उस दिन कुछ देरी हो गया, मेम साब। पर बड़ा हिम्मत का बात है, ये जानता है सब कोई कि सिपाही इधर रात का चौकीदारी करता।..."

चलते वक्त हमेशा ही श्रीमती सरीन उसे पावरोटी, पनीर आदि पकड़ा देतीं। बड़ी खुशी से उन्हें लेकर वह चला जाता।

दसवें रोज जयदेव आ गया। शान्ता जी उसे नहीं मिलीं, तो काटेज कुछ उदास लगा। दिन-भर कमाल रहता। उसका भाई सिपाही रात को नहीं दिखाई पड़ा। जयदेव ने एक बेहद खूबसूरत गब्बा निकालकर श्रीमती सरीन के आगे रखते हुए कहा, "यह आपके लिए लेता आया। दो सौ गब्बों में से छाँटकर निकाला..."

"है तो सचमुच सुन्दर..."

"मैं आपको बढ़िया-से-बढ़िया चीजें छाँटकर ला दूँगा। अभी लकड़ी का सामान, पेपरमेशी, कपड़ा वगैरा तमाम खरीदना है ! सारा सामान अपने सामने भिजवाकर जाऊँगा।"

ये सब बातें तो होती रहीं, पर शान्ता जी के सामने जो बातें हो जाया करती थीं, वे अब लगभग नहीं थीं। इन दिनों श्रीमती सरीन अपनी चित्रकारी में लगी थीं...काटेज में केवल तीन ही प्राणी थे, श्रीमती सरीन, जयदेव और कमाल।

जयदेव दिन-भर अपने काम-काज के खत वगैरा लिखता रहता, दो-चार फाइलें उलटता-पुलटता, खिड़की के पास कुर्सी डालकर सिगरेट पीता रहता। श्रीमती सरीन कभी अपने अधूरे चित्रों को रँगतीं या अपने चेस्टर की जेब में रंग और कूचियाँ भरकर, कमाल के हाथों में ड्राइंग बोर्ड और उसी के कन्धे से कॉफी-भरा थरमस लटकाकर बाहर लैण्डस्केप करने चली जातीं, दोपहर को लौटकर वह कमाल की मदद से खाना बनातीं। इन दिनों बस खाने की मेज पर वे दोनों साथ बैठते। फिर शाम तक के लिए अपने-अपने कामों में उलझ जाते।

जब कभी नजदीक ही श्रीमती सरीन को कोई दृश्य मिल जाता, तो थरमस और बोर्ड रखकर कमाल वापस चला जाता। रसोईघर में बैठकर प्याज काटता, आलू छीलता और अण्डे वगैरा उबालकर तैयार रखता। कभी कमरे में आकर पूछता, "साब, चाह बनाएँगा ?"

"तुम ठीक से बना पाओगे ?" जयदेव उसकी छोटी उम्र देखकर

जैसे विश्वास न कर पाता हो कि यह लड़का बगैर अपनी अँगुलियाँ झुलसाए अँगीठी भी सुलगा पाएगा।

"सेमावार में बनाएँगा, साब !"

और उसकी चाय पीने की इच्छा देखकर वह हाँ कह देता।

कमाल जब चाय बनाकर लाया, तो जयदेव ने पहली बार उसे गौर से देखा, किशोर कमाल, केसर-सा रंग, बेंत-पल्लवों जैसी लम्बी-लम्बी रक्तहीन अँगुलियाँ और सफेदे के पेड़ जैसा गात...लँबा, श्वेत, छरहरा। उमर के लिहाज से कमाला लम्बा था, पर उसकी किशोरता के परिचायक कनपटियों और गालों के सुनहरे रोएँ...जयदेव देखता रह गया...कपिल मुनि के देश का किशोर कमाल ! बात करने के लिए उसने यों ही पूछ लिया, "तुम्हारा घर कहाँ है ?"

"झेलमवाला नाला के उदर...एक मील दूर..."

अभी कमाल उससे बात कर ही रहा था कि श्रीमती सरीन थकी हुई लौटीं। आते ही डाँटते हुए बोलीं, "तुझसे कहा था, ढाई-तीन घण्टे बाद वापस आना, क्यों नहीं आया ?"

कमाल अचरज-भरी आँखों से उन्हें देखता रह गया। और क्षण-भर बाद उसकी आँखों में बाल-सुलभ भुलक्कड़पने की छाया उतर आई, निर्दोष, निष्प्रयोजनीय !

कमाल चुपचाप रसोईघर की ओर चला गया। श्रीमती सरीन वहीं बैठ गईं। बोलीं, "आप नहीं जानते, यह बड़ा मक्कार है। मैंने तो इतने दिनों में इन लोगों की नस पहचान ली है।"

"आप बहुत थक गई हैं," जयदेव ने बात बदल दी, "आइए, आज हम लोग होटल में खा लें।"

श्रीमती सरीन को बात जँच गई। और जब वह कुछ देर बाद अपने कमरे से निकलीं, तो जयदेव एकबारगी देखता रह गया, इतना रूप! अभी तक उसने देखा ही नहीं था...पार जाने के लिए शिकारे पर बैठते हुए जयदेव ने यूँ ही कहा, "आप कलाकारों की जिन्दगी भी

खूब है ! सचमुच, हमारा जीना कोई जीना है !...इस सारी सुन्दरता के बीच मेरे लिए कुछ भी नहीं...मन में कोई बात ही नहीं उठती..."

"हमारे लिए ही क्या है ?" श्रीमती सरीन ने व्यंग्य से मुस्कराकर कहा।

"आपके कलाकार दिल में झेलम की खूबसूरती देखकर हजारों बातें उठती होंगी। मेरे लिए यह सिर्फ शाम हो रही है, पर आप इस डूबते हुए सूरज की रंगीनी से न जाने क्या-क्या सोच डालेंगी, कितने चित्र बना डालेंगी..."

श्रीमती सरीन केवल मुस्करा दीं। फिर धीरे से बोलीं, "इन दृश्यों को उतार सकने के लिए बड़ी पवित्र आत्मा चाहिए !"

"पवित्रता की बात तो ढोंग है, सरीनजी ! इसके लिए जिन्दादिल आदमी चाहिए, बस !" जयदेव ने कह ही दिया।

श्रीमती सरीन कुछ तिलमिला गईं। बोलीं, "आप लोग कलाकारों को बम्बई के फिल्मी कलाकारों के पैमाने से नापते हैं ! यह जिन्दगी उनसे बहुत अलग है ! यह एक तरह का संन्यास है..."

"होगा, पर अपनी समझ से बाहर है।" कहकर जयदेव दूसरी तरफ ताकने लगा। उसे लगा कि श्रीमती सरीन ने उसकी बात का शायद बुरा माना है। उसे यह सब नहीं कहना चाहिए था, जरूरत भी क्या थी ?

लौटने पर भी श्रीमती सरीन बहुत गम्भीर रहीं। जयदेव बेहद पछता रहा था। दूसरे दिन से वह अपने काम में बेहद तल्लीन हो गईं। रह-रहकर जयदेव को गलत जगह रुके होने का अहसास होता, पर वह उनसे पहले बता चुका था कि इस बार वह एक महीने रुकेगा। अब जाते भी अच्छा नहीं लगता। और फिर काटेज में वह बिल्कुल अकेली रह जातीं। चौकीदार भी इन दिनों नहीं था। वह इसी इंतजार में था कि श्रीमती सरीन जिस दिन चौकीदार रख लें, उसी दिन वह अपना

बोरिया-बिस्तर उठाकर किसी भी जगह जाने की बात कहकर होटल में जाकर टिक जाएगा। एक चौकीदार आया भी, पर उसे उन्होंने पसन्द नहीं किया। धीरे-धीरे सचमुच उसे अपनी स्थिति चौकीदार की-सी लगने लगी, पर कहता भी क्या ? उनका अहसान तो था ही।

श्रीमती सरीन काश्मीर की दृश्यावलियाँ अंकित करने के लिए ही आई थीं। तमाम स्केच इस बीच उन्होंने कर डाले थे...जब वह अपने स्केच फिनिश करने के लिए बैठतीं, तो जयदेव देखता। बड़ा आश्चर्य होता उसे, जैसा उसने सोचा था, कलाकार का जो चित्र उसकी भावनाओं में बसा था, उसकी झलक तक न दिखाई पड़ती, कलाकार की स्वप्निल मोहकता, एकान्त मुग्धता कभी नजर नहीं आई।

श्रीमती सरीन रोज-रोज नए खाके उतारकर लातीं। बरामदे में बैठकर उन्हें पूरा करने की चेष्टा करतीं, कुछ देर बड़ी तन्मयता से रंग लगातीं, फिर उनका धीरज टूट जाता और वह झुँझला उठतीं। ड्राइंग रूम में उनके अधूरे कैनवास बिखरे रहते...रंग, कूचियाँ, चित्र, कागज आदि ऐसे छोड़कर कमरे से उठ जातीं, जैसे कोई होटल का कमरा छोड़कर गया हो। दिन-दिन-भर उदास रहतीं। उधर, जहाँ अधूरे चित्र बिखरे थे, जाते शायद डर-सा लगता था।

सुबह, दोपहर, शाम वही ठहराव बाँधे रहता। खाना भी बेवक्त पकता और कमाल भूख से उतरा मुख लिए रसोईघर के दरवाजे पर बैठा रहता। सारा रूप ही बदल गया था। घटना और भावनाहीन किसी क्लर्क गृहस्थ-सा घर। भूख, खाली दिमाग और हारी हुई शक्ति !

श्रीमती सरीन कभी एकदम बदली हुई नजर आतीं, जैसे वह बार-बार अपने को एकत्रित करती हों। एक दिन दोपहर के खाने को बहुत देर हो गई थी। कमाल का भूख से मुर्झाया हुआ मुख देखकर जयदेव ने कहा, "ये बहुत भूखा लगता है।"

उसकी ओर देखकर श्रीमती सरीन ने जब उसे देखा, तो जयदेव सहसा उन्हें देख नहीं पाया, उनकी आँखों में कमाला की भूख के लिए

कहीं कोई सम्वेदना न थी, कहीं तरलता या सन्ताप का भाव नहीं उभरा... उनकी पुतलियों में अद्‌भुत चमक थी...एक ऐसी भूख की चमक, जो सारे शरीर को प्रज्चलित करके चमक जाती है।

खाते हुए श्रीमती सरीन ने कहा, ''आप कहीं घूमने-घामने नहीं चलते। काश्मीर आकर भी ऐसे रह रहे हैं, जैसे बम्बई-दिल्ली में। यहाँ का सौन्दर्य देखिए...''

रसोईघर के दरवाजे पर खामोश खड़े कमाला की कनपटियों और गालों के सुनहरे रोएँ भूख की तपिश में चमक रहे थे।

जयदेव का ध्यान उसी पर टिक गया, कमाल...

सिपाही को श्रीमती सरीन ने निकाल दिया था, इसीलिए रात को जब सिपाही कमाल से मिलने आता और बाहर फाटक पर खड़ा दिखाई पड़ता, तो श्रीमती सरीन का पारा चढ़ जाता था। खाने के बाद श्रीमती सरीन काफी-काफी देर तक जयदेव के कमरे में बैठकर बातें करती रहतीं। एक दिन सिपाही की आवाज सुनते ही उन्होंने कमाल को बुलाकर डाँटा, ''ये अब यहाँ क्यों आता है ? जरूरत नहीं है उसकी!'' फिर जयदेव से बोलीं, ''इस कमाला का यह सिपाही भाई सिपाही नहीं, डाकू है ! मुझे तो उसकी शक्ल देखकर डर लगता है। अब तो आप हैं, जब मैं अकेली रह गई थी, तब बड़ा अजीब-सा लगता था। सुनसान हो जाता है इधर रात को, और फिर सर्द अँधेरी रातें...अकेले घबरा जाती थी, रात-रात-भर नींद नहीं आती थी...और ये सिपाही...चोर ही नहीं, बदमाश भी है !''

उनकी आँखों की भूख तिरस्कार की धुंध में छुप गई। जयदेव ने कुछ और जानने के लिए उनकी ओर देखा, कहीं कमाल की उपस्थिति के कारण तो वह चुप नहीं हो गई थीं ? पर ऐसा नहीं था। वह बोलीं, ''एक रात बड़े बादल थे, बेहद सर्दी, मोमबत्ती जलाकर मैं बहुत देर तक पढ़ती रही। सिपाही मेरे दरवाजे पर सोता था...एकाएक मेरी नजर खिड़की पर पड़ी, देखती रही। कई बार मैंने खिड़की के शीशों के पार

किसी परछाईं को देखा। फिर वह खो गई। मैं भ्रम समझकर सो गई। रात के बाद एकाएक मेरी आँख खुली, सिपाही न जाने कैसे मेरे कमरे में घुस आया था—मेरे ऊपर झुका हुआ था। मोमबत्ती बुझ चुकी थी ...मैं सहम गई, आवाज तक नहीं निकली मुँह से। मुझे जगा हुआ जानकर वह कमरे से बाहर चला गया...पूरी रात नहीं सो सकी। उसी दिन सुबह मैं अपने एक मित्र के यहाँ चली गई। उसके यहाँ से नए चौकीदार का इंतजाम करके ही लौटी, पर दो दिन के बाद वह फिर आया ही नहीं...''

कमाल बीच ही में वापस रसोईघर की ओर चला गया था और बाकी बचे हुए खाने को इकट्ठा कर रहा था। बचा हुआ खाना लेकर कमाल काटेज के अहाते के बाहर चला जाता था, अपने सिपाही भाई के साथ एक घने शहतूत के पेड़ के नीचे बैठता था। वहाँ उन दोनों को बैठते जयदेव ने देखा था, फिर वह कहाँ चला जाता था, यह पता नहीं।

रात जल्दी सोने के कारण इधर कई दिनों से जयदेव की आँख जल्द खुलती। सुबह के धुँधलके में सर्दी के कारण उठने की हिम्मत तो न पड़ती... खिड़कियों के शीशों के पार हिलती आलूबुखारे की पत्तियों को वह देखता रहता। दूर-दूर तक कोई आवाज नहीं सुनाई पड़ती थी। शीतल फर्श पर पैर रखने को जी नहीं चाहता था। बस, कमाल की चाय का इंतजार होता। थोड़ी देर बाद श्रीमती सरीन का स्वर सुनाई पड़ता, ''हाथ धो, बड़ा गन्दा रहता है। कपड़े नहीं बदले जाते...हाथ धोकर चीनी निकाल !'' और नाश्ते का सारा काम समझाकर श्रीमती सरीन उसके पास आ बैठतीं। ऊनी शाल से उनका सारा बदन ढँका रहता, फिर भी उनके कानों के सिरे और नाक नीले दिखाई पड़ते।

संकोच में पड़कर जयदेव कहता, ''आप इतने सबेरे क्यों तकलीफ करती हैं ? मैं देर से नाश्ता कर सकता हूँ। सुबह की चाय के बाद काफी देर रुका जा सकता है।''

सुनकर उनकी आँखों में उलाहना-भरा भाव उमड़ आता।

और कमाल अपना आधा नंगा शरीर लिए इधर-से-उधर भागता रहता। बोलता भी कम था, पर जिस एक दिन श्रीमती सरीन ने उसे बुरी तरह डाँटा, तब उसकी साफ आवाज सुनाई पड़ी। वह कह रहा था, "नईं मेम साब, हम ऐसा नईं किया !"

नईं किया तो खत पहुँचा क्यों नहीं ? एक भी खत नहीं पहुँचा, तूने एक भी खत पोस्ट नहीं किया, सारे टिकट छुड़ाकर बेच लिए ! बेईमान, झूठ बोलता है ?"

"हम सच बोलता है, मेम साब !"

बात सुनकर जयदेव उनके कमरे में पहुँच गया। उसे देखते ही वे बोलीं, "इन लोगों का कोई ठिकाना नहीं, कितनी चीजें यहाँ से उड़ गई हैं, क्या पता ? यह तो चलते वक्त मालूम होगा..." गुस्से से उनके नथने फड़क रहे थे।

"हम चोरी नईं करता, मेम साब ! हमारा भाई सिपाही है।"

सिपाही का नाम सुनते ही उनका पारा और भी चढ़ गया, भड़ककर बोलीं, "वह डाकू है ! कोई भरोसा नहीं तुम लोगों का...शाम को अपने बाप को बुलाकर लाना, हिसाब कर जाए। मुझे जरूरत नहीं ऐसे चोरों की..."

कमाल शायद पूरी बात नहीं समझ पा रहा था। वह सिर्फ चोरीवाले इलजाम को समझा था, बड़ी बेबाकी से बोला, "लाएँगा ! अब्बा को बुलाकर लाएँगा।"

यह उसने ऐसे कहा था, जैसे अपने किसी कारनामे पर अब्बा को इनाम पाने के लिए बुला लाने का आश्वासन दिया हो।

उस दिन वह मुक्त हो गया। बर्तन वगैरा सब उसी तरह छोड़कर चला गया...

झेलम के उस पार रेजिडेंसी रोड के टाँगा-स्टैण्ड पर अपने साथियों के साथ बैठकर ताश खेलता रहा। उधर से गुजरते हुए जयदेव ने देखा था, बुलाकर कहा, "क्यों, कमाल, काम पर नहीं आएगा ?"

“मेम साहब ने अब्बा को बुलाया है, वह जाएँगा। शाम को उदर जाएँगा।” कमाल ने निश्चिंत भाव से कहा।

जयदेव ने उसकी नादानी का ख्याल करते हुए कहा, “मेम साब, तुम्हें माफ कर देंगी।”

“अब हम उदर काम पर नहीं जाएँगा !” कहकर कमाल अपनी चाल चलने में मशगूल हो गया। जाते-जाते वह देखता रहा, वह निश्चिंत भाव से गालियाँ बक रहा था और पत्ते पटक रहा था।

शाम को कमाला का बाप आकर श्रीमती सरीन से कुछ बात कर गया। अभी सुबह निखरी नहीं थी कि काटेज के फाटक पर आवाज सुनाई पड़ी—“होश !”

इसके बाद कुछ और। खिड़कियों के शीशे से झाँककर उसने देखा, फाटक पर कम्बल लपेटे हुए दो छायाएँ खड़ी थीं। एक ने फाटक खोलकर किसी को भीतर ढकेला और वापस चला गया। जब वह नजदीक पहुँचा, तब शीशे के पार से जयदेव ने पहचाना, वह कमाल ही था, जो भाप से गरम की हुई हथेलियों से अपना चेहरा रगड़ता हुआ भीतर की ओर आ रहा था। थोड़ी ही देर बाद रसोईघर से हमेशा की तरह चाय तैयार होने का स्वर आने लगा।

यही क्रम चलता रहा। भीषण सर्दी में रोज सुबह कमाल का बाप कम्बल लपेटकर मुँह अँधेरे ही अपनी झोंपड़ी से आता। फाटक पर उसकी आवाज सुनाई पड़ती, “होश !” और उसके बाद रसोईघर में वही रोज की आवाजें। रात को जब श्रीमती सरीन जयदेव के कमरे में कुछ देर के लिए बैठतीं, तब सिपाही आता। फाटक के बाहर ही रहता और कमाल रसोईघर का सामान लेकर उस अँधेरे में खड़े शहतूत के पेड़ के नीचे चला जाता। पेड़ के नीचे कभी-कभार माचिस जलने से रोशनी होती। फिर वही घुप्प अँधेरा। तीर की तरह चलती हुई सर्द, तीखी हवा और ठिठुरती हुई सृष्टि।

सब-कुछ वैसा ही था। पर इन दिनों श्रीमती सरीन बहुत खीझी और उखड़ी-उखड़ी-सी थीं। दिन-भर चित्र पूरे करने में लगी रहतीं, पर सब अधूरे थे। कभी कोई उठातीं, दो-चार कूचियाँ लगतीं, फिर असन्तुष्ट-सी उसे उठाकर नीचे फेंक देतीं।...यही क्रम, तीसरा, चौथा, पाँचवाँ...उनके चेहरे पर खिंचाव रहता, ओंठ पपड़ाए। यूँ ही अकेली सुनसान पगडंडियों पर घूमने निकल जातीं, वापस आकर फिर कूचियाँ उठातीं, पर उनका मूर्च्छित कलाकार खामोश था...वह नहीं जागा ! कुहरे में डूबे हुए पहाड़, चाँदनी रातों में बेंतों की पारे की तरह चमकती राशि-राशि पत्तियाँ। फौजी कतार की तरह खड़े सफेदे के पेड़। ऊँची-नीची पगडंडियों के झाड़ी-भरे रास्ते, वन गुलाब की कँटीली झाड़ियाँ और झेलम के समतल वृक्ष पर निःस्वन सरकते बजरे और शिकारे...शंकराचार्य की पहाड़ी पर उमड़ते-घुमड़ते बादलों की छाँह में समाधिस्थ मन्दिर ! हाउस बोटों की चिमनियों से रेंगता हुआ धुआँ, धवल तुषार-मंडित पीरपंचाल की दुग्धस्नात चोटियाँ और कमाल की कनपटियों और गालों के सुनहरे रोएँ, पर वह मूर्च्छा नहीं टूटी...

श्रीमती सरीन और जयदेव के कमरों में मोमबत्तियाँ जलती रहतीं। वह अपनी मोमबत्ती बुझाकर सो जाता, पर श्रीमती सरीन के कमरे की मोमबत्ती के टपके हुए आँसुओं की बूँदें लकड़ी की कार्निस पर जम जातीं...

उस दिन सुबह से बादल छाए थे। झेलम का पानी, उत्तर में कहीं वर्षा होने के कारण, एकाएक किनारे लाँघकर आस-पास फैल गया था। निकासवाला नाला घहराकर बह रहा था। बेंत-वन में पानी की चादर फैल गई थी।

कमाल अमीराकदल से कुछ सामान लेने गया हुआ था। बड़ी जल्दी ही लौट आया। श्रीमती सरीन चित्रकला में रत थीं। आते ही उसने सहज भाव से कहा, ''मेम साब ! एक चूक हो गया, साब !''

''क्या हुआ ? सामान नहीं लाया ?''

''दस रुपिया का लोट किदर गिर गया।''

''गिर गया ?'' अविश्वास से उसकी ओर देखते हुए श्रीमती सरीन ने हुंकारी भरी और कूची रखती हुई बोलीं, ''वास्कट उतार...नारे की मोरी खोल...''

कमाल ने वास्कट उतारकर नारे की मोरी की तलाशी के लिए अपनी फटी हुई कमीज बगलों तक सरका ली। बर्फीली हवा के झोंके से उसकी छाती भर आई।

''किधर किया नोट ! इसमें तो जरूर रखा होगा तूने...सच-सच बता, नहीं तो तेरे बाप को पुलिस में दे दूँगी !''

''किदर गिर गया, मेम साब !'' कमाल कमीज उठाए-उठाए कह रहा था, उसकी नंगी पसलियाँ सर्दी से काँप रही थीं।

''तेरा सिपाही भाई किधर है ? उसी को दिया होगा तूने, मक्कार !''

''वो काम पर गया है, बस रात को इदर आता है...'' और श्रीमती शरीन ने खाली कंडी एक ओर सरकाकर उसे कानों से पकड़कर सीढ़ियों के नीचे उतार दिया, ''अब इधर आने की जरूरत नहीं है, समझा ? शक्ल न दिखाई पड़े तेरी इधर !...''

कमाल चला गया। फाटक से निकलते ही उसने एक छलाँग लगाकर कच्चे शहतूत तोड़े और खाता हुआ सड़क की नीचाई में उतर गया।

घर का सारा काम पड़ा रह गया। और कोई चारा भी नहीं था। शाम को श्रीमती सरीन और जयदेव जरूरी चीजें खरीदने के लिए निकले। सीढ़ियों से उतरते हुए श्रीमती सरीन ने कहा, ''कुदरत की इतनी खूबसूरती के बीच न जाने यहाँ के लोग इतने खराब क्यों हैं ?''

''खराब क्या, गरीबी के मारे हुए हैं।'' जयदेव बोला।

''नहीं, नहीं, नीयत खराब है, ईमान खराब है, नजर खराब है इन लोगों की !...वह सिपाही था न, वह जान-बूझकर अधनंगा बना

रहता था। मुझे तो कभी-कभी बड़ा लिहाज लगता था। बच्चे की बात और है, पर एक जवान आदमी का इस तरह रहना....भाई, कपड़ा फट गया है, सी लो। पर नहीं, अभी आदमियत की दुनिया से बहुत दूर हैं ये लोग।''

जयदेव ने उनकी ओर देखा, तो गर्दन के नीचे गहराई तक उनका खुला हुआ तन झाँक रहा था। अपनी नजर हटाते हुए एकाएक बेंत वन की ओर देखकर बोला, ''पानी कितना बढ़ गया है...''

और उस बेंत वन के पानी में जल-पक्षी की तरह विहार करता हुआ कमाल अपने साथियों के साथ दिखाई पड़ा। एकदम नंग-धड़ंग ! इधर-से उधर पानी उलीचता हुआ कमाल कूदता फिर रहा था। उसके कपड़े सड़क के किनारे कंकड़ों के ढेर पर रखे थे। कभी तैरता, कभी छिछले पानी में घेरा बनाकर मछलियाँ पकड़ता...उसके सर पर बेंत वृक्षों की शाखें धीरे-धीरे हिल रही थीं, शाखों के सहस्त्रों वरदहस्त !

उसे देखकर श्रीमती सरीन के ओंठों पर उपेक्षा-भरी हँसी बिखर गई। जयदेव बोला, ''इतना बड़ा होकर नंगा नहा रहा है...'' श्रीमती सरीन मुँह फेरकर दूसरी ओर देखने लगीं।

रात को सिपाही लड़ने आया, ''कमाल को चोर बोला, हमको चोर बोला ! नईं आएगा कमाल इदर ! उदर जाएँगा बड़े-बड़े साब लोगों का तरफ, डल का हाउस-बोट पर जाएँगा !''

सिपाही लड़कर चला गया। श्रीमती सरीन कुछ नहीं बोलीं। पर वह उदास थीं। वह रात बड़ी सुनसान थी और बेहद ठंडी। वह जयदेव के कमरे में बैठी रहीं। बड़ी बातें कीं ...तिपाई पर रखी मोमबत्ती बुझने को थी, दूसरी जलाने के लिए जब वह झुकीं, तो चेहरे पर पड़ते हुए प्रकाश में उनके पपड़ाए हुए ओंठों का सूखापन धुँधले मोतियों की तरह चमक उठा...

मोमबत्ती जलाकर श्रीमती सरीन अपने कमरे में सोने चली गईं। खिड़की के शीशों की बाहरी सतह पर जमे हुए कोहरे की कहीं-कहीं

पिघलती हुई बूँदें ढरककर काली लकीरें खींचती चली जातीं। बाहर सर्द हवा सनसना रही थी। श्रीमती सरीन के कमरे की मोमबत्ती का चमकता हुआ प्रकाश ऐसा लग रहा था, जैसे खिड़कियों पर धुआँए हुए पीले कागज चिपके हों। कुछ देर बाद ऊपर लकड़ी की छत पर एकाध-बूँदों के गिरने का स्वर सुनाई पड़ा...

और शायद तब रात ढल रही थी–

जयदेव कुछ हिला...गर्दन पर गर्म साँसों का स्पर्श...

आँखें मलते हुए उसने प्रकृतिस्थ होने की कोशिश की कि एकाएक बारिश की पहली बौछार खिड़कियों और लकड़ी की दीवारों से टकराई... शीशे धुल गए...पर कोई भी नहीं...पर कभी-कभी दरवाजे से गैलरी की ओर जाती हुई छाया...कदमों की आहट...पर पानी तेजी से गिरने लगा था। उसी असमंजस में उसने तिपाई पर रखी नई मोमबत्ती जलाई, प्रकाश की पहली रश्मि फूटी...फर्श पर केतकी का फूल पड़ा था... रात श्रीमती सरीन के जूड़े में लगा हुआ फूल !

तभी बाहर कुछ खटपट सुनाई पड़ी और एक क्षण बाद ही श्रीमती सरीन बदहवास-सी ड्राइंग रूमवाला दरवाजा पीट रही थीं, "जयदेव!... जयदेव !..."

हड़बड़ाकर जयदेव बाहर निकला। मुख्य दरवाजा खोलकर बरामदे में आया, सर्द हवा की मार बचाते हुए जब उसने उधर देखा, तो सिपाही दाँत कटकटाता हुआ एकदम भीगा खड़ा था...

श्रीमती सरीन एकदम बरस पड़ीं, "यह इधर क्यों आया है, इससे पूछिए क्यों आया है ?..." वह अपने आपे में नहीं थीं, न जाने किन-किन भावों और सर्दी से थर-थर काँप रही थीं।

उसके कुछ पूछने के पहले ही अपने बालों का पानी निचोड़ते हुए सिपाही बोला, "साब, हम उदर शहतूत के नीचू रोज सोता था, उसके नीचे पड़ा बिरंच पर, साब। बारिश का मारा इदर आया, आस-पास बचाव का वास्ते कोई कोठी नहीं था...बौत जोर का पानी गिरता, साब !"

कहते हुए वह अपनी सराबोर कमीज उतारकर निचोड़ने लगा। नंगे शरीर पर लगती हवा से उसके दाँत और भी जोर से कटकटा उठे थे।

श्रीमती सरीन कुछ संयत हो आई थीं, पर एकदम बोलीं, "ये झूठ बोलता है...यह यहीं था, किसी मतलब से इधर आया था। कुछ देर पहले मेरे कमरे का दंरवाजा खड़का था। आपके कमरे से किसी के चलने-फिरने की आहट मैंने सुनी थी...मैं..."

और उनकी बात पूरी होने का इंतजार किए बगैर जयदेव उन्हें कंधा पकड़कर भीतर ले गया...अकस्मात यह हो गया था, जैसे झिझक बहुत पहले टूट चुकी थी...

बाहर बारिश बहुत तेज हो गई थी। जयदेव श्रीमती सरीन को अपने कमरे में ले गया। उनकी साँसें अभी तक तेज चल रही थीं। मोमबत्ती की रोशनी बहुत धीमी थी। बारिश का शोर बढ़ता जा रहा था वह एकटक उन्हें देखता रहा कि अपनी उत्तेजना से छुटकारा पाते हुए वह बोलीं, "एक कम्बल उसे दे दीजिए...नंगे बदन खड़ा है मर जाएगा..."

अपने बक्से पर पड़े हुए कम्बल को उठाकर वह पलंग की तरफ आया। फर्श पर पड़ा हुआ केतकी का फूल उठाकर उसने तकिए के पास रखा और कम्बल देने चला गया।

मोमबत्ती के हलके प्रकाश में खिड़कियों के धुले हुए शीशे अनेक छवियों में चित्रों की भाँति चमक रहे थे।

और सुबह होते ही कमाल का बाप फटा हुआ बोरा ओढ़कर आया था। साथ में कमाल भी था। वह बरामदे में अपनी टाँगों को सीने से चिपकाए घुटनों पर ठोड़ी रखे सिपाही के बगल में बैठा था।

जयदेव को देखते ही कमाल के बाप ने अदब से कहा, "सलाम साब !" फिर उसकी मुद्रा देखकर हिम्मत करता हुआ बोला, "कमाल को लाया है, साब ! आपका सुबह का चाह बनाएँगा, और अब करेंगा।

लोट इसने जरूर किदर खोया है, साब !'' फिर कमाल को बगल से पकड़कर मेमने की तरह उठाता हुआ बोला, ''जा, जा, काम कर। साब माफी दिया है...''

कमाल उठकर भीतर चला गया।

जयदेव मुस्कराकर बोला, क्यों कमाल मान गया ?

कमाला का बाप धीरे से हँस दिया, ''मानेंगा, साब, लरका है अबी ! हम लोग ऐसा नईं, साब !'' और सिपाही की ओर इशारा करता हुआ बोला, ''मेम साब इस पर शक किया। बोला, इदर आने का जरूरत नईं। पर हम इसको बोला, साब, वईं शहतूत के नीचू सोएँगा ...जब तलक मेम साब इस कोठी में रहेंगा तब तलक। इसको बोला कि मेम साब नाराज हुआ, पर तुम खबरदारी रखेंगा। आप साहब लोग का नुकसान नईं माँगता...केनू कि कोई बारदात बी हुआ, तो हमीं पकरा जाएँगा...हम आप लोग का नुकसान नईं माँगता, साब !'' वह खुशामदी की तरह से हें-हें कर रहा था।

जयदेव कुछ कहता, तब तक श्रीमती सरीन ने उसे बुलाकर कहा, ''सुनिए, सिपाही से कह दीजिए, यहीं सो जाया करे ! चलिए, चाय तैयार है।''

आधी दुनिया

जहाज़ छूटने में कुछ देर थी। जेटी के कगार पर बैठे हुए पक्षी अजनबियों की तरह इधर-उधर देख रहे थे। जैसे वे उड़ने के लिए कतई तैयार न हों। खौलते पानी के बुलबुलों की तरह उनमें से एक-दो धीरे से फुदकते थे और फिर वहीं समा जाते थे। कहीं कोई हड़बड़ी नहीं थी। पास कंट्रोल का गेट अभी खुला हुआ था। ट्रेन जहाज़ में लद चुकी थी। बेड़ियों की तरह पड़ी जंज़ीरें उसे जकड़े हुए थीं। पास कंट्रोल के इर्द-गिर्द कुछ लोग रिक्त से खड़े थे।

दोपहर हो चुकी थी पर सब कुछ बुझा-बुझा-सा था। सूरज पर बादल नहीं थे। ऊपर तक छाया हुआ कोहरा था। सूरज जिलेटिन के गोल टुकड़े की तरह सिर्फ दिखाई दे रहा था। ठण्डा-ठण्डा। डोवर की सीधी सपाट चट्टानें चुपचाप खड़ी थीं। नम खड़िया का लेप-सा लगाए। चट्टानों पर उगी पतली घास समुद्री हवा से धीरे-धीरे काँप रही थी। कारों की आखिरी कतार भी अपना चक्कर काट कर अपरडेक गेराज में समा चुकी थी। अपरडेक गेराज में कोई खिड़की नहीं थी। वहाँ रुकना मुश्किल था। कोई रुक भी जाए तो साढ़े-तीन घंटे क्या करे। आखिर हम दोनों कार से उतर आए। अब उधर जाकर किसी खिड़की के पास बैठे-बैठे समुद्र देखते रहने के सिवा कोई चारा नहीं था।

लंदन से डोवर तक हम इतनी बातें कर चुके थे कि अब कोई

खास बात करने को नहीं रह गई थी। उसे जांबिया में छूटी प्रेमिका की याद भी सता रही थी। नीग्रो प्रेमिका के बारे में जब भी वह बात शुरू करता तो काफी बनावटी लगता था, पर सात-आठ वाक्यों के बाद जब वह खामोश हो जाता, तो लगता था, उसकी बातों में ढोंग नहीं है।

गेराज से हम अभी ऊपर पहुँचे ही थे कि लगा, जहाज़ पानी पर धीरे से खिसककर फिसलने लगा है। दूसरे ही क्षण लगा कि जेटी पर बैठे पक्षियों की कतार पीछे खिसक रही है। हम खड़े हैं, और वह ठिगनी फैली इमारत, जेटी और डोवर बन्दरगाह की चट्टानों वाली विराट दीवार पीछे खिसकती जा रही है।

हमें भूख लग आई थी। रेस्तरां में आने से पहले पैसे बदल लेना जरूरी था। असल में मार्था मुझे वहीं मिली थी। बैंक काउंटर के पास क्यू में खड़ी। उसे भी पैसे बदलने थे। अगर उसके साथ वे तीन खासे डरावने कुत्ते न होते तो शायद हमारी बात भी शुरू नहीं होती।

एक हाथ में दस्ताना पहने, वह तीनों की जंज़ीर पकड़े हुए थी। बहुत कसकर नहीं। मैं क्यू में खड़ा हुआ तो कुछ फासला छोड़कर। वह मेरी दिक्कत समझ गई थी। टूटी-अंग्रेजी में उसने कहा था, ''डरो मत, पास आ जाओ। ये बड़े मासूम हैं।''

मैं कुछ पास चला गया था। क्यू में इंतजार करते-करते वह बोली, ''अपने देश जा रहे हो ?''

''नहीं, अभी तो बेल्जियम। फिर आगे।'' मैंने कहा था।

''बेल्जियम में रुकोगे।'' उसने पूछा तो मुझे लगा, वक्त काटने की यह मामूली बातें हैं। उसके ओंठ यदि बेहद सुन्दर न होते तो शायद मैं फालतू बातों के इस झमेले में न पड़ता।

''हाँ, रुकूँगा।'' मैंने कहा।

''पैट्रिस लुमुम्बा के हत्यारों के देश में तुम रुकोगे। ऐसी क्या जरूरत पड़ गई है ? पेट के खातिर।'' वह खूबसूरत ओंठों से अभी

तक देख रही थी। इस बार मैंने उसकी आँखें देखीं। वे भी बहुत सुन्दर थीं। वह समझ गई थी कि मैं कोई भटकता हुआ एशियावासी हूँ जो रोजी-रोटी के लिए अपने विचारों को रूमाल में बाँधकर भटक रहा है।

"नहीं, मैं शायद उन लोगों को बता सकूँ कि क्रान्तियाँ अभी भी होती हैं"...मैं कह ही रहा था कि उसने बात बीच में ही काट दी—"लेकिन तुम वियतनामी नहीं हो। नहीं हो न ?"

"इससे क्या फरक पड़ता है ! मैं बंगलादेश का हो सकता हूँ।"

हमारी इस दिलचस्प बात का सिलसिला जारी रहता पर एक्सचेंज काउंटर का बाबू ताख जैसी खिड़की पर थाप देकर मार्था को अपनी ओर आकर्षित कर रहा था। वह सचेत होकर धीरे से मुस्कराई और अपने पैसे बदलने लगी। उसके कुत्ते अब अशान्त हो रहे थे। वे बुरी तरह उसे ऐसे खींच रहे थे कि डिवाइडर की छड़ भी उसके हाथ से छूटी जा रही थी। संभलते हुए उसने कहा, "मेरा पैसा तुम ले लो। मैं अभी आई।"

अपने पैसे बदलवाकर मैं प्रतीक्षा करता रहा। वह कुत्तों को लिए हुए पतली गैलरी से न जाने कहाँ गायब हो गई। मैं सिगरेट सुलगाकर कुछ देर इंतजार करता रहा। उसका कहीं पता नहीं था। पास के काउंटर से औरतें सस्ते इत्र और आदमी सिगार-सिगरेटें खरीद रहे थे। मैं पतली गैलरी से होता हुआ रेस्तरां का चक्कर काटकर वहीं वापस आ गया। वह अब भी नहीं आई थी।। अजीब-सी उलझन और भूख में फंसा हुआ मैं करेंसी गिनता रहा और हिसाब लगाता रहा कि इस पाउंड के कितने फ्रैंक मुझे मिले हैं। इतने में वह आ गई। हँसते हुए उसने माफी माँगी और बोली, "मेरे पति सन-डेक पर चले गए थे। कुत्तों को उनके पास छोड़कर उतरी तो रास्ता भूल गई। आओ बियर पिएँ।"

फिर उसी पतली गैलरी से गुजरते हुए हमने औपचारिक परिचय की रस्म पूरी कर ली थी। मार्था को मालूम हो गया था कि मैं भारतीय

हूँ और मुझे कि परिचय को मधुर बनाने के लिए लकीरी बात मैंने कही, "ग्रीक बहुत अच्छे होते हैं। तुम्हारी संस्कृति और सभ्यता !"

"बकवास मत करो !" उसने एकदम कहा तो मैं अचकचा गया था, "ईश्वर के लिए बकवास मत करो ! किसी के लिए यह क्यों जरूरी हो कि वह इन फिकरों से बोलता रहे। तुम जैसे लोगों के लिए तो यह कतई जरूरी नहीं होना चाहिए।"

"तुम्हें कैसे मालूम कि मैं तुम जैसे लोगों में हूँ।" मैंने पूछा।

"जुपिलर पिओगे या..." वह बीयर के बारे में पूछ रही थी।

"मुझे नहीं मालूम कौन-सी पीनी चाहिए।"

"तब जुपिलर ही पिओ। उसके बाद सोल खाएँगे।"

"सोल।"

"मछली। तली हुई। तुम पसन्द करोगे।"

हम बीयर के गिलास लेकर हिलती मेजों के पास आकर बैठ गए। खिड़की से समुद्र झाँक रहा था। मार्था के ओंठ अब भीगकर और खूबसूरत हो गए थे। उसने बीयर का गिलास खाँचे में फंसाकर रख दिया, फिर उसने मुझे गौर से देखा। वह शायद कुछ बात शुरू करना चाहती थी। मुझे माइकेल का ध्यान आ रहा था जो इतनी देर से अकेला छूट गया था। शायद वह वहीं खिड़की के पास बैठा अपनी नीग्रो प्रेमिका के ख्यालों में डूबा होगा या समुद्र को देखता-देखता सो गया होगा। तीसरी बात होती तो वह खोजता हुआ बार की तरफ ही आया होता। जहाज़ इतना बड़ा नहीं था कि आदमी खो जाए। असल में तो वह खड़ी वोट थी। जो रोज डोवर से ओस्टेण्ड तक जाती थी।

मार्था यह जानकर कि मैं खामोश रहना चाहता हूँ—मोटे और भद्दे शीशे की खिड़की के पार काँपते समुद्र को देख रही थी। खिड़की मेजपोश की शक्ल में बनी थी। लोहे का फ्रेम बड़े भद्दे बोल्टुओं से कसा था। बोल्टू भी पुराने थे। एकाएक वे बड़े भद्दे से बोल्टु मेरी चेतना

में गड़ने लगे। नीचे मेज का पाया भी जिस जीभ से सधा था, उस जीभ में भी बोल्टू गड़ा हुआ था।

सब कुछ सिर्फ धीरे-धीरे काँप रहा था। समुद्र मेज, बर-बर की अलमारियाँ, बोतलें, गिलास, फर्श पर पड़ा हुआ रैपर, खांचे में फंसा हुआ मार्था का गिलास, कि तभी मेजपोश की तरह तनी और जकड़ी खिड़की के फ्रेम में एक पक्षी आ गया था। उसके पंख यदि एक लयपूर्ण अबाध गति से हिल न रहे होते, तो शक हो सकता था कि वह उसी खिड़की में चिपका हुआ है। मार्था उसे देखते-देखते उठी और मेरी बगल में आकर बैठ गई। दूर पड़ते गिलास को उठाकर मैंने उसके हाथों में थमा दिया। एक पूरा घूँट लेकर उसने पक्षी की तरफ इशारा किया। धीरे से बोली, "यह अकेला पक्षी डोवर के साथ-साथ उड़ता हुआ आ रहा है। कितना अजीब है न। अकेली आत्मा की तरह उड़ता हुआ यह पक्षी..."

मुझे लगा वह भावुक हो रही है। मैंने यों ही कहा, "पोर्ट पर तुम्हें कोई छोड़ने आया होगा...शायद वह तुम्हें छोड़ नहीं पाया। उसकी अतृप्त इच्छा को लेकर वह पक्षी तुम्हारा पीछा कर रहा है...क्यों, शायद।"

मार्था ने बहुत तरल होकर एक बार पक्षी को, फिर मुझे देखा। मैंने कहा, "हाँ। नहीं लगता ऐसा कुछ ?"

"अतृप्त इच्छाओं को लेकर उड़ सकना...पक्षी की तरह...सोचकर बहुत अच्छा लगता है न, ऐसा होता है।" वह गिलास पकड़े-पकड़े उत्तर के लिए ताकने लगी।

"शायद..." मैंने कहा।

कुछ निश्चित नहीं कहा जा सकता। लगा कि कहीं बहुत भीतर वह किसी हलचल में फंस गई है। वह लगातार मुझे ताके जा रही थी। उसके खूबसूरत ओंठ अभी तरल थे, हल्के-हल्के सूख आए थे। धीरे से उसने अपना हाथ मेरे बालों में फंसा लिया था और बोली थी, "तुम्हारे बाल बहुत खूबसूरत हैं।"

मैंने उसका हाथ तो नहीं हटाया, पर उसे उसी की बात जरूर याद दिला दी, "तुम जैसे लोगों को इस तरह के फिकरों की जरूरत नहीं होनी चाहिए।"

"तुम गलत समझे।" वह बोली, "यह तो अपने मन के उद्‌गार हैं। एक मन दूसरे मन से इन्हें उधार भी ले सकता है। लेकिन जो तुम बोले थे, रटा हुआ फिकरा था। एक हलका बेमानी फिकरा। बीयर और ले लें।" कहते हुए वह पहले की तरह ही फिर बीयर लेने चली गई थी।

इस बार उसने जल्दी-जल्दी बीयर पी और गिलास खाली करके खांचे में फँसा दिया। फिर उठकर खड़ी हो गई, "अब खाना खाएँ। मैं अपने पति को बुला लाऊँ। तुम उधर पहुँचो।"

"मेरे साथ एक दोस्त भी है।"

"ठीक है। उन्हें भी बुला लो।" कहते हुए वह बार काउंटर को पार करती उधर चली गई जहाँ सन्-डेक पर जाने वाली सीढ़ी थी। लगता था समुद्र कुछ रफ हो गया है। इतनी बीयर नहीं पीनी चाहिए थी। लोहे की ठंडी दीवार का सहारा लेता हुआ मैं उधर गया, जहाँ माइकेल बैठा था। पर वह वहीं सीट पर अपना छोटा वाला बैग दबाए, पैर मोड़े गहरी नींद में सो रहा था। मैंने उसे जगाया, "माइकेल, चलो खाना खा लें..."

नींद में ही उसने जवाब दिया, "मैंने खा लिया है।"

"कब ! क्या खा लिया है।"

"आलू और पनीर, अच्छा था। तुम भी खा आओ।" वैसे ही लेटे-लेटे उसने कहा। वह नींद में था। माइकेल औपचारिकताओं में ज्यादा विश्वास नहीं करता इसलिए यह कोई टेढ़ी स्थिति नहीं थी। यह अन्दाज लगाकर कि मार्था को ऊपर से आने में अभी कुछ वक्त और लगेगा, मैं वहीं बैठ गया। जहाज़ अब भी काफी डगमगा रहा था।

यों ज्यादातर इंग्लिश चैनल शान्त रहती है। शायद हवा तेज थी या समुद्र के रुख बदलने का वक्त था छोटे से सफर के लिए निकले हुए लोग अब ज्यादातर ऊँघ रहे थे। या जहाज़ के झूले ने उन्हें उनींदा कर दिया था। सैलानी लोग ऊपर सन डेक पर थे। अपनी-अपनी कुर्सियाँ डाले हुए।

वक्त का अन्दाज करके मैं रेस्तरां की ओर चल दिया। वहाँ भी कोई भीड़ नहीं थी। शायद ज्यादातर लोग अपना खाना साथ लाए थे। बीयर के साथ उन्होंने सैंडविचेज खाकर खाना खत्म कर दिया था।

एक मेज पर मार्था दिखाई दी। उसके पास बैठा हुआ एक लगभग बूढ़ा-सा आदमी था। पति के सिवा कौन हो सकता था। मैं जाकर तीसरी कुर्सी पर बैठ गया। मार्था का लगभग बूढ़ा पति जरूरत से ज्यादा कपड़े पहने हुए था। मुझे देखते ही उसने मुस्कराकर मेरा स्वागत किया और इससे पहले कि खाना खाए, वह इस तरह से बोला जैसे मुझे बरसों से जानता हो—"अब आप ही इसे समझाएँ। आप इसके प्रेमी हैं, आपकी बात यह मान जाएगी।"

"जी।" मैंने आश्चर्यचकित होकर, बल्कि अचम्भे में चीखकर कहा।

"हाँ, आप ही इसे समझाइए। मेरी बात यह नहीं मानती।" वह लगभग बूढ़ा व्यक्ति रूमाल निकालकर नाक साफ करने लगा था। मैंने कुछ समझा। यह खास अँग्रेजी आदत है। बात को बढ़ाने के लिए मैंने पूछा, "आप अँग्रेज हैं ?"

"नहीं तो।" बूढ़ा बोला और गन्दा रूमाल उसने अँग्रेजों की तरह ही सहेजकर अपनी जेब में रख लिया। उसकी नाक का सिरा अधकच्ची बीफ-स्टीक में छल-छलाते खून की तरह रिसकर लाल हो आया था।

मार्था हलके से हँसी। उन दोनों ने एक-दूसरे को देखा। बूढ़ा कतई कातर या विगलित नहीं था। बल्कि उसकी आँखों में कहीं और से प्राप्त विश्वास की निश्चयात्मकता थी। एक अजीब से भोलेपन में मिली-जुली।

मछली की प्लेट मेरे सामने आ गई थी। मार्था भी सोल ही ले रही थी। बूढ़े ने आलू, सब्जियाँ और पनीर लिया था। बात का सिरा पकड़ते हुए बूढ़े ने फिर कहा, "आपने मेरी बात पर गौर नहीं किया।"

पर बीच में मार्था बोल उठी, "तुम आराम से खाना खाओ।"

बूढ़े ने काँटा-छुरी रोककर फिर उसी कहीं और से प्राप्त विश्वास की निश्चयात्मकता से उसे देखा। एक क्षण रुककर वह मुझसे बोला, "यह मानती ही नहीं। मैं कहता हूँ तुम जवान हो, सुन्दर हो, और वहाँ सैनिक शासन है..."

"अपने प्यारे देश में। आप बताइए, यह वक्त वहाँ जाने का है। लोग ग्रीस छोड़-छोड़कर बाहर आ रहे हैं, और ये वहाँ जा रही हैं... है न गलत बात। सारा सामान बाँध लाई है। कहती है गेस्ट हाउस बेच दो। खैर, गेस्ट हाउस तो मैंने नहीं बेचा, लेकिन..." वह बूढ़ा अब बहुत घबराया हुआ लग रहा था। धीरे-धीरे सब बातें सामने आती गईं। मार्था उस लगभग बूढ़े फोकस की तीसरी बीवी थी। कि अब वह वापस ग्रीस जाना चाहती थी। उसे अँग्रेज पसन्द नहीं आए थे। फोकस फलता-फूलता कारोबार छोड़कर लौटने को हिमाकत समझता था। वह चाहता था कोई मार्था को समझाए। असल में फोकस उसे यूगोस्लाविया तक छोड़ने जा रहा था। उसके बाद फोकस की इच्छा के विरुद्ध जो कुछ होने वाला था, उसका साक्षी वह नहीं बनना चाहता था।

"तुम किसी बात के साक्षी नहीं बनना चाहते।" मार्था ने करीब-करीब चिढ़कर बूढ़े से कहा था, "क्या होगा मेरे साथ। फौजी मुझे खा तो नहीं जाएँगे।"

बूढ़े ने रहम से उसे देखा था। फिर वह अपना पनीर खाने में मशगूल हो गया था। वह आखिरी कतरा खा रहा था। मैं खाना खत्म कर चुका था। आखिर हम तीनों चुपचाप उठ आए। रेलिंग पकड़-पकड़कर बूढ़ा सन डेक पर चला गया। पीछे-पीछे मार्था और मैं भी। कुत्ते ऊपर ही बैठे हुए थे। कुछ देर हम यों ही इधर-उधर देखते रहे। बूढ़ा जेब

से रोटी निकालकर कगार के पास चला गया था। वहीं से वह चिड़ियों के लिए टुकड़े फेंकता रहा। पर चिड़ियाँ वहाँ नहीं थीं। वह अगला पक्षी भी न जाने कहाँ चला गया। जहाज़ अब एक-सी गति से चला जा रहा था। आसमान में ठंडा सूरज चमक रहा था और जहाज़ के पीछे दूर तक...की धूल-भरी चमकती सड़क उखड़े हुए पड़ी हुई थी।

"चलो नीचे चलें।" मार्था ने आकर कहा।

हम दोनों नीचे आकर बैठ गए। एकाएक उसने पूछा, "क्यों, मैं गलती कर रही हूँ ?"

"मैं कुछ भी समझ नहीं पाया हूँ। कैसे कुछ कह सकता हूँ।"

"मैं बताती हूँ। देखो, मैं निहायत मामूली लड़की हूँ। सीधी-सी बात है मैं अपने देश जाना चाहती हूँ। तुम्हें मालूम है वहाँ अकाल पड़ा हुआ है !" उसने आँखें फाड़कर देखा।

"अनाज का नहीं...विचारों का। मेरे पति समझते हैं मैं सात बक्सों में सम्पदा भरकर लाई हूँ। उनमें सिर्फ किताबें हैं, पत्रिकाएँ हैं। मेरे देश में सैनिक शासन है। किताबें, अखबार नहीं निकलते...जो कुछ जमा कर पाई, वही सब ले जा रही हूँ। कुछ गलत कर रही हूँ। ज्यादा-से-ज्यादा क्या होगा...सीमा पर वे मुझे रोक लेंगे। रोके रहेंगे। और क्या..." वह उत्तेजित हो गई थी।

"तुम्हारे पति को दूसरी चिन्ता सता रही है। तुम इतनी जवान हो..." मैंने कुछ शैतानी से कहा।

"क्या मैं तभी तक जवान हूँ, जब तक बीवी हूँ ? बीवी होने से पहले क्या मैं जवान नहीं थी ? या बीवी न रहने के बाद जवान नहीं रह जाऊँगी ? पहले किसने चिन्ता नहीं की। बाद में कौन करेगा। छोड़ो, चलो कुछ पीएँगे।" मार्था ने कहा था और वह मुझे जबरदस्ती बाँह पकड़कर उठा लाई थी।

हम फिर बार काउंटर पर थे। अब मैं अपने को अजीब से भंवर जाल में पा रहा था। खाने के बाद पी सकना मेरी सकत में नहीं।

मैंने बीयर ली थी। मार्था ने ह्विस्की। वही खिड़की थी और वही झाँकता हुआ समुद्र।

"मैंने कहीं पढ़ा है किसी लेखक ने लिखा है कि...नाम याद नहीं आ रहा है।...लिखा है अब हम सिर्फ इंसान रह गए हैं। ग्रीक, जापानी या फ्रेंच या ब्रिटिश बने रहना गलती है। क्यों, है न ?" वह अब शान्त होती जा रही थी।

कुछ देर तक मेजपोशनुमा खिड़की से बाहर देखने के बाद वह फिर बोली, "पक्षी भी अब नहीं हैं। समुद्र कितना सूना-सूना लग रहा है। नहीं ?"

"हाँ।" मैंने कहा। "शायद ओस्टेण्ड आ रहा है।"

"मैं पति को यहीं से वापस भेज दूँ ?"

"मैं भला क्या कह सकता हूँ।" मैंने संकोच से कहा।

"देखो, तुम बेल्जियम होते हुए स्कैंडिनविया चले जाओगे। मैं जर्मनी, आस्ट्रेलिया, यूगोस्लाविया होती हुई ग्रीस। पर मुझे पता है कि तुम मिलते रहोगे।"

मुझे लगा कि वह फिर भावुक हो रही है। लेकिन ऐसा नहीं था। "मैं अभी आई।" कहकर वह चली गई। लौटी तो पति साथ था। कुत्ते भी थे। वह अपने पति की बाँह में बाँह डाले हुए थी। वे दोनों वहीं आकर बैठ गए। व्हिस्की आ गई थी और उसका पति बहुत निश्चिंतता से पी रहा था। रह-रहकर वह पति को प्यार करने लगती थी।

जब तक ओस्टेण्ड आया वे पति-पत्नी—मार्था और फोकस—वहीं बैठे पीते रहे। मैं माइकेल के पास जाने के लिए चलने लगा तो वह इतना ही बोली, "तुम्हें जल्दी न हो तो रुकना। जहाज से उतरकर रुकना।"

कुछ ही मिनटों बाद जहाज किनारे लग गया था। मैं और माइकेल अपनी कार उतारकर नीचे ले आए थे। हम मार्था का इंतजार कर रहे

थे। कुछ देर बाद वह नशे में धुत पति को साधे, कुत्तों की जंजीरों को पकड़े मार्था आई और पति को हमें सधाकर बोली, "इनका बुकिंग करा दूँ। जरा संभालना।"

और वह उस विंडो पर पहुँच गई थी जहाँ से वापस जाने वाले जहाज़ का रिजर्वेशन हो रहा था। जिससे हम आए थे, वही वापस जाने वाला था। टिकट लेकर वह आई और पति को लिए हुए वापस जहाज़ में जाने लगी तो उस लगभग बूढ़े पति ने विरोध किया, "मैं नहीं जाऊँगा, तुम नहीं समझतीं..."

मार्था ने उसे ओठों से चूमकर बहुत प्यार से आगे सरकाया। फिर सहारा देकर ले जाने लगी। माइकेल कुत्ते पकड़े खड़ा रहा। जहाज़ में जाते-जाते भी उस लगभग बूढ़े पति का बड़बड़ाना सुनाई दे रहा था, "तुम जवान हो और वहाँ..."

पास कंट्रोल पर हमें देर लगी। बहुत सख्त चैकिंग थी। मार्था अपने कुत्ते लेकर ट्रेन की तरफ चली गई थी। जहाज़ से उतरी ट्रेन के डिब्बे ट्रांस योरोपियन एक्सप्रेस में जुड़ गए थे। वह गाड़ी ग्रीस होती हुई तुर्की तक जा रही थी। पनीला सूरज काफी नीचे सरक आया था। धुंध गहरी हो रही थी। जेटी पर कुछ पक्षी सिकुड़े से बैठे थे। दूर जहाँ ट्रेन खड़ी थी, शीशे के पास तीन कुत्ते दिखाई से दे रहे थे। उन्हीं के बाद धुंधली खिड़की में मार्था-सी लगती थी। बूढ़ा कुछ भी साफ नहीं था। जहाज़ में लेटा हुआ होगा। शायद उसी तरह बड़बड़ाता हुआ। हम बेल्जियम जा रहे थे और मार्था ग्रीस की ओर।

सीने का दर्द

अभी मैं जिसके पास से लौटा हूँ, तस्वीरों का यह एलबम उसी ने दिया है। ...मेरा मन बहुत उदास है। इस वक्त में सिर्फ तकिए में सिर छिपा कर चुपचाप लेटा रहना चाहता हूँ और चाहता हूँ कि कॉटेज की सीढ़ियों पर किसी भी मरीज की आहट न हो। न कोई फोन आए और न इमरजैंसी का कोई केस। पर रात के राउंड पर मुझे जाना होगा। हर मरीज मेरी राह देख रहा होगा। मुझे देखकर मरीजों के चेहरों पर धीरज के भाव आ जाते हैं, उनकी दर्द-भरी आँखों से राहत की किरनें फूटने लगी हैं...किरनें !

पर मुझे देखकर किरन अधीर हो उठी थी...बिस्तर से तो नहीं उठ पाई, पर उसके चहेरे पर दर्द की छायाएँ और भी गहरी हो गई थीं। साफ तकिए पर किरन सिर रखे चुपचाप लेटी थी। उसके वही भूरे-भूरे बाल एक तरफ से ढीले होकर माथे पर उठे हुए थे और बहुत ही ढीले बँधे हुए रूखे-रूखे जूड़े के बाल पंखे की हवा में रेशमी डोरों की तरह फिसल रहे थे। मैंने उसे दरवाजे से घुसते ही देखा तो वह एकाएक बहुत विचलित-सी हुई थी, फिर धीरे से मुस्कराई थी और उसकी थरथराती हुई उँगलियों ने माथे पर आई पसीने की बूँदों को हल्के से पोंछ लिया था। कुछ क्षणों बाद प्रकृतिस्थ होते ही सबसे पहले उसने कहा था, "रिसीवर नीचे रखे दो !"

मुझे कुछ बुरा भी लगा था...और किरन की पुरानी आदत की याद आ गई थी–जो बात गैर-जरूरी होती थी, उसे वह पहले करती थी और जरूरी को बाद में। आज तीन साल बाद मिलने पर पहली जो बात उसके मुँह से निकली, वह यही कि रिसीवर नीचे रख दो। मैंने पहले की तरह ही उसकी बात मान ली और टेलीफोन का रिसीवर नीचे रख दिया। शायद वह नहीं चाहती थी कि इस वक्त उसे कोई परेशान करे...क्यों कि आज तीन साल बाद हम मिल रहे थे। मैं सोच रहा था कि अब वह मुझसे बैठने को कहेगी कि वह बोली, ''जयन्त ज़रा परदा खिसका देना...प्लीज...''

हालाँकि मैं यह सोचकर नहीं गया था कि किरन बड़े जोर-शोर से मेरा स्वागत करेगी, क्योंकि वह बीमार थी, पर इतना तो सोच ही रहा था कि वह शायद मुझसे मेरे बारे में बहुत-सी बातें करेगी...उसकी आँखों में कुछ पुरानी बातों की यादें उमड़ेंगी और वह मुझसे कम-से-कम यह तो पूछेगी ही कि फ्रांस में दिन कैसे बीते...वहाँ डाक्टरी की पढ़ाई और यहाँ की पढ़ाई में क्या फर्क है ?...जिन्दगी कैसी है वहाँ...पर डेढ़ घण्टा बैठने पर भी उसने कुछ नहीं पूछा, हारकर मैंने ही उसके बारे में पूछता रहा कि विश्वविद्यालय में तुम्हारा मन लग रहा है या नहीं... पढ़ाते वक्त लड़कियाँ परेशान तो नहीं करतीं। या लड़कियों के हॉस्टल की वार्डेन होने के नाते क्या-क्या जिम्मेदारियाँ हैं ?...वह बहुत छोटे-छोटे जवाब देती रही। लगता था उसकी रुचि अपने में भी नहीं है। और जहाँ इतना बेगानापन हो वहाँ मन नहीं लगता, पर न जाने क्यों फिर भी किरन के पास से उठने को जी नहीं कर रहा था...और अब शायद कोई ऐसी बात भी नहीं थी जो की जा सकती थी। एक डाक्टर के नाते मैं उसका हाल पूछ सकता था, पर वह अपनी बीमारी से भी जितनी अलग-अलग दिखाई पड़ रही थी, उसके कारण चिन्ता प्रकट करने का साहस भी नहीं हुआ।

आखिर वह बोली, ''तुम्हें अपने मरीजों को देखना होगा...अच्छा

तुम्हें एक चीज दे दूँ... वह अलमारी खोलो, बीच वाले खाने में काला-सा एलबम है, उसे उठा लो ?"

मैंने उठकर अलमारी खोली।

एक बार किरन की तरफ देखा और फिर अलमारी को, जैसे शायद मैं यह विश्वास नहीं कर पा रहा था कि बत्तीस बरस की किरन की यह अलमारी हो सकती है।...उसमें कुछ कापियाँ और किताबें थीं... और वही अलार्म घड़ी जो दसवीं का इम्तहान देते वक्त किरन इस्तेमाल करती थी। गर्ल्सगाइड का वही स्कार्फ जो पहन कर बड़ी शान से वह जाया करती थी। रंगों का वही पुराना डिब्बा रखा था, जिससे किरन ने लक्ष्मीबाई और सीता की अग्नि परीक्षा वाली तस्वीरें बनाई थीं। वह गुड़िया भी मौजूद थी जिसकी शादी का इन्तजाम उसने बचपन में किया था पर उसकी सहेली शोभा लड़कर अपना गुड्डा लेकर चली गई थी, और मैं पंडित बना शादी कराने का इन्तजार करता रह गया था।

तभी किरन की आवाज आई, "औरतों की चीजें नहीं देखते। एलबम उठा लाओ..." 'औरत'...यह शब्द बड़ा अटपटा-सा लगा था। एलबम उठाते-उठाते गहरी नजरों से मैंने अलमारी को फिर देखा। और न जाने क्या-क्या था उस अलमारी में। इतनी चीजें और इस बेतरतीबी से पड़ी थीं कि कुछ भी एक नजर में साफ नहीं होता था। मेरा मन पुरानी तारीखों में भटकने लगा...मैंने बहुत चाहा कि किरन से कुछ वे बातें करूँ जो गुजर चुकी हैं पर नहीं कर पाया। एलबम निकालकर मैं कुर्सी पर बैठ गया और ज्यों ही बीच से खोला तो मुझे अपनी वह तस्वीर दिखाई पड़ी जिसमें मैं बेस्ट स्काउट होने का इनाम ले रहा हूँ! ...आज से पन्द्रह साल पहले की बात ! मैं इण्टर में पढ़ रहा था। और किरन बी. ए. में पहुँच चुकी थी...किरन मेरी हर बात में रुचि लेती थी...मुझे इनाम मिलना था इसलिए वह भी उस समारोह में आने वाली थी। मुझे खूब याद है, दो दिन पहले ही किरन ने कहा था, "ए जयन्त, प्राइज लेने मेरे साथ चलना...समझे !"

पता नहीं क्यों तब मैं कुछ भी समझ नहीं पाता था, किरन मुझसे दो साल बड़ी थी, सीनियर थी लेकिन फिर भी वह मेरे पीछे लगी रहती थी...कभी अकेले में बैठा कर मेरे बालों पर हाथ फेरती...मेरे नाखून देखती और शरमा-शरमा कर मुस्कराया करती थी...पर प्राइज वाले दिन उसे बुखार आ गया था और मैं अकेला ही गया था। लौटकर अपने घर जाने से पहले मैं किरन के पास पहुँचा था और उसने मेरे पुरस्कार वाला कप अपने तपते हुए हाथों में नरम कबूतर की तरह दाब लिया था और कई क्षणों तक मुझे देखती रही थी।

मैंने उसके माथे पर हाथ रखा...वह बुरी तरह जल रहा था। मैंने पूछा था, "माथा दुख रहा है ?"

"हाँ" उसने कहा था, फिर कप मुझे देते हुए बोला थी, "इसे बहुत संभाल कर रखना..." मैं उसके सिर के पास चिपका हुआ बैठा था और उसकी जलती हुई साँसें महसूस कर रहा था। किरन दर्द से कराह रही थी। मैंने सिरहाने से बाम उठाकर उसके माथे पर लगाया तो उसने आँखें मूँद ली थीं। पसीजे हुए पलक तितली की तरह थरथरा रहे थे। मैंने पूछा था–

"कुछ आराम मिला !"

"हूँ" कहने के एक क्षण बाद ही वह फिर कराही थी और उसने दोनों हाथ अपने सीने पर कस लिए थे...उसकी साँस तेज हो आई थी।

मैंने कुछ घबराकर पूछा था, "क्यों, कहीं और दर्द हो रहा है ?"

"हाँ...सीने में बहुत दर्द है।" पसीजी हुई पलकें बन्द किए ही वह बोली थी। मैंने उसकी गर्दन के नीचे सीने पर हाथ रखते हुए कहा था, "यहाँ..."

"और नीचे..."

और मेरे हाथ बढ़ाते ही चिटकनी के बटन ढीले टाँकों की तरह खुल गए थे–और किरन की पसीजती गरम देह की गहराइयों में मेरा

हाथ काँप कर जड़ हो गया था। मैंने कुछ भी नहीं देखा...किरन ने तकिए में एक ओर मुँह गड़ा लिया था...शायद मेरी अँगुलियाँ कुछ थरथराई थीं और हथेली में ठंडी जलन हुई थी...और मैं चाहे-अनचाहे हाथ नहीं हटा पाया था। सूखते गले से मैंने पूछा था, "अब कैसा लगता है?"

"राहत-सी मिलती है।" उसी तरह मुँह गड़ाए-गड़ाए किरन बुदबुदाई थी। पता नहीं कब मेरा हाथ उसके हाथ में चला गया और उसने मेरी हथेली अपनी आँखों पर दबा ली थी—फिर नीचे सरका कर अपने ओठों पर फेरती रही थी...मेरी अंगुलियों के पोर उसकी पसीजी बन्द पलकों पर काँपते रहे थे। मेरे जाते वक्त भी उसने आँखें नहीं खोली थीं।

उसके बाद जब भी मैं उससे मिलता, बेहद निकटता महसूस करता और उसके बहुत नजदीक सटकर बैठने की कोशिश में ही रहता...और एक दिन जब वह कुछ उदास थी, मैंने पूछा था, "क्यों क्या हुआ ?" इससे ज्यादा पूछ सकने के लिए शब्द नहीं थे मेरे पास। पर इन सीमित शब्दों में कुछ छिपा हुआ था। किरन कराहने का अभिनय करके मुस्करा दी...

और उसके बाद मुझे डाक्टरी पढ़ने के लिए उसी ने उकसाया था, और मैं दो साल बाद लखनऊ मेडिकल कालिज में चुन लिया गया था...सरकारी वजीफे पर जब विदेश जाने की बात उठी तब किरन ने ही बहुत जोर देकर मेरी अर्जी भिजवाई थी...और मेरी उम्मीद के खिलाफ मुझे जाने का अवसर मिल ही गया था...

उन्हीं दिनों मेरी शादी के लिए कुछ तस्वीरें आई थीं और माँ से लेकर मुझे किरन ने ही एक-एक तस्वीर दिखाई थी, और बोली थी, "क्यों, कोई है, तुम्हारे लायक ?" मैं देखता रह गया था। तक तस्वीर की ओर इशारा करके मैंने मजाक में कहा था, "यह बुरी तो नहीं है।"

तब किरन के चेहरे पर कुछ ऐसे भाव आए जैसे वह मुझे परख रही हो फिर धीरे से बोली थी, "ये तस्वीरें माँ को लौटा देना।" मैंने

इनकार किया तो वह लेकर चली गई। धीरे-धीरे ऐसा लगा कि किरन की छाँह मुझसे दूर होती गई। वह जब भी मुझे देखती तो मेरी आँखों में वह कुछ खोजने की कोशिश करती और खामोश रहती...उसकी वह खामोशी मैं फिर नहीं तोड़ पाया।

विदेश से लौटने के बाद सिर्फ यही पता चला कि किरन ने शादी से इनकार कर दिया है और किसी विश्वविद्यालय में लेक्चरर हो गई है।

आज इलाहाबाद के इस अस्पताल में आए हुए मुझे दस महीने से ऊपर हो रहे हैं। पर मुझे किरन की याद नहीं आई...माला यहीं थी, शायद इसलिए भी। जब से माला कुछ दिनों के लिए घर गई है, तब से रोज मुझे किरन का ध्यान आता था, पर मैं उससे अकस्मात ही मिलना चाहता था...लेकिन ऐसा नहीं हो पाया और आज सुबह जब मैं अपने को नहीं रोक पाया तो मैंने उसके विभाग में फोन किया और मुझे पता चला कि वह बीमार है और अपने हॉस्टल के कॉटेज में है...पता नहीं क्यों मैं चला आया। कभी-कभी पुरानी यादें लम्बी दूरियों तक खींच ले जाती हैं...और बड़ी पीड़ा दे जाती हैं।

वहाँ बैठे-बैठे किरन ने मुझे एलबम आगे खोलकर नहीं देखने दिया...मैं निस्तब्ध उसकी ओर देखता रहा। उसकी आँखों में जैसे दर्द के बादल घुमड़ रहे थे और उसने अपना मुँह तकिए में गड़ा लिया था... मैं नहीं जानता कि किरन के बारे में क्या सच है और क्या झूठ... पर इस तरह लेटे देखकर मेरी आँखें भर आईं और मैंने पूछा, ''तबियत कैसी है।''

किरन ने अपनी फूलती साँस को सँभालते हुए बस इतना ही कहा, ''बहुत तरह के दर्द हैं सीने में...''

और यह उसका दिया हुआ एलबम सामने खुला हुआ है। इसमें मेरी ही तस्वीरें लगी हुई हैं...यह मेरा इतिहास है। बचपन से विदेश जाने

तक का ...इस एक पन्ने पर अखबार की वह कटिंग भी लगी है, जिसमें मेरा चित्र छपा है और विदेश जाने की सूचना है...डिग्री वाली तस्वीरें हैं...किरन को जितनी तस्वीरें मिल सकीं वे सब समयानुसार लगी हुई हैं जैसे कि वह खामोशी से मेरे जीवन के हर कदम का अनुसरण करती रही है। इस पृष्ठ पर वे तस्वीरें हैं जो मेरे विवाह के लिए लड़कियों के घरवालों ने भेजी थीं ...और इसी पृष्ठ पर एक कोने में एक तस्वीर की जगह खाली है—कोने लगे हुए हैं, पर तस्वीर नहीं है।

मैं चुपचाप लेटा रहना चाहता हूँ। कुछ भी करना नहीं चाहता था और यह...यह मुसीबत... फोन की घंटी...मैंने पहले ही सोचा था कि रिसीवर उठाकर नीचे रख दूँ, लेकिन, अब तो इसे उठाना ही पड़ेगा। हो सकता है किरन का हो। मन कहता है उसी ने फोन किया होगा, क्योंकि वह सामने कभी ज्यादा बात नहीं करती।

"...यस, जयन्त ! कौन...सिस्टर, क्या बात है ? बहुत ज्यादा खराब है...बैड नम्बर तीस... कौन मरीज है ?...हूँ...वकील साहब की माँ !...क्या...बहुत सख्त दर्द है...सीने में...अभी आता हूँ !"

स्थेटिस्कोप भी न जाने कहाँ है...वक्त पर कोई चीज नहीं मिलती। अब तो जाना ही होगा उन बूढ़ी मरीजा को देखने...सीने में दर्द है ! पता नहीं कैसा है यह सीने का दर्द...कौन-सी कमी है जिन्दगी के तन में कि यह दर्द बार-बार उभरता है...हर उम्र में उभरता है।...और हरेक के उभरता है...

लाश

सारा शहर सजा हुआ था। खास-खास सड़कों पर जगह-जगह फाटक बनाए गए थे। बिजली के खंभों पर झण्डे, दीवारों पर पोस्टर। वालिंटियर कई दिनों से शहर में पर्चे बाँट रहे थे। मोर्चे की गतिविधियाँ तेजी पकड़ती जा रही थीं। ख्याल तो यहाँ तक था कि शायद रेलें, बसें और हवाई यातायात भी ठप्प हो जाएगा। शहर-भर में भारी हड़ताल होगी और लाखों की संख्या में लोग जुलूस में भाग लेंगे।

शहर से बाहर एक मैदान में पूरा नगर ही बस गया था। दूर-दूर से टुकड़ियाँ आ रही थीं। कुछ टुकड़ियाँ ठेके की बसों में आई थीं। बसों पर भी झण्डे थे। कपड़े की पट्टियों पर तहसील का नाम था। कुछ टुकड़ियों में औरतें भी थीं, बच्चे भी। औरतें खाली वक्त में अभियान गीत गाती थीं।

केन्द्रीय समिति ने कुछ नए नारे बनाए थे। जिला स्तर के कुछ लोग उन नारों का रियाज कर रहे थे। लंगर में आपाधापी थी। शहर में सब रास्ते, होटल, धर्मशालाएँ, सराएँ और मामूली रिश्तेदारों के घर प्रदर्शनकारियों से भरे हुए थे।

दो महीने पहले दर्जियों को झण्डे और टोपी सिलने का ठेका दे दिया गया था। पर्चे और पोस्टरों का काम सात छापाखानों के पास था। जिन पर्चों पर माँगें और नारे छपे थे, वे सब प्रदर्शनकारियों को

बाँट दिए गए थे। पुलिस की सरगर्मी भी बढ़ती जा रही थी। यातायात पुलिस ने नागरिकों की सुविधा के लिए एलान निकालने शुरू कर दिए—कि मोर्चेवाले दिन नागरिक शहर की किन-किन सड़कों को इस्तेमाल न करें...कि नागरिक अपनी गाड़ियाँ इत्यादि सुरक्षित स्थानों पर रखें।

मोर्चे की विशालता का अंदाज लगाकर पुलिस कमिश्नर ने पी. ए.सी. को बुला लिया था। जिन-जिन सड़कों से जुलूस को गुजरना था, उनकी इमारतों पर जगह-जगह सशस्त्र पुलिस तैनात कर दी थी। सड़कों के दोनों ओर सिर्फ वह पुलिस थी, जिसके पास डण्डे थे...ताकि प्रदर्शनकारियों को ताव न आए। यह सब इंतजाम पुलिस कमिश्नर ने खुद ही कर लिया था।

अपने चौकस इंतजाम की खबर देने के लिए जब पुलिस कमिश्नर मुख्यमन्त्री के पास पहुँचा तो उसका सारा तनाव खुद ही खत्म हो गया। मुख्यमन्त्री के चेहरे पर कोई चिन्ता या परेशानी नहीं थी। वे हमेशा की तरह प्रसन्न मुद्रा में थे। गृहमन्त्री धीरे-धीरे मुस्करा रहे थे। मुख्यमन्त्री ने कुछ कहा तो पुलिस कमिश्नर ने तफसील देनी शुरू की, "दो हजार लोकल फोर्स है, पाँच सौ पी.एस.सी., चार सौ डिस्ट्रिक्ट से आया है, तीन सौ रेलवे का है, अस्सी जवान जेल से उठा लिए हैं, दो सौ होमगार्ड! इनमें से आठ सौ आर्म्ड हैं। हर पुलिस चौकी पर शैल्स का इंतजाम है। सोलह सौ लाठियाँ पिछले हफ्ते आ गई थीं। साढ़े चार सौ का फोर्स सिविलियन है..."

पुलिस कमिश्नर सब बताता जा रहा था, पर मुख्यमन्त्री विशेष उत्सुकता से नहीं सुन रहे थे। गृहमन्त्री भी बहुत दिलचस्पी नहीं ले रहे थे। कमिश्नर कुछ हैरान हुआ। उसने एक क्षण रुककर उन दोनों की तरफ ताका, तो मुख्यमन्त्री ने अपना चश्मा साफ़ करते हुए कहा, "ख्वामख्वाह आपने इतनी तवालत की।"

''इन विरोधी पार्टियों का कुछ भरोसा नहीं... सर! अगर हम इंतजाम न करें तो...'' कमिश्नर कह रहा था।

''मोर्चा शान्त रहेगा।'' गृहमन्त्री ने कहा।

''क्या पता।'' कमिश्नर बोला, ''मुझे तो...''

मुख्यमन्त्री ने बात काट दी—''बहुत ऊधम नहीं मचेगा। बस ज़रा गुण्डों पर नजर रखिएगा...''

''गुण्डे तो तीन-चौथाई से ज्यादा पकड़ लिए गए हैं...यह तो तीन दिन पहले ही कर लिया गया था। कुछ आज दोपहर बन्द कर दिए जाएँगे।''

''ठीक है।''

''तो मैं इजाजत लूँ।'' कमिश्नर ने पूछा।

''ठीक है,'' मुख्यमन्त्री ने कहा, ''अक्ल से काम लीजिएगा। मेरे ख्याल से आप मोर्चे के कर्ताधर्ताओं से मिलते हुए निकल जाइए। तीनों यहीं एम. एल. ए. हॉस्टल में टिके हुए हैं...''

''जी, मुझे मालूम है, पर शायद अब तक वे अपने पंडाल में चले गए होंगे...।'' कमिश्नर ने ज़रा सकुचाते हुए कहा, ''और वहाँ जाकर मिलना...मेरे ख्याल से ठीक नहीं होगा...''

''वो यहीं होंगे...अरे भई, आपको मालूम नहीं, उनमें से कान्ति तो मेरे साथ जेल में रहे हैं। बड़े आदर्शवादी आदमी हैं...तेज और बेलाग। ऐसे विरोधी को मैं तो सर-माथे बिठाता हूँ। उनकी बस एक ही कमजोरी है—नींद ! आप उनके सर पर नगाड़ा बजाइए, पर वे नौ से पहले नहीं उठ सकते। जेल में भी यह आदत थी। सत्याग्रह आन्दोलन के दिनों में भी ! उन्हें नींद पूरी चाहिए...अभी वहीं होंगे...'' मुख्यमन्त्री ने तारीफ करते हुए आगे कहा, ''अब मोर्चे का मामला है, इसलिए शायद वे मिलने न आएँ, नहीं तो हमेशा आते हैं...बेहद उम्दा आदमी हैं। भई, मैं तो उनकी बड़ी इज्जत करता हूँ।''

''इस पार्टीबाजी और पालिटिक्स को क्या कहा जा जाए...

कांतिलाल जी को तो सरकार में होना चाहिए था...'' गृहमन्त्री ने बड़े दुख से कहा।

''बिल्कुल...'' मुख्यमन्त्री बोले, ''देखते जाइए, मिल जाएँ तो ठीक है ...मेरा नमस्कार बोलिएगा। न हों तो पंडाल जाने की जरूरत नहीं है...''

पुलिस कमिश्नर नया था। बहुत सकुचाते हुए बोला, ''मोर्चेवाले शायद आपका पुतला भी जलाएँगे, उसके बारे में...''

''अरे ठीक है, जलाने दीजिए...इससे आपका कानून कहाँ भंग होता है। जो उनके दिल में आए करने दीजिए, आप निगरानी रखिए... बस, आपकी यही जिम्मेदारी है।'' मुख्यमन्त्री ने कहा और कुर्सी से उठ खड़े हुए।

चार बजे चौक मैदान से जुलूस चल पड़ा। मोर्चा जबरदस्त था। सबसे आगे झण्डे और बिगुल थे। उनके पीछे अभियान गीत गानेवालों की टोली थी। उसके पीछे माँगों की दफ्तियाँ पकड़े औरतों की टोली थी। उसके पीछे हजारों की संख्या में प्रदर्शनकारी थे। जगह-जगह से आए हुए लोग। सब टोपियाँ लगाए थे। हाथों में छोटे-छोटे झण्डे या माँगों की दफ्ती पकड़े थे। मोर्चा बहुत शान से चल रहा था। कतारों के दोनों तरफ कंधों से लाउडस्पीकर लटकाए नारे देनेवाले वालिंटियर थे। बीचोंबीच झण्डों से सजी जीप पर कांतिलाल, उनके साथी नेता और कुछेक महत्त्वपूर्ण लोग थे।

मोर्चा बढ़ता जा रहा था। शहर चकित था। पता नहीं, इतने लोग एकाएक कहाँ से निकल पड़े थे। तमाशबीन नागरिकों की कतारें डण्डेवाली पुलिस के पीछे से आश्चर्य से झाँक रही थीं।

सचमुच विश्वास नहीं होता था कि इतनी तादाद में लोग अभी जीवित होंगे, कि वे अब भी इन तरीकों पर भरोसा करते होंगे। शानदार और

उमड़ता हुआ अपार जुलूस अदम्य शक्ति से बढ़ता जा रहा था। बड़े अखबारों के फोटोग्राफर इमारतों पर चढ़-चढ़कर हर मोड़ पर जुलूस के चित्र खींच रहे थे। कुछेक विदेशी फोटोग्राफर इस ऐतिहासिक मोर्चे को देखकर हैरान थे। वे जनतंत्र की ताकत के बारे में एकाध फिकरा बोलकर अपने काम में मशगूल हो जाते थे। वे ज्यादातर आदिवासियों वाली टोली के चित्र उतार रहे थे। सरकारी फिल्म्स डिवीजन के कैमरामैन अपना काम कर रहे थे।

लम्बी सड़क पर जाते हुए जुलूस का दृश्य अद्‌भुत था। लाखों पैर-ही-पैर...लाखों सिर-ही-सिर। हजारों झण्डे और उत्साह से भरे नारे... हहराता हुआ जनसमूह और समवेत गर्जन। कहीं न ओर न छोर...मीलों तक अजगर की तरह सरकता हुआ मोर्चा...

तभी एकाएक सब विध्वंस हो गया...जुलूस के अगले हिस्से में भगदड़ मच गई। सारा बाराबाँट हो गया। चारों तरफ बदहवासी भर गई। इमारतों की खिड़कियों और दुकानों के दरवाज़े तड़-तड़ बन्द होने लगे। जुलूस दौड़ती-भागती-चीखती-चिल्लाती बदहवास और अन्धी भीड़ में बदल गया। चारों ओर भयंकर बदअमनी फैल गई। फिर धुएँ के बादल उठे...कुछ लपटें दिखाई दीं। तोड़फोड़ की गूँजती हुई आवाज़ें और घबराहट भरी चीखें आईं और गोलियाँ चलने की चटखती हुई तड़तड़ाहट से वातावरण व्याप्त हो गया। धुएँ के समुद्र में जैसे लाखों लोग ऊब-चूब रहे हों। गिरते-पड़ते और भागते हुए लोग। कुचले और अंगभंग हुए लोग...हुंकारें, चीखें, धमाके, शोर और तड़तड़ाहट।

देखते-देखते सब कुछ हो गया। सड़कों पर सिर्फ जूते-चप्पलें, झण्डे और माँगों की दफ्तियाँ रह गईं। फटे कपड़े, टोपियाँ, टूटे हुए डण्डे और फटी हुई पताकाएँ।

कुछ पता नहीं चला कि यह विध्वंस कैसे हुआ। क्यों हुआ ? पुलिस की गाड़ियों में 'दंगाई' और घायल भरे गए। घायलों को अस्पताल

में पहुँचा दिया गया। दंगाइयों को दस मील ले जाकर छोड़ दिया गया। वे गुण्डे नहीं थे, गुण्डे पहले से बन्द थे।

चोटें बहुतों को आई थीं। वे आपस में कुचल गए थे। पुलिस ने गोली चलाई जरूर थी पर हवाई फायर किए थे। उसकी गोली से एक भी आदमी घायल नहीं हुआ था। अंगों की सिर्फ टूट-फूट हुई थी।

सारा शहर सन्न रह गया था। गनीमत थी कि इतने बड़े हादसे में सिर्फ एक लाश गिरी थी। वह लाश भी बिल्कुल सालिम थी। उसके न गोली लगी थी, न वह कहीं से घायल थी।

पुलिस ने लाश के चारों ओर से डेरा डाल लिया था। पुलिस का कहना था कि लाश कांतिलाल की है। कांतिलाल ने यह सुना तो हैरान रह गए। भगदड़ और उस भयंकर हादसे से प्रकृतिस्थ होकर कुछ देर बाद वे लाश को देखने पहुँचे। उसे देखते ही कांतिलाल ने जोश से भरे स्वर में कहा, "यह मुख्यमन्त्री की लाश है।"

घटित हुए हादसे का मुआयना करने के लिए मुख्यमन्त्री भी निकल चुके थे। उन्होंने यह सुना तो सकपकाए हुए पहुँचे। उन्होंने गौर से लाश को देखा और मुस्कराते हुए बोले, "यह मेरी नहीं है।"

फालतू आदमी

कानून मेरी रक्षा कर पाता, इसमें मुझे शक है। मैं तो अपने होने के कानून से बच गया। इसीलिए उधर से गुजरते दहशत होती है। बचपन इस अभिशाप से बरी था, यह याद होना जरूरी नहीं।

मेरा घर आज भी वैसा ही है। दोनों ही बेचारे हो गए हैं, मम्मी और पापा। ममी की आँखों में जब दहशत तैर आती है, तो मेरा यह शरणार्थी अस्तित्व थरथराने लगता है। गुस्सा पापा को बहुत आता है। कभी-कभी जब वह जासूसों की तरह फुसफुसाकर कुछ देर तक बातें करते हैं, तो मेरा दिल दहलने लगता है। उनके असहमत होने का यही तरीका है। उसके बाद चीख-पुकार शुरू हो जाती है। और इससे पहले कि पापा किसी तरह का आक्रमण करें, ममी घर के चाकू, छुरियाँ, कैंचियाँ और वार कर सकनेवाली नुकीली चीजें छिपाने लगती हैं। लड़ाई के वक्त वह मुझसे मदद भी नहीं माँगतीं। इसीलिए उनकी लड़ाई मुझे ढोंग नहीं लगती—वह पति-पत्नी के बीच की लड़ाई नहीं रह जाती, और बहुत-बहुत देर तक चलती है। मुझे लगता है हर लड़ाई जासूसों की तरह शराफत से बात करने के बाद शुरू होती है। चाकू, छुरियाँ और नुकीली चीजें छिपा देने के बावजूद ममी के कहीं-न-कहीं से थोड़ा-बहुत खून उस लड़ाई में जरूर निकल आता है। तब पापा को पश्चाताप होता है या नहीं, नहीं कह सकता। पर उसके बाद वह संयत

हो जाते हैं। इतने संयत हो जाते हैं कि बहुत अच्छे पति की तरह पेश आने लगते हैं। रोते और गिड़गिड़ाते हैं। ममी की जाँघों में सिर छिपाकर सिसकते हैं और तब इस अच्छी यात्रा का अंत बिस्तर पर होता है।

मैं जब बहुत उकता गया था तो सुजाता से मैंने यही कहा था कि तुम माँ नहीं बनना चाहतीं तो फिर पत्नी ही क्यों बनना चाहती हो? तुम इस प्रसंग को नहीं समझ पाओगे। यह काफी उलझा हुआ है। असल में यह मेरा प्रेम-प्रसंग है।

हुआ ऐसा कि सुजाता के साथ प्रेम होने में कोई अड़चन नहीं हुई। तीसरे या चौथे दिन ही हमें एकान्त मिल गया। अमूमन यह नहीं हो पाता। एकान्त हो तो प्रेम के होने में देर नहीं लगती। मेरे और उसके बीच कुछ भी आड़े नहीं आया सिवाय शरीरों के। आदमी का शरीर बहुत डरपोक होता है, शर्मीला भी। बात-बात में संकुचित हो जाता है, झिझकता है। बिना प्राकृतिक जरूरत के उसे हर बात के लिए मार-मारकर तैयार करना पड़ता है।

शरीर के साथ मैं यह अत्याचार करने को तैयार नहीं था। सुन्दर और कोमल चीज के साथ यह नहीं हो पाता।

असल में हम दोनों ईश्वर के शव की खोज में निकले थे। उसने कहा, "ईश्वर मर तो गया है पर उसका शव जब तक अदालत में पेश नहीं किया जाता, मृत्यु की घोषणा नहीं हो सकती।"

ईश्वर के शव की खोज में हम लग गए थे। इसीलिए हमें एकान्त मिल गया था। जब उसका शव हमें नहीं मिला तो मैंने कहा, "क्यों न मैं अपनी हत्या कर लूँ और तुम मेरा शव ईश्वर का घोषित कर दो। यह बड़ा काम होगा।"

तब वह रोने लगी थी। बोली, "ईश्वर के बिना तो रहा जा सकता है पर तुम्हारे बिना नहीं।"

"तब आओ, असली शव खोजें," मैंने कहा और वह झाड़ियों में उलझी हुई एक मरी तितली खोज लाई थी। प्रेम का वही असली

क्षण था। उसके होंठ मरती हुई तितली की तरह तपक रहे थे और पुतलियाँ मछली की तरह एकाएक डूब जाती थीं। हम उस वक्त एक पुराने ऐतिहासिक खंडहर के पिछवाड़े थे–समय के बारे में इतना ही याद है।

वहीं उससे पहली लड़ाई हुई थी। उसे लगा था कि मैं उससे प्रेम नहीं करता। मेरे मन में संशय था। मैं शरीरों को तब तोड़ सकता था, जब वह पत्नी बनने की उम्र से छोटी होती या पत्नी बन सकती। हमारे बीच ऐसे किसी समझौते की सम्भावना नहीं थी। वह न तो उम्र को पीछे लौटा सकती थी, न वचन दे सकने की स्थिति में थी।

"हम हत्याओं के भागी क्यों बनें ?" मैंने यही कहा था। वह नहीं समझ पाई थी। प्रेम में कोई महिला कुछ भी नहीं समझ पाती। यह एक फायदेमन्द लाचारी है। पर मेरे लिए नहीं।

मैंने उसे बहुत समझाया। औरत जितना समझती जाती है उतना ही रोती जाती है। जो औरत जितना रो लेती है, उसी के अनुपात में व्यक्तित्व-सम्पन्न हो जाती है। मुझे उसका रोना इसीलिए अच्छा लगा। ईश्वर के शव की खोज भी तभी की जा सकती थी।

मेरे उसके बीच वर्ग-भेद था। तुम मेरी तकलीफ नहीं समझ सकते। तब, जब मैं अबोध से भी ज्यादा अबोध था, एक दिन गर्भ में मेरे ऊपर आक्रमण हुआ था।

पापा बरामदे में टहल रहे थे। मेरे चारों ओर घुप्प अँधेरा रहा होगा। कमरे में ममी थी। मिडवाइफ थी। वही मिडवाइफ जो पार्क के कोने पर रहती है। इसीलिए उधर से गुजरते दहशत होती है। उसी ने मुझ पर आक्रमण किया था, जिसका निशान मेरी खोपड़ी पर अब भी मौजूद है। उसके हाथों में कोई औजार रहा होगा, जिससे वह मेरा अंग-भंग करना चाहती थी। मैंने किसी की कोशिशों का बुरा नहीं माना। वह उनके अस्तित्व की एक जरूरत थी। लेकिन मैं प्राण प्राप्त कर चुका था।

इससे पहले भी पापा और ममी ने साजिशें की थीं। ये सारी साजिशें बेकार साबित हुईं, क्योंकि मेरी अघोषित मृत्यु वे प्राप्त नहीं कर सके।

कितना खून-खराबा हुआ! कितने बड़े-बड़े आक्रमणों का शिकार हुआ! रक्त की नदियों में नहाया और शरणार्थी बनकर मैंने अपने अस्तित्व की घोषणा की, यह तुम नहीं समझ सकते। वह भी यह नहीं समझ पाई थी। इसीलिए उससे लड़ाई थी। अस्तित्व का यह संकट उसने नहीं झेला था। इसीलिए पापा और ममी का संभोग करना बहुत बेमानी लगता है। वे संभोग करते पर उसे झेल नहीं पाते। खतरे से घबराए रहते हैं, इसी ने उन्हें बहुत निरीह कर दिया है। वे एक-दूसरे के सामने बेचारे हैं। एक के लिए दूसरे के सिवाय कहीं शरण नहीं है, क्योंकि वे साजिश में शामिल हैं।

तुम तो इस शहर के बारे में भी नहीं जानते। पाँच तरह के सुविधा-भोगी लोगों ने इस शहर का बँटवारा कर लिया है। वे तादाद में कम हैं। जो तादाद में बहुत ज्यादा हैं, उन्हीं में मैं भी हूँ, इसीलिए फालतू भी हूँ। इस शहर पर आसमान नहीं है। जिसने जितना काट पाया है, अपने लिए रख लिया हैं। रास्तों पर भी वे ही हैं। शहर में वे घूमते हैं। हम सिर्फ जुलूस निकालते हैं। उन्होंने सड़कों में इलास्टिक लगवा रखी है। जब वे चलते हैं तो रास्ते सिकुड़ जाते हैं। वे बड़ी जल्दी घर पहुँच जाते हैं। उनके रास्तों के किनारे गुलमोहर और अमलतास के पेड़ हैं।

हमारे रास्ते बहुत सँकरे हैं, जिन पर पीपल और नीम हैं। ऐसे ही एक पीपल के नीचे मैंने वह मूर्ति उठाई थी और उससे कहा था, 'ईश्वर का शव मिल गया !' मैं बहुत उत्तेजित हो उठा था।

वह हँसने लगी थी। उसके बाद उसने मेरे साथ शव की खोज बन्द कर दी। वह धीरे-धीरे दूर होती गई। उसके बाद उसने किसी और से शादी कर ली। वह बहुत मामूली-सी बात थी। क्योंकि मुझे

काफी खली थी। और एकाएक जब वह एक दिन अपने पति के साथ मुझे मिली तो बहुत शालीनता से—

"यह मेरे पति हैं," उसने परिचय कराया था। वह बहुत शिष्ट आदमी था। पर न जाने क्यों उसकी आँख के नीचे का पपोटा काँपता रहता था। और बार-बार वह उसकी खुली पीठ पर हाथ रख लेता था। वहाँ से हर बार उसका हाथ फिसलकर नितम्ब मूल को छूता हुआ अलग हो जाता था। बहुत अनजाने ही।

"आप क्या करते हैं ?" उसके पति ने मुझसे पूछा था।

मैं सकपका गया था। "मैं अमरीका की नीग्रो-समस्या का अध्ययन कर रहा हूँ," जैसे-तैसे मैंने कहा था।

"आप लोग भी खूब होते हैं !" उसने हँसकर कहा था।

"इनके पास वक्त है।" वह बोली थी।

"फालतू आदमी हूँ।" मैंने कहा तो वे दोनों हँस पड़े थे, उसके पति ने मुझे लिफ्ट दी। अपने रास्ते जाते हुए उसने मुझे चिलचिलाती सड़क के मोड़ पर छोड़ा तो मैं एकबारगी बेहद अकेला रह गया था। जितनी शरण वे दे सके थे, दी थी। इससे ज्यादा दूर तक वे मुझे सहन नहीं कर पाए थे।

घर में वही हाल चल रहा था। पापा जासूसों की तरह बात कर रहे थे। बड़े भाई-बहन ऊपर के कमरों में थे। उनसे मेरी पटती नहीं थी। क्योंकि वे दुनिया में लाए गए थे। मैं आक्रमणों का शिकार हुआ था। हालत उनकी भी बेहतर नहीं थी। वे सिर्फ बेशर्म थे। शरणार्थी होते हुए भी छाती पर चढ़कर अधिकार माँगते थे। शरणार्थी वे भी थे। सुविधावादी वर्गों ने उन्हें भी उसी स्थिति में डाल दिया था। उनके पास अपना कुछ नहीं था। विचारों के रूप में अखबारों की कतरनें थीं। अखबारों के रूप में कपड़े थे। कपड़ों के रूप में दिमाग थे।

उस दिन फिर पापा ने चीख-पुकार की थी। ममी ने उन्हें बाथरूम

में बन्द कर दिया था। यह कैसे सम्भव हुआ। पता नहीं। पापा दरवाजा पीटते और हत्या की धमकियाँ देते रहे।

उन्हीं दिनों सुजाता मिली। वह भयक्रान्त थी। एकदम बोली थी, "हम दोनों इतनी जल्दी यह सब नहीं चाहते थे।" मैं सुनकर फिर काँप गया था। वही आक्रमण दोहराए जाएँगे। खून-खराबा होगा। उसका पति इस इरादे से बहुत खुश था। वह जासूसों की तरह शराफत से हमले की तैयारी में लगा था।

मेरा मोह बहुत बढ़ गया था। जब-तब अपने आप उसके पास चला जाता था। वक्त निकालकर उसे समझाना चाहता था।

"तुम रोज मत आया करो। वह पता नहीं क्या सोचते हैं।" वह कहने लगी।

"यह शक का समय तो नहीं है।" मैं इतना ही कह पाया था।

जिन दिनों वह बेहाल रहने लगी, मैं अपने आपको नहीं रोक पाया। उसका बदन छकड़ा गाड़ी की तरह हो गया था। पास से दवाइयों की गन्ध आती थी।

पता चला कि वह मेटर्निटी होम में पहुँच गई है। ऑपरेशन जरूरी हो गया है। जब उसने बच्चे को जन्म दे दिया तब मैं पहुँचा। मैं उस बच्चे से मिलना चाहता था।

वहाँ पहुँचा तो वह खुश नहीं हुई। मेरा आना खला था।

"बच्चा कहाँ है ? तुम से नहीं, उससे मिलने आया हूँ।"

"पालने में है।" स्वर रूखा था।

बहुत मुलायम, नर्म, रेशम-सा वह बच्चा निर्द्वन्द्व पड़ा सो रहा था, अपनी मुट्ठियाँ कसे हुए। रेशमी रोओं से उसका शरीर गुदारा और अबोध लग रहा था। मैंने उसकी आँख बचाकर बच्चे के शरीर के अंग-अंग को टटोलना चाहा। मैं सोचकर सिहर उठा था। कहीं कोई कैंची...या चाकू...या कोई अंग... ?

उसे कितनी नफरत हो रही होगी ? तभी उसकी आवाज़ सुनी,

"गौर से देख लो ! है न मेरी तरह !" उसके चेहरे पर अपूर्व लोनाई थी। मैं फिर घबरा उठा। यह कैसी साजिश की बात है !

"तुम्हें अचरज हो रहा है ?" उसने कहा।

"नहीं तो। इसे कौन रोक सकता था ? अब तुम्हें इससे समझौता करना पड़ेगा। तुम कर भी रही हो।"

उसने प्रश्न किया, "क्यों ?"

"क्योंकि शरणार्थियों की तादाद बहुत ज्यादा है। तुम कम हो। यह हो ही जाता है जो तुम्हारा वर्ग नहीं चाहता। मुश्किल सिर्फ इतनी है कि तुम इस होने को नहीं रोक सकतीं।"

वह चुपचाप सुनती रही। उसके चेहरे पर वैसी ही चमक थी। और वह प्रेमिका नहीं रह गई थी...मैं भी तो इसके अलावा और कुछ नहीं चाहता था। सिवाय इसके कि जो होता वह मेरा होता।

•••

हिन्द पॉकेट बुक्स और फुल सर्कल आत्म-विकास, धर्म, अध्यात्म, स्वास्थ्य आदि आन्तरिक और बाहरी जीवन से सम्बन्धित विषयों पर पुस्तकें प्रकाशित करते हैं। हमारा मुख्य उद्देश्य एक स्वस्थ और शान्तिपूर्ण विश्व की संरचना में अपनी भूमिका को सकारात्मक ढंग से निभाना है। पुस्तकें अनमोल होती हैं और इनका कोई सानी भी नहीं होता।

हिन्द पॉकेट बुक्स / फुल सर्कल

जे-40, जोरबाग़ लेन, नई दिल्ली-110003

फ़ोन : +011-24620063, 24621011 फैक्स : 24645795

e-mail: sales@hindpocketbooks.in

website: www.hindpocketbooks.in

सेल्स ऑफिस

ई-14, सेक्टर नं. 11, नोएडा - 201301

फ़ोन : 0120-4162707, 4163707, 9015664264

ई-मेल : sales@hindpocketbooks.in

कमलेश्वर
की यादगारी कहानियां

हिन्दी कथा साहित्य के विकास में कमलेश्वर का पदार्पण एक ऐतिहासिक घटना है। आज़ादी के तत्काल बाद साहित्यिक युग 'नई कहानी' ने क्षणवाद, स्यातवाद और अस्तित्ववाद के शास्त्रीय विमर्श को नकार कर अपने समय के यथार्थ और सामान्य जन में आत्मिक और भौतिक संतापों का सामना किया था। और इसी साहित्यिक क्रान्ति की लौ में तपकर कमलेश्वर की कहानियां कथा जगत में मील का पत्थर साबित हुई, क्योंकि ये कहानियां साहित्य से अधिक पाठकों की अपेक्षाओं पर ज़्यादा खरी उतरती हैं।

इस संकलन में उनकी वे लोकप्रिय कहानी संकलित की गई हैं, 0जिनका नाम लेते ही होंठों पर स्वतः कमलेश्वर का नाम आ जाता है। नई विचारधारा की होने के साथ-साथ ये कहानियां रचनात्मक यथार्थ, कला, शिल्प, शब्द सौंदर्य, गठन-कौशल, भाव-पटुता, अभिव्यक्ति की सरसता का बेजोड़ नमूना हैं। इस संकलन की सबसे बड़ी विशेषता यह है कि ये कहानियां सर्वथा प्रामाणिक मूल पाठ हैं। जो सभी पाठकों के साथ-साथ हिन्दी कहानियों के अध्येताओं और शोधार्थियों के लिए भी महत्वपूर्ण हैं। इस संकलन में 18 कहानियां दी गई हैं, जो कमलेश्वर के लेखन के शिखर को रेखांकित करती हैं।